돌다리

열림원 논술 한국문학 12

돌다리

이태준

열림원

| 차 례 |

| 일러두기 |

1. 이 시리즈는 한국문학을 보다 깊이 있게 이해하고 논리적 사고력을 기를 수 있도록 논술 문제를 첨가하여 보다 종합적인 사고의 방향성을 지향하고 있다.

2. 작품 원문은 표준어 쓰기를 원칙으로 하되 작품의 분위기와 특성을 살리는 표현이라고 판단되는 방언이나 속어, 그 당시에 쓰이던 외래어 등등은 그대로 살렸다. 본문 중 외국어로 된 대화에는 중괄호([ ]) 안에 우리말 번역을 병기했다.

3. 현직 중·고등학교 국어교사들이 직접 작품의 원전과 목록을 선정하였으며, 부가설명이나 단어 풀이가 필요하다고 판단되는 경우에는 직접 각주를 달았다.

4. 잡지와 단행본은 『 』, 각 작품은 「 」로, 영화와 신문, 곡명, 그림 등은 〈 〉로 구분해서 표기했다.

달밤

아름다운 달밤을 배경으로
못난이 황수건의 개성적 성격을 통해
소외된 인물의 비애를 서정적으로 그린 작품.

“술은 눈물인가 한숨인가”

못난이 황수건이 펼치는 블랙코미디

「달밤」은 1933년 『중앙』에 발표된 소설로, 이태준이 습작기의 미숙함에서 벗어나 자신만의 독특한 소설 세계를 구축하여 보여 주는 첫 작품이라는 평가를 받는 작품입니다. 작가는 ‘황수건’이라는 모자라는 인물을 개성적으로 형상화하고 사회에서 소외된 자의 불우한 삶을 서정적인 분위기로 묘사하여 유머와 애수를 자아냅니다. 이 소설은 성북동으로 이사 온 지 얼마 안 되는 지식인 서술자가 못난이로 알려진 황수건을 관찰하면서 겪게 되는 일련의 에피소드로 구성되어 있습니다. 관찰자 시점을 취하고 있는 이 소설에서 ‘나’는 황수건과 일정한 거리를 유지하며 객관적 서술 태도를 보여 줍니다. 이러한 서술 태도 때문에 독자는 작중 상황을 신뢰하게 되며 황수건에 대한 ‘나’의 연민에 공감하게 됩니다.

'나'는 성북동에 이사 와서 '노랑수건'이라는 별명을 지닌 우둔하면서도 천진스러운 신문 배달부 황수건을 만나게 됩니다. '나'는 황수건의 모자라는 성격과 독특한 외양을 주변 환경과 결부지어 황수건을 시골의 정취를 돋워 주는 인물이라고 생각합니다. 이후 '나'는 그의 가난을 동정하고 그의 천진한 성격에 호감을 느낍니다. 이는 시골에서의 삶에 대한 호감으로도 볼 수 있는데, 작가는 도시(문안)와 시골(성북동)을 대비시켜 황수건과 같은 못난이도 살 수 있는 인정이 통하는 세계, 인간적인 공동체로서의 삶을 긍정하고 있습니다.

그러나 현실에서 황수건과 같은 못난이의 삶은 좌절될 수밖에 없습니다. 황수건은 삼산학교 급사로 일하다 쫓겨났고 "월급을 이십여 원 받고 신문사 옷을 입고 방울을 차고 다니는" 원배달부가 되는 것을 꿈꾸며 삼 원의 월급을 받는 보조 배달을 했습니다. 그렇지만 '못난이'인 그는 다른 사람에게 밀려나서 그마저 잃게 됩니다. 또 '나'의 도움으로 시작한 참외 장사도 실패하고 아내까지 달아나는 불운한 상황에 처합니다. 결국 그는 자신의 소박한 꿈을 이루지 못한 채 달밤에 술에 취해 비틀거리면서 "술은 눈물인가 한숨인가"를 읊조리는 신세가 됩니다.

이 소설은 작가보다 열등한 인물이 비참한 생활을 하다가 아주 작은 소망을 가지지만, 그 소망이 실현되기 직전에 좌절당하는 아이러니한 구성을 보여 줍니다. 즉, 황수건의 바보스러움은 천진난만함과 순수함의 원천이면서 동시에 비극적 상황에 처하는 원인이 됩니다.

마지막 장면에서, 깁을 깐 듯한 밝은 달빛 아래 담배를 퍽퍽 빨면서 술에 취해 비틀거리며 노래를 읊조리는 황수건의 모습은 우스꽝스러우면서도 애처로운 인물로 선명한 인상을 남깁니다. 아름다운 달밤을 배경으로 하여 설명 없이 슬픔을 하나의 풍경으로 묘사한 이 장면은, 읽는 이로 하여금 자신의 상상력을 동원하여 감정에 몰입하게끔 함으로써 공감을 이끌어 냅니다.

작가는 이 소설에서 황수건의 현실적 고통보다 황수건을 바라보는 '나'의 연민과 동정에 초점을 맞춤으로써 못난이를 포용하는 시골의 삶을 옹호하고 있습니다. 황수건의 비극에 대해 '나'는 가까운 친구를 먼 곳에 보낸 것처럼 섭섭해할 뿐 아니라 친구가 큰 사업에나 실패한 것처럼 마음 아파하기까지 합니다. 또 그와 같은 천진한 인물마저 보듬지 못하는 세상의 야박함을 원망합니다. 결국 황수건이라는 인물의 개성적 형상화는 효용성과 이익의 문제만이 중시되는 도시적 삶을 간접적으로 비판하고자 하는 작가의 문학적 장치라고 할 수 있습니다.

달밤

성북동(城北洞)으로 이사 나와서 한 대엿새 되었을까, 그날 밤 나는 보던 신문을 머리맡에 밀어 던지고 누워 새삼스럽게,

"여기도 정말 시골이로군!"

하였다.

무어 바깥이 컴컴한 걸 처음 보고 시냇물 소리와 쏴— 하는 솔바람 소리를 처음 들어서가 아니라 황수건이라는 사람을 이날 저녁에 처음 보았기 때문이다.

그는 말 몇 마디 사귀지 않아서 곧 못난이란 것이 드러났다. 이 못난이는 성북동의 산들보다 물들보다, 조그만 지름길들보다, 더 나에게 성북동이 시골이란 느낌을 풍겨 주었다.

서울이라고 못난이가 없을 리야 없겠지만 대처[1]에서는 못난이들이 거리에 나와 행세를 하지 못하고, 시골에선 아무리 못난이라도 마음

놓고 나와 다니는 때문인지, 못난이는 시골에만 있는 것처럼 흔히 시골에서 잘 눈에 뜨인다. 그리고 또 흔히 그는 태고[2] 때 사람처럼 그 우둔하면서도 천진스런 눈을 가지고, 자기 동리에 처음 들어서는 손에게 가장 순박한 시골의 정취를 돋워 주는 것이다.

그런데 그날 밤 황수건이는 열시나 되어서 우리 집을 찾아왔다.

그는 어두운 마당에서 꽥 지르는 소리로,

"아, 이 댁이 문안[3]서……."

하면서 들어섰다. 잡담 제하고 큰일이나 난 사람처럼 건넌방 문 앞으로 달려들더니,

"저, 저 문안 서대문 거리라나요. 어디선가 나오신 댁입쇼?"

한다.

보니 '합비'[4]는 안 입었으되 신문을 들고 온 것이 신문 배달부다.

"그렇소, 신문이오?"

"아, 그런 걸 사흘이나 저, 저 건너쪽에만 가 찾었습죠. 제기……."

하더니 신문을 방에 들여뜨리며,[5]

"그런뎁쇼, 왜 이렇게 죄꼬만 집을 사구 와 겝쇼. 아, 내가 알었더면 이 아래 큰 개와집[6]도 많은 걸입쇼……."

한다. 하 말이 황당스러 유심히 그의 생김을 내다보니 눈에 얼른 두드

1) 대처(大處) 도회지.
2) 태고(太古) 아주 먼 옛날.
3) 문안(門一) 사대문 안.
4) 합비 일제 때 상사람이 입던 옷. 인력거꾼이나 신문 배달부 등이 주로 입었으며, 앞이 터진 가운 모양으로 등판이나 깃에 상호가 찍혀 있었음.
5) 들여뜨리다 집어서 속에 넣다.
6) 개와집 기와집.

러지는 것이 빡빡 깎은 머리로되 보통 크다는 정도 이상으로 골이 크다. 그런 데다 옆으로 보니 장구대가리[7]다.

"그렇소? 아무튼 집 찾노라고 수고했소."

하니 그는 큰 눈과 큰 입이 일시에 히죽거리며,

"뭘입쇼, 이게 제 업인뎁쇼."

하고 날래[8] 물러서지 않고 목을 길게 빼어 방 안을 살핀다. 그러더니 묻지도 않는데,

"저는입쇼, 이 동네 사는 황수건이라 합니다……."

하고 인사를 붙인다. 나도 깍듯이 내 성명을 대었다. 그는 또 싱글벙글하면서,

"댁엔 개가 없구먼입쇼."

한다.

"아직 없소."

하니,

"개 그까짓 거 두지 마십쇼."

한다.

"왜 그렇소?"

물으니 그는 얼른 대답하는 말이,

"신문 보는 집엔입쇼, 개를 두지 말아야 합니다."

한다. 이것 재미있는 말이다 하고 나는,

"왜 그렇소?"

7) 장구대가리 짱구 머리. 이마나 뒤통수가 크게 튀어나온 머리통. 또는 그런 머리통을 가진 사람.
8) 날래 빨리.

하고 또 물었다.

“아, 이 뒷동네 은행소에 댕기는 집엔입쇼, 망아지만 한 개가 있는뎁쇼, 아, 신문을 배달할 수가 있어얍죠.”

“왜?”

“막 깨물랴고 덤비는걸입쇼.”

한다. 말 같지 않아서 나는 웃기만 하니 그는 더욱 신을 낸다.

“그눔의 개, 그저 한번, 양떡[9]을 멕여 대야 할 텐데…….”

하면서 주먹을 부르대는데[10] 보니, 손과 팔목은 머리에 비기어 반비례로 작고 가느다랗다.

“어서 곤할 텐데 가 자시오.”

하니 그는 마지못해 물러서며,

“선생님, 참 이선생님 편안히 주뭅쇼. 저이 집은 여기서 얼마 안 되는걸입쇼.”

하더니 돌아갔다.

그는 이튿날 저녁, 집을 알고 오는데도 아홉시가 지나서야,

“신문 배달해 왔습니다.”

하고 소리를 치며 들어섰다.

“오늘은 왜 늦었소?”

물으니

“자연 그럽죠.”

하고 다른 이야기를 꺼냈다.

9) 양떡 ‘남에게 뺨을 얻어맞는 것’을 이르는 말.

10) 부르대다 남을 나무라거나 하는 듯이 야단스럽게 떠들어 대다.

자기는 워낙 이 아래 있는 삼산학교에서 일을 보다 어떤 선생하고 뜻이 덜 맞아 나왔다는 것, 지금은 신문 배달을 하나 원배달이 아니라 보조 배달이라는 것, 저희 집엔 양친과 형님 내외와 조카 하나와 저희 내외까지 식구가 일곱이란 것, 저희 아버지와 저희 형님의 이름은 무엇무엇이며, 자기 이름은 황가인 데다가 목숨 수자하고 세울 건자로 황수건이기 때문에, 아이들이 노랑수건이라고 놀리어서 성북동에서는 가가호호에서 노랑수건 하면, 다 자긴 줄 알리라고 자랑스럽게 이야기하다가 이날도,

"어서 그만 다른 집에도 신문을 갖다 줘야 하지 않소?"

하니까 그때서야 마지못해 나갔다.

우리 집에서는 그까짓 반편[11]과 무얼 대꾸를 해가지고 그러느냐 하되, 나는 그와 지껄이기가 좋았다.

그는 아무것도 아닌 것을 가지고 열심스럽게 이야기하는 것이 좋았고, 그와는 아무리 오래 지껄이어도 힘이 들지 않고, 또 아무리 오래 지껄이고 나도 웃음밖에는 남는 것이 없어 기분이 거뜬해지는 것도 좋았다. 그래서 나는 무슨 일을 하는 중만 아니면 한참씩 그의 말을 받아주었다.

어떤 날은 서로 말이 막히기도 했다. 대답이 막히는 것이 아니라 무슨 말을 해야 할까 막히었다. 그러나 그는 늘 나보다 빠르게 이야깃거리를 잘 찾아냈다. 오뉴월인데도 "꿩고기를 잘 먹느냐?" 고도 묻고, "양복은 저고리를 먼저 입느냐, 바지를 먼저 입느냐?" 고도 묻고 "소와 말

11) 반편 지능이 보통 사람보다 매우 낮은 사람. 반편이.

과 싸움을 붙이면 어느 것이 이기겠느냐?"는 등, 아무튼 그가 얘깃거리를 취재하는 방면은 기상천외로 여간 범위가 넓지 않은 데는 도저히 당할 수가 없었다. 하루는 나는 "평생 소원이 무엇이냐?"고 그에게 물어보았다. 그는 "그까짓 것쯤 얼른 대답하기는 누워서 떡 먹기"라고 하면서 평생 소원은 자기도 원배달이 한번 되었으면 좋겠다는 것이었다.

남이 혼자 배달하기 힘들어서 한 이십 부 떼어 주는 것을 배달하고, 월급이라고 원배달에게서 한 삼 원 받는 터이라 월급을 이십여 원을 받고, 신문사 옷을 입고, 방울을 차고 다니는 원배달이 제일 부럽노라 하였다. 그리고 방울만 차면 자기도 뛰어다니며 빨리 돌 뿐 아니라 그 은행소에 다니는 집 개도 조금도 무서울 것이 없겠노라 하였다.

그래서 나는 "그럴 것 없이 아주 신문사 사장쯤 되었으면 원배달도 바랄 것 없고 그 은행소에 다니는 집 개도 상관할 배 없지 않겠느냐?" 한즉 그는 뚱그래지는 눈알을 한참 굴리며 생각하더니 "딴은 그렇겠다"고 하면서, 자기는 경난[12]이 없어 거기까지는 바랄 생각도 못하였다고 무릎을 치듯 가슴을 쳤다.

그러나 신문 사장은 이내 잊어버리고 원배달만 마음에 박혔던 듯, 하루는 바깥마당에서부터 무어라고 떠들어 대며 들어왔다.

"이선생님? 이선생님 겝쇼? 아, 저도 내일부턴 원배달이올시다. 오늘 밤만 자면입쇼……."

한다. 자세히 물어보니 성북동이 따로 한 구역이 되었는데, 자기가 맡게 되었으니까 내일은 배달복을 입고 방울을 막 떨렁거리면서 올 테니

12) 경난(經難) 어려움을 겪음.

보라고 한다. 그리고 "사람이란 게 그리게 무어든지 끝을 바라고 붙들어야 한다"고 나에게 일러 주면서 신이 나서 돌아갔다. 우리도 그가 원배달이 된 것이 좋은 친구가 큰 출세나 하는 것처럼 마음속으로 진실로 즐거웠다. 어서 내일 저녁에 그가 배달복을 입고 방울을 차고 와서 쫄럭거리는 것을 보리라 하였다.

그러나 이튿날 그는 오지 않았다. 밤이 늦도록 신문도 그도 오지 않았다. 그 다음날도 신문도 그도 오지 않다가 사흘째 되는 날에야, 이날은 해도 지기 전인데 방울 소리가 요란스럽게 우리 집으로 뛰어들었다.

'어디 보자!'

하고 나는 방에서 뛰어나갔다.

그러나 웬일일까 정말 배달복에 방울을 차고 신문을 들고 들어서는 사람은 황수건이가 아니라 처음 보는 사람이다.

"왜 전엣사람은 어디 가고 당신이오?"

물으니, 그는,

"제가 성북동을 맡았습니다."

한다.

"그럼, 전엣사람은 어디를 맡았소?"

하니 그는 픽 웃으며,

"그까짓 반편을 어딜 맡깁니까? 배달부로 쓸랴다가 똑똑지가 못하니까 안 쓰고 말었나 봅니다."

한다.

"그럼 보조 배달도 떨어졌소?"

하니,

"그럼요, 여기가 따루 한 구역이 된걸이오."

하면서 방울을 울리며 나갔다.

이렇게 되었으니 황수건이가 우리 집에 올 길은 없어지고 말았다. 나도 가끔 문안엔 다니지만 그의 집은 내가 다니는 길 옆은 아닌 듯 길가에서도 잘 보이지 않았다.

나는 가까운 친구를 먼 곳에 보낸 것처럼, 아니 친구가 큰 사업에나 실패하는 것을 보는 것처럼, 못 만나는 섭섭뿐이 아니라 마음이 아프기도 하였다. 그 당자[13]와 함께 세상의 야박함이 원망스럽기도 하였다.

한데 황수건은 그의 말대로 노랑수건이라면 온 동네에서 유명은 하였다. 노랑수건 하면 누구나 성북동에서 오래 산 사람이면 먼저 웃고 대답하는 것을 나는 차츰 알았다.

내가 잠깐씩 며칠 보기에도 그랬거니와 그에겐 우스운 일화도 한두 가지가 아니었다.

삼산학교에 급사[14]로 있을 시대에 삼산학교에다 남겨 놓고 나온 일화도 여러 가지라는데, 그중에 두어 가지를 동네 사람들의 말대로 옮겨 보면, 역시 그때부터도 이야기하기를 대단 즐기어 선생들이 교실에 들어간 새, 손님이 오면 으레 손님을 앉히고는 자기도 걸상을 갖다 떡 마주 놓고 앉는 것은 무론,[15] 마주 앉아서는 곧 자기류의 만담삼매[16]로

13) 당자(當者) 당사자.

14) 급사(給仕) 관청이나 회사, 가게 따위에서 잔심부름을 시키기 위하여 부리는 사람. 사환.

15) 무론(無論) 물론.

빠지는 것인데 한번은 도 학무국[17]에서 시학관[18]이 나온 것을 이따위로 대접하였다. 일본말은 못 하니까 만담은 할 수 없고 마주 앉아서 자꾸 일본말을 연습하였다.

"센세이 히, 오하요 고자이마쓰까…… 히히 아메가 후리마쓰. 유끼가 후리마쓰까. 히히……〔선생님 히, 안녕하십니까…… 히히 비가 옵니다. 눈이 옵니까. 히히……〕."

시학관도 인정이라 처음엔 웃었다. 그러나 열 번 스무 번을 되풀이하는 데는 성이 나고 말았다. 선생들은 아무리 기다려도 종소리가 나지 않으니까, 한 선생이 나와 보니 종 칠 것도 잊어버리고 손님과 마주 앉아서 '오하요. 유끼가 후리마쓰까〔안녕하십니까. 눈이 옵니까〕……' 하는 판이다.

그날 수건이는 선생들에게 단단히 몰리고 다시는 안 그러겠노라고 했으나, 그 버릇을 고치지 못해서 그예 쫓겨 나오고 만 것이다.

그는,

"너의 색시 달아난다."

하는 말을 제일 무서워했다 한다. 한번은 어느 선생이 장난엣말로,

"요즘 같은 따뜻한 봄날엔 옛날부터 색시들이 달아나기를 좋아하는데 어제도 저 아랫말에서 둘이나 달아났다니까 오늘은 이 동네에서 꼭 달아나는 색시가 있을걸……."

16) 만담삼매(漫談三昧) 재미있고 익살스런 이야기에 열중하여 여념이 없음.
17) 학무국(學務局) 대한 제국 때 각 학교와 외국 유학생에 관한 일을 맡아 보던 관청. 현재의 교육청에 해당함.
18) 시학관(視學官) 학무국에 속해 있던 고등관의 하나로 관내의 학사 시찰을 맡아 보았음. 현재의 장학사에 해당함.

했더니 수건이는 점심을 먹다 말고 눈이 휘둥그레졌다 한다. 그리고 그날 오후에는 어서 바삐 하학[19]을 시키고 집으로 갈 양으로 오십 분 만에 치는 종을 이십 분 만에, 삼십 분 만에 함부로 다가서 쳤다는 이야기도 있다.

하루는 거의 그를 잊어버리고 있을 때,

"이선생님 곕쇼?"

하고 수건이가 찾아왔다. 반가웠다.

"선생님, 요즘 신문이 걸르지 않고 잘 옵쇼?"

하고 그는 배달 감독이나 되어 온 듯이 묻는다.

"잘 오, 왜 그류?"

한즉 또,

"늦지도 않굽쇼, 일즉이 제때마다 꼭꼭 옵쇼?"

한다.

"당신이 돌릴 때보다 세 시간은 일즉이 오고 날마다 꼭꼭 잘 오."

하니 그는 머리를 벅적벅적 긁으면서,

"하루라도 걸르기만 해라, 신문사에 가서 대뜸 일러바치지……."

하고 그 빈약한 주먹을 부르댄다.

"그런뎁쇼, 선생님?"

"왜 그류?"

"삼산학교에 말씀예요. 그 제 대신 들어온 급사가 저보다 근력[20]이 세게 생겼습죠?"

19) 하학(下學) 학교에서 그날의 수업을 마침.

20) 근력(筋力) 근육의 힘.

"나는 그 사람을 보지 못해서 모르겠소."
하니 그는 은근한 말소리로 히죽거리며,

"제가 거길 또 들어가 볼랴굽쇼, 운동을 합죠."
한다.

"어떻게 운동을 하오?"

"그까짓 거 날마당 사무실로 갑죠. 다시 써달라고 졸라 댑죠. 아 그랬더니 새 급사란 녀석이 저보다 크기도 무척 큰뎁쇼, 이 녀석이 막 불근댑니다그려. 그래 한번 쌈을 해야 할 텐뎁쇼, 그 녀석이 근력이 얼마나 센지 알아야 뎀벼들 텐뎁쇼…… 허."

"그렇지, 멋모르고 대들었다 매만 맞지."
하니 그는 한 걸음 다가서며 또 은근한 말을 한다.

"그래섭쇼, 엊저녁엔 큰 돌멩이 하나를 굴려다 삼산학교 대문에다 놨습죠. 그리구 오늘 아침에 가보니깐 없어졌는뎁쇼, 이 녀석이 나처럼 억지루 굴려다 버렸는지, 뻔쩍 들어다 버렸는지 그만 못 봤거든입쇼, 제—길……."
하고 머리를 긁는다. 그러더니 갑자기 무얼 생각한 듯 손뼉을 탁 치더니,

"그런뎁쇼, 제가 온 건입쇼, 댁에선 우두[21]를 넣지 마시라구 왔습죠."
한다.

"우두를 왜 넣지 말란 말이오?"
한즉,

21) 우두(牛痘) 천연두의 예방약으로 쓰이는, 소의 몸에서 뽑아낸 면역 물질.

"요즘 마마[22]가 다닌다구 모두 우두들을 넣는뎁쇼, 우두를 넣으면 사람이 근력이 없어지는 법인뎁쇼."

하고 자기 팔을 걷어 올려 우두 자리를 보이면서,

"이걸 봅쇼. 저두 우두를 이렇게 넣었기 때문에 근력이 줄었습죠."

한다.

"우두를 넣으면 근력이 준다고 누가 그럽디까?"

물으니 그는 싱글거리며,

"아, 제가 생각해 냈습죠."

한다.

"왜 그렇소?"

하고 캐니,

"뭘…… 저 아래 윤금보라고 있는데 기운이 장산뎁쇼. 아 삼산학교 그 녀석두 우두만 넣었다면 그까짓 것 무서울 것 없는뎁쇼, 그걸 모르겠거든입쇼……."

한다. 나는,

"그렇게 용한 생각을 하고 일러 주러 왔으니 아주 고맙소."

하였다. 그는 좋아서 벙긋거리며 머리를 긁었다.

"그래 삼산학교에 다시 들기만 기다리고 있소?"

물으니 그는,

"돈만 있으면 그까짓 거 누가 '고쓰까이'[23] 노릇을 합쇼. 밑천만 있으면 삼산학교 앞에 가서 빼젓이[24] 장사를 할 턴뎁쇼."

22) 마마(媽媽) '천연두'를 달리 이르는 말.

23) 고쓰까이(こづかい) '소사(小使)'의 일본어. 잔심부름꾼. 사환.

한다.

"무슨 장사?"

"아, 방학 될 때까지 차미 장사도 하굽쇼, 가을부턴 군밤 장사, 왜떡 장사, 습자지,[25] 도화지 장사 막 합죠. 삼산학교 학생들이 저를 어떻게 좋아하겝쇼. 저를 선생들보다 낫게 치는뎁쇼."

한다.

나는 그날 그에게 돈 삼 원을 주었다. 그의 말대로 삼산학교 앞에 가서 빼젓이 참외 장사라도 해보라고. 그리고 돈은 남지 못하면 돌려오지 않아도 좋다 하였다.

그는 삼 원 돈에 덩실덩실 춤을 추다시피 뛰어나갔다. 그리고 그 이튿날,

"선생님 잡수시라굽쇼."

하고 나 없는 때 참외 세 개를 갖다 두고 갔다.

그러고는 온 여름 동안 그는 우리 집에 얼른하지[26] 않았다.

들으니 참외 장사를 해보긴 했는데 이내 장마가 들어 밑천만 까먹었고, 또 그까짓 것보다 한 가지 놀라운 소식은 그의 아내가 달아났단 것이다. 저희끼리 금슬은 괜찮았건만 동세[27]가 못 견디게 굴어 달아난 것이라 한다. 남편만 남 같으면 따로 살림 나는 날이나 기다리고 살 것이나 평생 동세 밑에 살아야 할 신세를 생각하고 달아난 것이라 한다.

24) 빼젓이 버젓이. 남의 시선을 의식하여 조심하거나 굽히는 데가 없이.
25) 습자지(習字紙) 글씨 쓰기를 연습할 때 쓰는 얇은 종이.
26) 얼른하다 눈앞에 나타나다. 얼씬하다.
27) 동세 '동서'의 사투리. 시아주버니나 시동생의 아내. 처형이나 처제의 남편.

그런데 요 며칠 전이었다. 밤인데 달포[28] 만에 수건이가 우리 집을 찾아왔다. 웬 포도를 큰 것으로 대여섯 송이를 종이에 싸지도 않고 맨손에 들고 들어왔다. 그는 벙긋거리며,

"선생님 잡수라고 사 왔습죠."

하는 때였다. 웬 사람 하나가 날쌔게 그의 뒤를 따라 들어오더니 다짜고짜로 수건이의 멱살을 움켜쥐고 끌고 나갔다. 수건이는 그 우둔한 얼굴이 새하얗게 질리며 꼼짝 못하고 끌려 나갔다.

나는 수건이가 포도원[29]에서 포도를 훔쳐 온 것을 직각하였다.[30] 쫓아 나가 매를 말리고 포도 값을 물어 주었다. 포도 값을 물어 주고 보니 수건이는 어느 틈에 사라지고 보이지 않았다.

나는 그 다섯 송이의 포도를 탁자 위에 얹어 놓고 오래 바라보며 아껴 먹었다. 그의 은근한 순정[31]의 열매를 먹듯 한 알을 가지고도 오래 입 안에 굴려 보며 먹었다.

어제다. 문안에 들어갔다 늦어서 나오는데 불빛 없는 성북동 길 위에는 밝은 달빛이 깁[32]을 깐 듯하였다.

그런데 포도원께를 올라오노라니까 누가 맑지도 못한 목청으로,

"사……게……와 나……미다까 다메이……끼……까……."[33]

28) 달포 한 달이 조금 넘는 기간.
29) 포도원 포도를 재배하는 과수원. 포도밭.
30) 직각하다(直覺―) 보거나 듣는 즉시 곧바로 깨닫다.
31) 순정(純情) 순수하고 사심이 없는 감정.
32) 깁 명주실로 바탕을 조금 거칠게 짠 비단.

를 부르며 큰길이 좁다는 듯이 휘적거리며 내려왔다. 보니까 수건이 같았다. 나는,

"수건인가?"

하고 아는 체하려다 그가 나를 보면 무안해할[34] 일이 있는 것을 생각하고, 획 길 아래로 내려서 나무 그늘에 몸을 감추었다.

그는 길은 보지도 않고 달만 쳐다보며, 노래는 이 이상은 외우지도 못하는 듯 첫 줄 한 줄만 되풀이하면서 전에는 본 적이 없었는데 담배를 다 퍽퍽 빨면서 지나갔다.

달밤은 그에게도 유감한[35] 듯하였다.

33) 사게와~다메이끼까 당시 유행했던 일본 가요의 한 구절로 '술은 눈물인가 한숨인가'라는 뜻.

34) 무안하다(無顔―) 수줍거나 창피해서 볼 낯이 없다.

35) 유감하다(遺憾―) 마음에 차지 아니하여 섭섭하다.

1 '나'는 황수건이 성북동을 성북동의 산이나 물보다도 더 시골이란 느낌을 풍기게 해주는 인물이라고 생각합니다. '나'는 왜 황수건이 시골의 정취를 돋워 주는 인물이라고 생각했을까요?

황수건이 있음으로 해서 성북동이 시골답다는 말은 황수건이 성북동을 시골로 만들어 주는 한 요소가 된다는 뜻입니다. 이는 황수건이 못난이라는 것과 밀접한 관련이 있습니다. 즉, 황수건이라는 못난이가 살고 있기 때문에 성북동이 시골 냄새가 난다는 뜻인 동시에, 성북동이 시골이기 때문에 황수건 같은 인물이 쉽게 눈에 띈다는 것입니다. 서울이라고 못난이가 없을 까닭은 없지만 도회지에서는 못난이들이 거리에 나와 행세를 하지 못합니다. 반면 시골에서는 못난 사람을 너그럽게 용서해 줄 수 있는 삶의 여유가 있기 때문에, 아무리 못난이라도 자신의 어수룩한 생각을 자유롭게 표현하며 마음 놓고 나다닐 수 있습니다. 서술자인 '내'가 이사 간 성북동은 서울의 변두리인데 황수건 같은 못난이가 있는 걸로 보아 시골임을 알 수 있다는 것입니다.

황수건은 '나'의 집을 사흘 만에야 겨우 찾았으며, 큰 기와집도 많았는데 왜 이렇게 작은 집을 사 왔느냐는 주제넘은 말을 서슴지 않고 합니다. 하지만 '나'는 그에게 악의가 없다는 것을 알기 때문에 오히려 태고 때 사람 같은 천진함을 느끼고, 그의 순박함에서 도시의 속물성에 물들지 않은 시골의 정취를 느낍니다.

2 이 소설은 인물의 개성적인 성격화가 돋보이는 작품입니다. 황수건이라는 인물의 특성을 정리해 봅시다.

황수건은 지적으로는 모자라지만 태곳적 순수함을 간직한 인물입니다. 이 소설에서 그의 개성은 톡특한 외양 묘사와 별명, 말과 행동을 통해 드러납니다.

먼저 생김새를 보면, 그의 빡빡 깎은 머리는 보통 크다는 정도 이상으로 골이 클 뿐 아니라 짱구 머리입니다. 또한 큰 머리, 큰 눈, 큰 입과는 어울리지 않게 손과 팔목은 작고 가느다란 비정상적인 외양을 가지고 있습니다. 골이 크고 짱구라는 것은 그가 지적으로 모자라는 바보라는 점을 말해 주며, 손과 팔목이 작고 가늘다는 것은 그가 실리를 추구하는 일상인들과는 달리 생활력이 없는 인물임을 말해 줍니다.

그의 개성은 독특한 외모와 함께 특이한 명명법에서도 드러납니다. 그는 성씨가 황(黃)가인 데다가 목숨 수(壽)자하고 세울 건(建)자를 써서 이름이 황수건인데, 이 이름 때문에 아이들은 그에게 '노랑수건' 이라는 별명을 붙여 부르며 놀립니다.

또 그는 지적으로 부족하기 때문에 매사에 자기 중심적으로 사고합니다. 삼산학교에 근무할 때의 일화나 신문 보는 집에서는 개를 키우면 안 된다는 주장, 우두를 넣으면 근력이 떨어진다는 생각, 해고된 삼산학교에 가서 다시 써달라고 졸라 대는 행동이 그러합니다. 그의 이러한 바보스러움은 순박함, 순진함과 일맥상통하는데 그는 신문사 사장이 되는 것은 생각해 본 적도 없고 원배달이 되는 것이 평생 소원일 정도로 소박합니다. 또 자신이 생각해 낸 엉터리 지식을 바탕으로 우두를 넣지 말라는 충고를 해주기 위해 일부러 '나'를 찾아오고 '나'를 위해 참외와 포도를 가져다 줄 정도로 따뜻한 인간미를 지닌 인물이기도 합니다.

그러나 황수건의 순진함은 지나칠 정도여서, 자신이 모자란다는 것을 모릅니다. 그래서 그는 자신의 작은 소원인 원배달은 고사하고 보조 배달 자리마저 잃고 마는 아이러니한 인물이라고 할 수 있습니다.

3 황수건에 대한 '나'의 심리와 서술 태도는 어떠합니까?

지식인인 '나'는 못난이 황수건보다 지적으로 우월한 위치에 있으나 감정적으로는 호감을 느끼고 있습니다. 그러면서도 '나'는 황수건에게 대체로 거리를 두고 지켜보는 관조적인 태도를 보입니다.

'나'의 호감은 세상 인심과는 달리, 태고 때 사람처럼 천진스럽고 순박한 황수건의 성격에서 기인합니다. 그까짓 반편과 무얼 대꾸를 하느냐는 아내의 말에 '나'는 그와는 힘들이지 않고도 지껄이기가 좋고 또한 웃음밖에는 남는 것이 없어 기분이 거뜬해지기 때문이라고 대답합니다. 정상적인 사람들은 자신의 욕심과 의도 때문에 생각한 바를 완전히 드러내지 않지만, 황수건은 우둔하면서도 천진한 눈으로 자신을 솔직하게 보여 주기 때문이지요.

서술자인 '나'는 황수건에게 친밀감을 느끼고 그의 기쁨과 슬픔을 함께 나눕니다. 그가 원배달이 된다는 것을 좋은 친구가 큰 출세나 하는 것처럼 진심으로 기뻐하고, 원배달이 되어 배달복을 입고 방울을 차고 와서 우쭐거리는 모습을 보려고 뛰어나갑니다. 또 그가 보조 배달마저 못 하게 되었을 때 친구가 큰 사업에나 실패한 것처럼 마음 아파하고 참외 장사를 해보라며 삼 원을 주기도 합니다.

그러나 '나'는 황수건에게 연민과 안타까움을 느끼면서도 그의 비극적인 삶을 일정한 거리를 유지하며 전달하고 있습니다. 이러한 객관적인 서술 태도 때문에 황수건의 불우한 삶은 독자에게 서정적으로 다가옵니다. 즉, 눈물을 뿌리며 통곡하기보다는 가슴 한구석이 찡해지는 아픔을 느끼게 하는 것입니다.

4 왜 '나'는 황수건이 훔쳐 온 포도 다섯 송이를 아껴 먹었을까요?

황수건은 반편에 가까운 못난이이기 때문에 어떤 일을 하기 전에 자신의 행동이 가져올 결과를 이것저것 따져 생각할 능력이 없습니다. 아마도 포도원 옆을 지나며 탐스러운 포도를 보고 자신을 아껴 주던 '나'가 생각났겠지요. 직업을 잃고 주머니에 돈이 없는 황수건은 '나'를 위해 아무런 죄의식도 없이 포도원에서 포도를 훔쳐 왔을 것입니다. 결국 붙잡혀 혼이 나는 황수건을 대신해 돈을 물어 준 '나'는 그가 훔쳐 온 포도를 오래 바라보며 그의 은근한 순정의 열매를 먹듯 아껴서 먹습니다.

'나'는 황수건이 포도를 훔쳤다는 사실에 윤리적 잣대를 들이대거나, 포도 값을 물어 줬으니 자기가 산 거나 다름없다는 경제 논리를 내세우기보다는 황수건의 따뜻한 마음을 먼저 생각합니다. 각박해지는 세상 속에서 황수건의 순수한 인정은 더없이 소중한 가치를 지닌 것이기에 '나'는 포도를 아껴 먹으며 포도에 담긴 황수건의 마음을 음미하는 것입니다.

5 황수건의 삶을 통해 엿볼 수 있는 당시의 현실은 어떠한가요?

황수건은 모자라는 사람이라서 일 처리를 정확히 하지 못합니다. 삼산학교 급사로 있을 때에는 손님을 상대로 수다를 늘어놓는 만담삼매에 빠져 종 치는 것을 잊기도 하고, 색시가 달아날까 봐 집에 일찍 가려고 시간보다 일찍 종을 치기도 합니다. 그 때문에 선생들이 충고를 했으나 잘못을 고치지 못해 삼산학교에서 해고를 당합니다. 또 신문 배달을 할 때는 집을 잘 찾지도 못할 뿐 아니라 다른 사람은 해가 지기 전에 하는 배달을 집을 안 뒤에도 밤 아홉 시에나 올 정도로 일 처리가 느립니다. 결국 그는 자신의 소원인 원배달이 되지 못하고 보조 배달 자리마저 잃고 맙니다.

황수건이 직장에서 해고되는 것은 도구적 합리성과 경제적 효율성이 중시되는 자본주의 사회에 적응하지 못한 결과입니다. 그는 지적으로 모자라기 때문에 사람들의 인정과 보호가 있는 사회에서만 살아갈 수 있습니다. 그런데 자본주의 사회에서는 인정보다 합리성과 효율성, 경제적 가치를 중시하기 때문에 약삭빠른 사람만이 생존 경쟁에서 이길 수 있습니다. 황수건처럼 쓸데없는 수다나 떨며 비효율적으로 일하는 못난이는 도태될 수밖에 없습니다. 그러나 황수건의 쓸데없는 수다는 그의 순수한 심성과 따뜻한 인간애에서 비롯된 것입니다. 그럼에도 불구하고 사회에서 소외될 수밖에 없다는 것은 당시 사회가 인정보다는 물질적 욕망과 이익을 중시하는 자본주의 사회로 변했다는 것을 의미합니다.

그는 참외 장사에도 실패하고 아내마저 도망가 버리는 불우한 처지에 놓입니다. 황수건의 아내는 동서의 구박을 이기지 못해 도망을 가는데 이는 못난이 동생 부부를 포용하지 못하는 동서의 이기심 때문이라고 할 수 있습니다. 황수건과 같은 못난이를 따뜻한 인간미로 포용해 주는 세상은 이제 어디에서도 찾아볼 수 없습니다. 시골처럼 보이는 성북동에서마저 설 자리를 잃은 황수건의 불우한 삶은 각박해진 현실을 그대로 보여 줍니다.

6 "달밤은 그에게도 유감한 듯하였다"라는 마지막 문장이 암시하는 것은 무엇일까요?

이 소설의 결말 부분은 달밤을 배경으로 하여 술에 취해 비틀거리는 황수건을 나무 그늘 아래 숨어서 지켜보는 '나'의 눈을 통해 하나의 풍경으로 시각화하여 제시하고 있습니다.

깁을 깐 듯한 밝은 달빛 아래서 맑지도 못한 음성으로 일본 유행가 구절인 '술은 눈물이냐 한숨이냐'를 되풀이해 부르면서 전에 본 적이 없는 담배를 피우고 술에 취해 큰길이 좁다는 듯이 휘적거리며 내려오는 모습은 독특한 분위기를 자아냅니다.

더 이상 전통 사회의 따뜻한 동정을 기대하지 못하는 황수건 같은 못난이들에게 현실은 암담한 밤이라고 할 수 있습니다. 그런데 깁을 깐 듯한 밝은 달빛은 사회에서 소외된 황수건의 애수를 서정적으로 각인시키고 있습니다. 아름다운 달밤이 황수건의 비극적인 형상과 어우러져 선명한 인상을 남기는 것입니다.

"달밤은 그에게도 유감한 듯하였다"는 구절은 황수건과 같은 희극적인 인물도 방황할 수밖에 없는 현실, 그리고 그러한 사회에서 느끼는 황수건의 외로움과 소외감을 암시하고 있습니다.

7 황수건의 삶이 앞으로 어떻게 전개될지 상상해 봅시다.

황수건은 순수하지만 모자라고 어리석습니다. 또 자기 중심적 사고방식을 가지고 있어서 변화하는 세태에 적응하지 못합니다. 틈만 나면 자신만의 만담삼매에 빠져 효율적으로 일할 줄도 모릅니다. 그래서 삼산학교 급사 자리에서 해고되었고, 신문 보조 배달 자리에서마저 쫓겨났으며, 참외 장사도 실패하고, 아내가 도망가는 바람에 가정도 잃었습니다.

그는 자신의 불우한 삶에 비애를 느끼겠지만 모자라기 때문에 가난의 원인도 해결 방법도 알지 못합니다. 다시 삼산학교에 들어가려고 운동을 한다지만 쉽게 이루어질 것 같지 않습니다. 자기 중심적 사고에 빠져 선생들이 충고해도 잘못을 반성할 줄 모르고, 자신의 이익을 위해 처세를 달리하는 속물적인 인간도 못 되기 때문입니다. 근대화가 진행되는 사회에 그가 설 자리는 없어 보입니다. 그는 아마도 포도를 훔쳤듯이 생계를 위해 범죄자로 전락하거나 거리의 부랑자로 떠돌지도 모릅니다. 분명한 것은 그가 가난에서 벗어나거나 사회에서 공동체의 일원으로서 당당히 살아갈 수는 없다는 것입니다.

까마귀

음습한 별장과 까마귀 울음소리를
배경으로 인간 본연의 고독과
죽음의 문제를 다룬 분위기 소설.

감상의 길잡이

"죽음이 아름답게 생각될 때 죽는 것처럼·행복은 없을 것 같아요"

독신 청년 작가와 폐병에 걸린 미녀의 별장 괴담

「까마귀」는 1936년 『조광』에 발표된 단편으로, 인간의 근원적인 고독과 죽음의 문제를 감각적으로 묘사한 유미주의적 색채가 강한 작품입니다. 유미주의는 탐미주의라고도 하는데 미적 쾌락을 추구하고 아름다움에 최고의 가치를 두는 예술지상주의적 세계관을 말합니다. 문학에서는 정신이나 내용보다는 감각이나 형식을, 현실보다는 공상을 중시하고, 때로는 악(惡)에서까지 미를 발견하려는 경향으로 드러납니다. 우리 문학 작품에서는 김동인의 소설 「광염 소나타」, 김영랑의 시 「모란이 피기까지는」에서 그 단편적인 모습을 엿볼 수 있습니다.

이 소설에서 작가는 주인공 '그'의 가난, 여자의 폐결핵, 정혼자의 사랑, 여자에 대한 그의 감정 등 삶의 비극성이나 주인공의 비극적 운명을 오히려 아름답게 그리고 있습니다. 현실에서 가질 수 없는 것이 있으면 더 갖고 싶어지는 것처럼 아름답다고 생각하는 것을 성취할 수 없을 때 더 아름답게 보이는 것입니다. 그래서 미녀의 죽음은 더 안타깝고, 이룰 수 없는 사랑은 더 애틋한 아름다움을 느끼게 합니다. 희망을 가질 수 없을 때 그 절망은 더 아름답게 보인다는 역설을 통해 이 소설은 사라져 가는 것의 아름다움을 그린 소멸의 미학, 죽음의 미학을 보여 줍니다.

이 소설은 「어셔가의 몰락」 「검은 고양이」 등 괴기스러운 작품을 많이 쓴 애드거 앨런 포의 시 「레이벤(The Raven)」의 영향을 받았다고 합니다. '갈가마귀'라는 뜻의 「레이벤」은 죽은 연인에 대한 끝없는 연민이라는 낭만적인 내용을 냉철한 형식에 담은 작품입니다. 포의 시와 같은 제목의 이 소설에서는, 주인공 '그'가 폐결핵을 앓고 있는 여인의 애인이 될 결심을 하며 여자를 「레이벤」에 나오는 '레노어'와 동일시하는 장면에서 「레이벤」의 내용이 일부 보입니다.

1936년 상반기에 발표된 작품 가운데 최고라는 평가에서부터 우연성이 남발된 경박한 작품이라는 평가까지 상반된 평가를 받은 이 작품은 1930년대 우리 사회에 만연했던 죽음에 대한 찬미, 즉 '사(死)의 찬미'에 해당하는 작품으로 평가됩니다. 작가는 괴벽한 문체를 고집하는 독신 청년 작가와 결핵에 걸려 죽음을 목전에 둔 미녀와의 만남을 통해 죽어 가는 사람의 고독한 심리를 그리고 있습니다.

이 소설에서 돋보이는 것은 감각적인 묘사와 분위기입니다. 작가는 고색창연한 별장의 시각적 묘사와 반복되는 까마귀 울음소리의 청각적 묘사, 지적이고 아름다운 여자의 죽음을 통해 죽음이라는 강렬한 정서를 환기시킵니다. 고색창연한 별장은 여름에나 사용하고 겨울에는 사용하지 않아 비일상적인 공간이라고 볼 수 있습니다. 여기에 괴벽한 문체를 고집하는 탓에 가난한 삶을 살아가는 독신의 작가가 겨울을 나러 찾아오고, 그는 우연히 폐병에 걸려 죽어 가는 미녀를 만나게 됩니다. 그런데 괴벽한 문체의 작가나 폐병에 걸린 여자는 모두 사회에서 흔히 볼 수 없는 소외된 사람들이라고 할 수 있습니다. 별장이라는 비일상적 공간에 찾아 든 이 비일상적인 사람들은 공포 영화를 연상시킬 만큼 괴기스러운 데가 있습니다. 게다가 계속되는 까마귀 울음소리는 작품의 분위기를 음산하고 섬뜩하게 하면서, 젊은 여인의 죽음을 예감케 합니다.

이 소설의 주된 갈등은 죽음을 앞두고 있는 여자와 삶을 꾸려 나가는 사람들과의 갈등인데 이는 '그'와 여자의 대화를 통해 드러납니다. 죽음을 앞둔 그녀에게 죽음은 극도의 불안과 공포의 대상이며 현실의 문제입니다. 이에 비해 그와 그녀의 정혼자, 의사 등 삶을 꾸려 나가는 사람들은 죽음에 대한 인식이 피상적이고 비현실적이어서 죽음의 고통을 함께하고 위로해 줄 수 있다는 낭만적인 태도를 보입니다.

그러나 공포에 사로잡혀 있는 그녀에게, 그녀의 애인이 되리라는 그의 결심, 여자가 각혈한 피를 마시는 정혼자의 행위, 의사의 거짓말은 외로움을 느끼게 할 뿐 조금도 위로가 되지 못합니다. 급기야 그는 까마귀를 잡아 그 뱃속에 든 내장을 그녀에게 직접 확인시켜 죽음에 대한 공포를 덜어 주고자 합니다. 하지만 오히려 죽어 가는 까마귀의 모습을 보며 그녀의 임종을 상상해 보고는 슬픈 일이라 생각합니다. 결국 죽음에 대한 공포를 덜어 주기 위한 그의 노력은 수포로 돌아가고, 그는 출판사에 다녀오는 길에 그녀의 시신을 실은 영구차를 보게 됩니다. 영구차가 굴러간 자리도 이내 함박눈에 덮여 버리는 모습에서 그는 죽음의 허무함을 느낄 수밖에 없습니다. 이 작품은 인간은 죽음의 공포를 혼자서 감당해야 하는 외로운 존재이며, 까마귀가 여전히 울듯이 죽음의 공포는 항상 가까이 존재한다는 사실을 일깨워 줍니다.

까마귀

"호—."

새로 사온 것이라 등피[1]에서는 아직 석유내도 나지 않는다. 닦을 것도 별로 없지만 전에 하던 버릇으로 그렇게 입김부터 불어 가지고 어스레해진[2] 하늘에 비춰 보았다. 등피는 과민하게도[3] 대뜸 뽀오얗게 흐려지고 만다.

"날이 꽤 차졌군……."

그는 등피를 닦으면서 아직 눈에 익지 않은 정원을 둘러보았다. 이끼 앉은 돌층계 밑에는 발이 묻히게 낙엽이 쌓여 있고 상나무, 전나무 같은 상록수를 빼어 놓고는 단풍나무까지 이미 반나마 이울어[4] 어떤

1) 등피(燈皮) 등불이 바람에 꺼지지 않게 하거나 전구를 보호하기 위해 덧씌우는 유리.
2) 어스레하다 조금 어둑하다.
3) 과민하다(過敏—) 지나치게 예민하다.

나무는 잎이라고 하나도 없이 설멍하게[5] 서 있다. '무장해제를 당한 포로들처럼' 하는 생각을 하면서 그런 쓸쓸한 나무들이 이 구석 저 구석에 묵묵히 섰는 것을 그는 등피를 다 닦고도 다시 한참이나 바라보다가 자기 방으로 정한 바깥채 작은사랑으로 올라갔다.

여기는 그의 어느 친구네 별장이다. 늘 괴벽한[6] 문체(文體)를 고집하여 독자를 널리 갖지 못하는 그는 한 달에 이십 원 남짓하면 독방을 차지할 수 있는 학생층의 하숙 생활조차 뜻대로 되지 않았다. 궁여의 일책[7]으로 이렇게 임시로나마 겨우내 그냥 비워 두는 친구네 별장 방 하나를 빌린 것이다. 내년 칠월까지는 어느 방이든지 마음대로 쓰라고 해서 정자지기가 방마다 문을 열어 보이는 대로 구경하였으나 모두 여름에나 좋을 북향들이라 너무 음습하고[8] 너무 넓고 문들이 많아서 결국은 바깥채로 나와, 상노[9]들이나 자는 방이라는 작은사랑을 치우게 한 것이다.

상노들이나 자는 방이라 하나 별장 전체를 그리 손색[10] 있게 하는 방은 아니었다. 동향이어서 여름에는 늦잠을 자지 못할 것이 흠일까, 겨울에는 어느 방보다 밝고 따뜻할 수 있고 미닫이와 들창도 다 갑창[11]까지 드린 데다 벽장문과 두껍닫이[12]에는 유명한 화가인지 아닌지는

4) 이울다 꽃이나 잎이 시들다. 점점 쇠약해지다.
5) 설멍하다 아랫도리가 가늘고 길어 어울리지 않다.
6) 괴벽하다 성격 따위가 이상야릇하고 까다롭다.
7) 궁여(窮餘)의 일책(一策) 궁한 나머지 짜낸 한 가지 계책. 궁여지책.
8) 음습하다(陰濕―) 그늘지고 축축하다.
9) 상노(床奴) 밥상을 나르거나 잔심부름을 하는 어린아이.
10) 손색(遜色) 서로 견주어 보아서 못한 점.
11) 갑창(甲窓) 추위나 밝은 빛을 막기 위하여 미닫이 안쪽에 덧끼우는 미닫이. 이중창.

몰라도 낙관이 있는 사군자며 기명절지(器皿折枝)[13]가 붙어 있다. 밖으로도 문 위에는 추성각(秋聲閣)이라는 추사체[14]의 현판[15]이 걸려 있고 양쪽 처마 끝에는 파아랗게 녹슨 풍경이 창연히[16] 달려 있다. 또 미닫이를 열면 눈 아래 깔리는 경치도 큰사랑만 못한 것 같지 않으니, 산기슭에 나붓이[17] 섰는 수각(水閣)[18]과 그 밑으로 마른 연잎과 단풍이 잠긴 연당[19]이며 그리고 그 연당 언덕으로 올라오면서 무룡석으로 석가산[20]을 모으고 잔디밭 새에 길을 돌린 것은 이 방에서 내려다보기가 그중일 듯싶었다. 그런 데다 눈을 번뜻 들면 동편 하늘이 바다처럼 트이고 그 한편으로 훤칠한 늙은 전나무 한 채가 절벽같이 가려 섰는 것이다. 사슴의 뿔처럼 썩정귀[21]가 된 상가지[22]에는 희끗희끗 새 똥까지 묻히어서 고요히 바라보면 한눈에 태고가 깃들이는 듯한 그윽한 경치이다.

오래간만에 켜보는 남폿불[23]이다. 펄럭하고 성냥불이 심지에 옮기더니 좁은 등피 속은 자옥하게 연기와 김이 서리었다가 차츰차츰 밝아지

12) 두껍닫이 미닫이를 열 때 창짝이 들어가 가리게 된 곳. 두껍창.
13) 기명절지 온갖 그릇과 화초의 가지를 섞어서 그린 그림.
14) 추사체(秋史體) 조선 후기의 명필인 추사 김정희의 글씨체.
15) 현판(懸板) 글자나 그림을 새겨 절이나 누각, 사당, 정자 따위의 문 위나 벽에 다는 널조각.
16) 창연하다(蒼然—) 예스러운 빛을 드러내다.
17) 나붓하다 자그마한 것이 좀 넓은 듯하다.
18) 수각 물가나 물 위에 세운 정각.
19) 연당(蓮堂) 연꽃을 구경하기 위하여 연못가에 지은 당.
20) 석가산(石假山) 정원 가운데에 돌을 모아 쌓아서 조그마하게 만든 산.
21) 썩정귀 삭정이. 살아 있는 나무에 붙어 있는, 말라 죽은 가지.
22) 상가지 '윗가지'의 사투리. 큰 나무의 높은 가지.
23) 남폿불 남포등에 켜 놓는 불.

는 것이었다. 그렇게 차츰차츰 밝아지는 남폿불에 빙 둘러앉았던 옛날 집안사람들의 얼굴이 생각나게, 그렇게 남폿불은 추억 많은 불이다.

그는 누워 너무나 고요함에 귀를 빼앗기면서 옛사람들의 얼굴을 그려 보다가 너무나 가까운 데서 까악! 까악! 하는 까마귀 소리에 얼른 일어나 문을 열었다. 바깥은 아직 아주 어둡지 않았다. 또 까악! 까악! 하는 소리에 치어다보니 지나가면서 우는 소리가 아니라 바로 그 전나무 썩정 가지에 시커먼 세 마리가 웅크리고 앉아 그러는 것이었다.

"까마귀!"

까치나 비둘기를 본 것만은 못하였다. 그러나 자연이 준 그의 검음과 그의 탁한 음성을 까닭 없이 저주할 필요는 느끼지 않았다. 마침 정자지기가 올라와서,

"아, 진지는 어떡하십니까?"

하는 말에, 우유하고 빵이나 먹고 밥 생각이 나면 문안 들어가 사 먹는다고, 그래도 자기는 괜찮다고 어름어름하고[24] 말막음으로,

"웬 까마귀들이?"

하고 물었다.

"네, 이 동네 많습니다. 저 낡[25]에 늘 와 사는 걸입쇼."

"그래요? 그럼 내 친구가 되겠군……."

하고 그는 웃었다.

"요 아래 돼지 기르는 데가 있습죠니까. 거기 밥찌께기 같은 게 흔하니까 그래 가마귀가 떠나질 않습니다."

24) 어름어름하다 말 따위를 똑똑히 하지 않고 얼버무리다.
25) 낡 '나무'의 옛말.

하면서 정자지기는 한 걸음 나서 풀매[26] 치는 형용을 하니 까마귀들은 주춤하고 날 듯한 자세를 가지다가 아래를 보더니 도로 앉아서 이번에는 '까르르……' 하고 GA 아래 R이 한없이 붙은 발음을 하는 것이다.

정자지기가 내려간 후 그는 다시 호젓하니[27] 문을 닫고 아까와 같이 아무렇게나 다리를 뻗고 누워 버렸다.

배가 고팠다. 그는 또 그 어느 학자의 수면습관설이 생각났다. 사람이 밤새도록 그 여러 시간을 자는 것은 불을 발명하기 전에 할 일이 없어 자기만 한 것이 습관으로 전해진 것뿐이요, 꼭 그렇게 여러 시간을 자야만 될 리는 없다는 것이다. 그는 이 수면습관설에 관련하여 식욕이란 것도 그런 것으로 믿어 보고 싶었다. 사람은 하루 꼭꼭 세 번씩으레 먹어야 될 것처럼 충실히 먹는 것이나 이것도 그렇게 많이 먹어야만 되게 되어서가 아니라, 애초에는 수효 적은 사람들이 넓은 자연 속에서 먹을 것이 쉽사리 손에 들어오니까 먹기만 하던 것이 습관으로 전해진 것뿐이요 꼭 그렇게 세 끼씩이나 계획적으로 먹어야만 될 리는 없을 것 같았다. 그런데, 사람이 잠을 자기 위해서는 그처럼 큰 부담이 있는 것은 아니나 먹기 위해서는, 하루에 세 번씩 먹는 그 습관을 지키기 위해서는 얼마나 큰, 얼마나 무거운 부담이 있는 것인가. 그러기에 살려고 먹는 것이 아니라 먹으려고 산다는 말까지 생긴 것이 아닌가 생각되었다.

'먹을려구 산다! 평생을 먹을려구만 눈이 빨개 허둥거리다 죽어?

26) 풀매 팔매. 돌 따위의 단단한 물건을 힘껏 던짐.
27) 호젓하다 고요하고 쓸쓸하다.

그건 실로 사람의 모욕이다.'

그는 쓴웃음을 지으며 지금 자기의 속의 쓰려 올라오는 것과 입속이 빡빡해지며 눈에는 자꾸 기름진 식탁이 나타나는 것을 한낱 무가치한 습관의 발작으로만 돌려 버리려 노력해 보는 것이다.

'어디선지 르나르[28]는 예술가는 빵 한 근보다 꽃 한 송이를 꺾는다고, 그러나 배가 고프면? 하고 제가 묻고는 그러면 그는 괴로워하고 훔치고 혹은 사람을 죽일지도 모른다. 그렇더라도 글쓰기를 버리지는 않을 게라고 했다. 난 배가 고파할 줄 아는 그 얄미운 습관부터 아예 망각시켜 보리라. 잉크는 새것이 한 병 새벽 우물처럼 충충히[29] 담겨 있것다, 원고지도 두툼한 게 여남은[30] 축[31] 쌓여 있것다!'

그는 우선 그 문 앞으로 살랑살랑 지나다니면서 "쌀값은 올르기만 허구…… 석탄두 들여야겠는데……"를 입버릇처럼 하던 주인 마누라의 목소리를 십 리나 떨어져서 은은한 풍경 소리와 짙은 어둠에 흠뻑 싸인, 이 산장[32] 호젓한 방에서 옛 애인을 만난 듯한 다정스러운 남폿불을 돋우고 글만을 생각하는 데 취할 수 있는 것이 갑자기 몸이 비단에 싸이는 듯, 살이 찔 듯한 행복이었다.

저녁마다 그는 남포에 새 석유를 붓고 등피를 닦고 그리고 까마귀

28) 르나르(Jules Renard, 1864~1910) 프랑스의 소설가 · 극작가. 대표작으로 『홍당무』가 있다.
29) 충충하다 물이나 빛깔 따위가 흐리고 칙칙하다.
30) 여남은 열이 조금 넘는 수.
31) 축(軸) 종이를 세는 단위. 한지는 열 권 분량임.
32) 산장(山莊) 산속에 있는 별장.

소리를 들으면서 어둠을 기다리었다. 방 구석구석에서 밤의 신비가 소곤거려 나올 때 살며시 무릎을 꿇고 귀한 손님의 의관[33]처럼 공손히 남포갓을 들어 올리고 불을 켜는 것이며 펄럭거리던 불방울이 가만히 자리 잡는 것을 보고야 아랫목으로 물러나 그제는 눕든지 앉든지 마음대로 하며 혼자 밤이 깊도록 무얼 읽고 무얼 생각하고 무얼 쓰고 하는 것이다. 그래서 아침이면 늘 늦도록 자곤 하였다. 어떤 날은 큰사랑 뒤에 있는 우물에 올라가 세수를 하고 나면 산 너머로 오정[34] 소리가 울려 오기도 했다. 그러다가 이날은 무슨 무서운 꿈을 꾸고 그 서슬에 소스라쳐 깨어 보니 밤은 벌써 아니었다. 미닫이에는 전나무 가지가 꿩의 장목[35]처럼 비끼었고[36] 쨍쨍한 햇볕은 쏴아 소리가 날 듯 쪼여 있었다. 어수선한 꿈자리를 떨쳐 버리는 홀가분한 기분과 여기 나와서는 일찍 깨어 보는 호기심에서 그는 머리를 흔들고 미닫이부터 쫙 밀어 놓았다. 문턱을 넘어 드는 바깥 공기는 체온에 부딪히는 것이 찬물 같았다. 여윈 손으로 눈을 비비며 얼마나 아름다운 아침인가를 내어다보았다. 해는 역광선이어서 부신 눈으로 수각을 더듬고 연당을 더듬고 잔디밭 길을 더듬다가 그 실뱀 같은 잔디밭 길에서다. 그는 문득 어떤 여자의 그림자 하나를 발견한 것이다.

여태 꿈인가 해서 다시금 눈부터 비비었다. 확실히 여자요 또 확실히 고요히 섰으되 산 사람이었다. 그는 너무 넓게 열렸던 문을 당황히

33) 의관(衣冠) 옷과 갓. 옷차림.
34) 오정(午正) 낮 열두시. 정오.
35) 장목 꿩의 꽁지깃을 묶어 깃대 끝에 꽂아 다는 꾸밈새.
36) 비끼다 비스듬히 놓이거나 늘어지다.

닫아 버리고 다시 조그만 틈으로 내어다보았다.

여자는 잊어버린 듯 오래도록 햇볕만 쏘이고 서 있다가 어디선지 산새 한 마리가 날아와 가까운 나뭇가지에 앉는 것을 보더니 그제야 사뿐 발을 떼어 놓았다. 머리는 틀어 올리었고 저고리는 노르스름한 명주빛인데 고동색 스웨터를 아이 업듯 두 소매는 앞으로 늘어뜨리고 등에만 걸치었을 뿐, 꽤 날씬한 허리 아래엔 옥색 치맛자락이 부드러운 물결처럼 가벼운 주름살을 일으키었다. 빨간 단풍잎 하나를 들었을 뿐, 고요한 아침 산보인 듯하다.

'누굴까?'

그는 장정(裝幀)[37]고운 신간서(新刊書)에처럼 호기심이 일어났다. 가까이 축대 아래로 지나가는 것을 보니 새 양봉투 같은 깨끗한 이마에 눈결은 뉘어 쓴 영어 글씨같이 채근하다. 꼭 다문 입술, 그리고 뾰로통한 콧봉우리에는 약간치 않은 프라이드가 느껴지는 얼굴이었다.

'웬 여잔데?'

이튿날 아침에도 비교적 이르게 잠이 깨었다. 살며시 연당 쪽을 내어다보니 연당 앞에도 잔디밭 길에도 아무도 사람이라고는 보이지 않았다. 왜 그런지 붙들었던 새를 날려 보낸 듯 그는 서운하였다.

이날 오후이다. 그는 낙엽을 긁어다가 불을 때고 있었다. 누군지 축대 아래에서 인기척이 났다. 머리를 쓸어 넘기며 내려다보니 어제 아침의 그 여자다. 어제 그 옷, 그 모양, 그 고요함으로 약간 발그레해진 얼굴을 쳐들고 사뭇[38] 아는 사람을 보듯 얼굴을 돌리려 하지 않고 걸

37) 장정 책의 모양새 전반에 걸친 의장. 책치레.
38) 사뭇 계속하여 줄곧.

음을 멈추고 섰는 것이다. 이쪽은 당황하여 다시 머리를 쓸어 넘기며 일어섰다.

"×선생님 아니세요?"

여자가 거의 자신을 가지고 먼저 묻는다.

"네, ×××입니다."

"……."

여자는 먼저 물어 놓고 더 말이 없이 귀밑까지 발그레해지는 얼굴을 푹 수그렸다. 한참이나 아궁에서 낙엽 타는 소리뿐이었다.

"절 아십니까?"

"……."

여자는 다시 얼굴을 들 뿐, 말은 없다가 수줍은 웃음을 머금고 옆에 있는 돌층계를 휘뚝휘뚝 올라왔다. 이쪽에서는 낙엽 한 무더기를 또 아궁에 쓸어 넣고 손을 털었다.

"문간에 명함 붙이신 걸로 알었세요."

"네……."

"저두 선생님 독자예요. 꽤 충실한……."

"그러십니까? 부끄럽습니다."

그는 손을 비비며 여자의 눈을 보았다. 잦아든 가을 호수와 같이 약간 꺼진 듯한, 피곤한 눈이면서도 겨울 별 같은 찬 광채가 일어났다.

"손수 불을 때시나요?"

"네."

"전 이 집 정원을 저희 집처럼 날마다 산보 와요, 아침이문……."

"네! 퍽 넒구 좋은 정원입니다."

"참 좋아요…… 어서 때세요."

"네, 이 동네께십니까?"[39]

"요 개울 건너예요."

이날은 더 이야기가 나올 새 없이 부끄러움도 미처 걷지 못하고 여자는 돌아가고 말았다.

그는 한참 뒤에 바깥 행길로 나와 개울 건너를 살펴보았다. 거기는 기와집 초가집 여러 집이 언덕에 층층으로 놓여 있었다. 어느 것이 그 여자가 들어간 집인지 짐작조차 할 수 없었다.

이날 저녁에 정자지기를 만나 물었더니,

"그 여자 병인이올시다."

하였다. 보기에 그리 병색은 아니더라 하니,

"뭐 폐병이라나요. 약 먹누라구 여기 나왔는데 숨이 차 산엔 못 댕기구 우리 정자로만 밤낮 오죠."

하였다.

폐병! 그는 온전한 남의 일 같지 않게 마음이 쓰였다. 그렇게 예모[40] 있고 상냥스러운 대화를 지껄일 수 있는 아름다운 입술이 악마 같은 병균을 발산하리라는 사실은 상상만 하기에도 우울하였다.

그러나 그 다음날부터는 정원에서 그 여자를 만나 인사할 수 있는 것이 즐거웠고 될 수만 있으면 그를 위로해 주고 그와 더불어 자기의 빈한한[41] 예술을 이야기하고 싶었다. 그래서 그 여자가 자기 방문 앞

39) 이 동네께십니까 이 동네 근처십니까.
40) 예모(禮貌) 예절에 맞는 태도.
41) 빈한하다(貧寒—) 몹시 가난하여 쓸쓸하다.

으로 왔을 때에는 몇 번이나,

"바람이 찹니다."

하여 보았다. 그러나 번번이,

"여기가 좋아요."

하고 여자가 툇마루에 걸터앉았고 손수건으로 자주 입과 코를 막기를 잊지 않았다. 하루는,

"글쎄 괜찮으니 좀 들어오십시오."

하고 괜찮다는 말에 힘을 주었더니 여자는 약간 상기[42]가 되면서 그래도 이쪽에 밝히 따지려는 듯이,

"전 전염병 환자예요."

하고 쓸쓸한 웃음을 지었다.

"글쎄 그런 줄 압니다. 괜찮으니 들어오십시오."

하니 그제야 가벼운 감격이 마음속에 파동 치는 듯, 잠깐 멀리 하늘가에 눈을 던지었다가 살며시 들어왔다. 황혼이었다. 동향 방의 황혼이라 말할 때의 그 여자의 맑은 눈 속과 흰 잇속만이 별로 또렷또렷 빛이 났다.

"저처럼 죽음에 대면해 있는 처녀를 작품 속에서 생각해 보신 적 계서요, 선생님?"

"없습니다! 그리구 그만 정도에 왜 죽음은 생각허십니까?"

"그래도 자꾸 생각하게 되어요."

하고 여자는 보일 듯 말 듯한 웃음으로 천장을 쳐다보았다. 한참 침묵

42) 상기(上氣) 얼굴이 붉게 달아오름.

뒤에,

"전 병을 퍽 행복스럽다 했어요. 처음엔……."

"……."

"모두 날 위해 주고 친구들이 꽃을 가지고 찾아와 주고 그리고 건강했을 때보다 여간 희망이 많지 않아요. 인제 병이 나으면 누구헌테 제일 먼저 편지를 쓰겠다, 누구헌테 전에 잘못한 걸 사과하리라…… 참 별별 희망이 다 끓어올랐예요…… 병든 걸 참 감사했어요. 그땐……."

"지금은요?……"

"무서와졌예요. 죽음도 첨에는 퍽 아름다운 걸로 알았드랬예요. 언제든지 살다 귀찮으면 꽃밭에 뛰어들듯 언제나 아름다운 죽음에 뛰어들 수 있는 걸 기뻐했어요. 그런데 이렇게 닥뜨리고 보니 겁이 자꾸 나요. 꿈을 꿔두……."

하는데 까악까악 하는 소리가 바로 그 전나무 썩정 가지에서인 듯, 언제나 똑같은 거리에서 울려 왔다.

"여기 나와선 까마귀가 내 친굽니다."

하고 그는 억지로 그 불길스러운 소리를 웃음으로 덮어 버리려 하였다.

"선생님은 친구라구꺼정! 전 이 동네가 모두 좋은데 저게 싫어요. 죽음을 잊어버리면 안 된다구 자꾸 깨쳐 주는 것 같아요."

"건 괜한 관념인 줄 압니다. 흰 새가 있듯 검은 새도 있는 거요, 소리 맑은 새가 있듯 소리 탁한 새도 있는 거죠. 취미에 따란 까마귀도 사랑할 수 있는 샌 줄 압니다."

"건 죽음을 아직 남의 걸로만 아는 건강한 사람들의 두개골을 사랑하는 것 같은 악취미겠지요. 지금 저한텐 무서운 짐승이에요. 무슨 음모를 가지구 복면하고 내 뒤를 쫓아다니는 무슨 음흉한 사내같이 소름이 끼쳐요. 아마 내가 죽으면 저 새가 덥석 날아와 앞을 설 것만 같이…….”

“…….”

“죽음이 아름답게 생각될 때 죽는 것처럼 행복은 없을 것 같아요.” 하고 여자는 너무 길게 지껄였다는 듯이 수건으로 입을 코까지 싸서 막고 멀거니 어두워 들어오는 미닫이를 바라보았다.

이 병든 처녀가 처음으로 방에 들어와 얼마 안 되는 이야기를 그의 체온과 그의 병균과 함께 남기고 간 날 밤, 그는 몹시 우울하였다.

무슨 말을 하여야 그 여자를 위로할 수 있을까?

과연 그 여자의 병은 구할 수 없는 것일까?

어떻게 하면 그 여자에게 죽음이 다시 한 번 꽃밭으로 보일 수 있을까?

그는 비스듬히 벽에 기대어 이것을 생각하다가 머릿속에서 무엇이 버스럭거리는 소리를 들었다. 가만히 이마에 손을 대니 그것은 벽장 속에서 나는 소리였다. 그는 벽장을 열고 두어 마리의 쥐를 쫓고 나무 때기처럼 굳은 빵 한 쪽을 꺼내었다. 그리고 한 손으로 뒷산에서 주워 온 그 환약과 같이 둥그러면서도 가랑잎처럼 무게가 없는 토끼의 배설물을 집어 보면서 요즘은 자기의 것도 그렇게 담박한[43] 것이 틀리지 않을 것을 미소하였다. ‘사람에게서도 풀내가 나야 한다’ 한 철인[44] 소

43) 담박하다(淡泊―) 맛이나 빛이 산뜻하다.
44) 철인(哲人) 사리에 밝고 인격이 뛰어난 사람. 철학자.

로[45]의 말이 생각났으며 사람도 사는 날까지 극히 겸손한 곤충처럼 맑은 이슬과 향기로운 풀잎으로만 만족하지 못하는 것을, 그 운명이 슬픈 생각도 났다.

'무슨 말을 하여 주면 그 여자에게 새 희망이 생길까?'

그는 다시 이런 궁리에 잠기었고 그랬다가 문득,

'내가 사랑하리라!'

하는 정열에 부딪치었다.

'확실히 그 여자는 애인을 갖지 못했을 거다. 누가 그 벌레 먹은 가슴에 사랑을 묻었을 거냐!'

그는 그 여자의 앉았던 자리에 두 손길을 깔아 보았다. 싸늘한 장판의 감촉일 뿐, 체온은 날아간 지 오래였다.

'슬픈 아가씨여, 죽더라도 나를 사랑하면서 죽어 다오! 애인이 없이 죽는 것은 애인을 남기고 죽기보다 더욱 슬플 것이다……. 오래전부터 병균과 싸워 온 그대에게 확실히 애인이 있을 수 없을 게다.'

그는 문풍지 떠는 소리에 덧문을 닫고 남포에 불을 낮추고 포[46]의 슬픈 시 「레이벤」[47]을 생각하면서,

"레노어? 레노어?"

하고, 포가 그의 애인의 망령(亡靈)[48]을 부르듯이 슬픈 음성을 소리쳐

45) 소로(Henry David Thoreau, 1817~1862) 미국의 사상가·문학자. 월든 호숫가에서의 생활을 담은 『월든—숲속의 생활』이 유명하다.

46) 포(Edgar Allan Poe, 1809~1849) 미국의 시인·소설가. 대표작으로 「모르그가의 살인사건」 「검은 고양이」 등이 있다.

47) 「레이벤(The Raven)」 포가 1845년에 발표한 시로, '갈가마귀' 라는 뜻이다.

48) 망령 죽은 사람의 넋.

보기도 하였다. 그 덮을 것도 없이 애인의 헌 외투 자락에 싸여서, 그러나 행복스럽게 임종하였을 레노어의 가엾고 또 아름다운 시체는, 생각하여 보면 포의 정열 이상으로 포근히 끌어안아 보고 싶은 충동도 일어났다. 포가 외로운 서재에 앉아 밤 깊도록 옛 책을 상고할[49] 때 폭풍은 와 문을 열어젖뜨렸고 검은 숲속에서는 보이지도 않는 까마귀가 울면서 머리 풀어헤친 아름다운 레노어의 망령이 스르르 방 안 한구석에 들어서곤 했다.

'오오, 나의 레노어! 너는 아직 확실히 애인을 갖지 못했을 거다. 내가 너를 사랑해 주며 내가 너의 죽음을 지키는 슬픈 애인이 되어 주마!'

그는 밤이 너무나 긴 것을 탄식하며 밝기를 기다리었다.

그러나 밝는 날 아침은 하늘은 너무나 두껍게 흐려 있었고 거친 바람은 구석구석에서 몰려나오며 눈발조차 희끗희끗 날리었다. 온실 속에서나 갸웃이 내어다보는 한 송이 온대지방 꽃처럼, 그렇게 가냘픈 그 처녀의 얼굴이 도저히 나타나기를 바랄 수 없는 날씨였다.

'오, 가엾은 아가씨! 너는 이렇게 흐린 날 어두운 방 속에 누워 애인이 없이 죽을 것을 슬퍼하리라! 나의 가엾은 레노어!'

사흘이나 눈이 오고 또 사흘이나 눈보라가 치고 다시 며칠 흐리었다가 눈이 오고 그리고 날이 들고 따뜻해졌다. 처마 끝에서 눈 녹은 물이 비 오듯 하는 날 오후인데 그 가엾은 아가씨가 나타났다. 더 창백해진 얼굴에는 상장(喪章)[50] 같은 마스크를 입에 대었고 방에 들어와서는

49) 상고하다(詳考—) 상세히 검토하다.
50) 상장 상중임을 나타내기 위하여 옷깃이나 소매 따위에 다는 표. 보통 검은 헝겊이나 삼베 조각으로 만들어 붙인다.

눈까풀이 무거운 듯 자주 눈을 감았다 뜨면서,

"그간 두어 번이나 몹시 각혈[51]을 했어요."

하였다.

"그러나……."

"의사는 기관에서 터진 피래지만 전 가슴에서 나온 줄 모르지 않아요."

"그래도 의사가 더 잘 알지 않겠어요?"

"의사가 절 속여요. 의사만 아니라 사람들이 다 날 속이려고만 들어요. 돌아서선 뻔히 내가 죽을 걸 이야기하다가도 나보군 아닌 체들 해요. 그래서 벌써부터 난 딴 세상 사람처럼 따돌리는 게 저는 슬퍼요. 죽음이 그렇게 외로운 거란 걸 날 죽기 전부터 맛보게들 해요."

아가씨의 말소리는 떨리었다.

"그래도…… 만일 지금이라도 만일…… 진정으로 사랑하는 사람이 있다면 그 사람의 말만은 곧이들으시겠습니까?"

"……."

눈을 고요히 감고 뜨지 않았다.

"앓으시는 병을 조금도 싫어하지 않고 정말 운명을 같이 따라 하려는 사람만 있다면……?"

"그럼 그건 아마 사람이 아니겠지요. 저한테 사랑하는 사람이 있긴 있어요……. 절 열렬히 사랑해 주어요. 요즘도 자주 저한테 나와요……."

"……."

"그는 정말 날 사랑하는 표로, 내가 이런, 모두 싫어하는 병에 걸린

51) 각혈(咯血) 피를 토함.

걸 자기만은 싫어하지 않는단 표로 하루는 내 가슴에서 나온 피를 반 컵이나 되는 걸 먹기까지 한 사람이에요. 그렇지만 그게 내게 위로가 되는 줄 아세요?"

"……."

그는 우울할 뿐이었다.

"내 피까지 먹고 나허고 그렇게 가깝게 해도 그는 저대로 건강하고 저대로 살아가야 할 준비를 하니까요. 머리가 좋으면[52] 이발소에 가구, 신이 해지면 새 구둘 맞추고, 날마다 대학 도서관에 다니면서 학위 받을 연구만 하구 있어요. 그러니 얼마나 저하곤 길이 달라요? 전 머릿속에 상여,[53] 무덤 그런 생각뿐인데……."

"왜 그런 생각만 자꾸 하십니까?"

"사람끼린 동정하구퍼두 동정이 안 되는 거 같아요."

"왜요?"

"병자에겐 같은 병자가 되는 것 아니곤 동정이 못 될 겁니다. 그런데 어떻게 맘대로 같은 병자가 되며 같은 정도로 앓다 같은 시각에 죽습니까? 뻔히 죽을 사람을 말로만 괜찮다 괜찮다 하고 속이는 건 이쪽을 더 빨리 외롭게 만드는 거예요."

"어떤 상여를 생각하십니까?"

그는 대담하게 이런 것을 물어 주었다. 그렇게 하는 것이 그 아가씨의 세계를 접근하는 것이 될까 하였다.

"조선 상여는 참 타기 싫어요. 요즘 금칠 막 한 자동차도 보기도 싫

52) 머리가 좋다 머리카락이 많이 자라서 길다.
53) 상여(喪輿) 장사를 지낼 때 시체를 묘지까지 나르는 데 쓰는 가마같이 꾸민 들것.

어요. 하아얀 말 여럿이 끌구 가는 하얀 마차가 있다면…… 하고 공상해 봤어요. 그리고 무덤도 조선 무덤들은 참 암만 해도 정이 가질 않아요. 서양엔 묘지가 공원처럼 아름답다는데 조선 산수들야 어디 누구의 영원한 주택이란 그런 감정이 나요? 곁에 둘 수 없으니 흙으루 덮구 그냥 두면 비에 패이니까 잔디를 심는 것뿐이지 꽃 한 송이 심을 데나 꽂을 데가 있어요? 조선 사람처럼 죽는 사람의 감정을 안 생각해 주는 사람들은 없는 것 같아요. 괜히 그 듣기 싫은 목소리로 울기만 하고 까마귀나 모여들게 떡쪼가리나 갖다 어질러 놓고……."

"……."

"선생님은 왜 이렇게 외롭게 사세요?"

"……."

그는 아무 대답도 하지 않았다. 그 여자에게 애인이 없으리라 단정한 자기의 어리석음을 마음 아프게 비웃었고 저렇게 절망에 극하여 세상 욕심이라고는 털끝만큼도 없는 거룩한 여자를 애인으로 가진 그 젊은 학도[54]가 몹시 부러운 생각뿐이었다.

날은 이미 황혼에 가까웠다. 연당 아래 전나무 꼭대기에서는 아직, 그 탁한 소리로 울지는 않으나 그 우악스런[55] 주둥이로 그 검은 새들이 썩정귀를 쪼는 소리가 딱딱 울려왔다.

"까마귀가 온 게지요?"

"그렇게 그게 싫으십니까?"

"싫어요. 그것 뱃속엔 아마 별별 구신딱지가 다 든 것처럼 무서워요.

54) 학도(學徒) 학문을 닦는 사람. 학생.

55) 우악스럽다 거칠고 험상궂다.

한번은 꿈을 꾸었는데 까마귀 뱃속에 무슨 부적이 들고 칼이 들고 시퍼런 불이 들고 한 걸 봤어요. 웃지 마세요. 상식은 절 떠난 지 벌써 오래요…….”

“허허…….”

그러나 그는 웃고 속으로 이제 까마귀를 한 마리 잡으리라 하였다. 그 배를 갈라서 그 속에는 다른 새나 조금도 다를 것이 없는 내장뿐인 것을 보여 주리라, 그래서 그 상식을 잃은 여자의 까마귀에 대한 공포심을 근절시키고[56] 그래서 죽음에 대한 공포심까지도 좀 덜게 해주리라 마음먹었다.

그는 이 아가씨가 간 뒤에 그 길로 뒷산에 올라 물푸레나무를 베다가 큰 활을 하나 메웠다. 꼿꼿한 싸리로 살을 만들고 끝에다는 큰 못을 갈아 촉을 박고 여러 번 겨냥을 연습하여 보고 까마귀를 창문 가까이 유혹하였다. 눈 위에 여기저기 콩을 뿌리었더니 그들은 마침내 좌우를 의뭉스런[57] 눈으로 두리번거리면서도 내려와 그것을 쪼았다. 먼 데 것이 없어지는 대로 그들은 곧 날듯 날듯이 어깨를 곧추세우면서도[58] 차츰차츰 방문 가까이 놓인 것을 쪼으며 들어왔다. 방 안에서는 숨을 죽이고 조그만 문구멍에 살촉을 얹고 가장 가까이 들어온 놈의 옆구리를 겨냥하여 기운껏 활을 다려[59] 가지고 쏘아 버렸다.

56) 근절하다(根絶—) 다시 살아날 수 없도록 아주 뿌리째 없애 버리다.
57) 의뭉스럽다 겉으로는 어리숙한 것 같으나 속은 엉큼하다.
58) 곧추세우다 곧게 세우다.
59) 다리다 당기다. 잡아당기다.

푸드득 하더니 날기는 다 날았으나 한 놈이 죽지에 살이 박힌 채 이내 그 자리에 떨어졌고 다른 놈들은 까악까악거리면서 전나무 꼭대기로 올라갔다. 그는 황망히[60] 신을 끌며 떨어진 놈에게 쫓아 들어가 발로 덮치려 하였다. 그러나 까마귀는 어느 틈에 그의 발밑에 들지 않고 훨쩍 몸을 솟구어 그 찬란한 핏방울을 눈 위에 휘뿌리며 두 다리와 한 날개로 반은 날고 반은 뛰면서 잔디밭 쪽으로 더풀더풀 달아났다. 이쪽에서도 숨차게 뛰어 다우쳤다.[61] 보기에 악한[62]과 같은 짐승이었지만 그도 한낱 새였다. 공중을 잃어버린 그에겐 이내 막다른 골목이 나왔다. 화살이 그냥 박힌 채 연당으로 내려가는 도랑창[63]에 거꾸로 박히더니 쌕쌕하면서 불덩어리인지 핏방울인지 모를 두 눈을 뒤집어쓰고 집게 같은 입을 딱딱 벌리며 대가리를 곧추들었다. 그리고 머리 위에서는 다른 놈들이 전나무에서 내려와 까악거리며 저희 가족을 기어이 구하려는 듯이 낮게 떠돌며 덤볐다.

그는 슬그머니 겁이 나기도 했으나 뭉우리돌[64]을 집어 공중의 놈들을 위협하여 도랑에서 다시 더풀 올려 솟는 놈을 쫓아 들어가 곧은 발길로 멱투시[65]를 차 내던졌다. 화살은 빠져 떨어지고 까마귀만 대여섯 간 밖에 나가떨어지며 킥 하고 빼들적거렸다. 다시 쫓아가 발길을 들었으나 그때는 벌써 까마귀는 적을 볼 줄도 모르고 덮어 누르는 죽음

60) 황망하다(慌忙―) 마음이 몹시 급하여 당황하고 허둥지둥하다.
61) 다우치다 다그치다. 일이나 행동 따위를 빨리 끝내려고 몰아치다.
62) 악한(惡漢) 악당.
63) 도랑창 지저분하고 더러운 도랑.
64) 뭉우리돌 모난 데가 없이 둥글둥글하게 생긴 큼지막한 돌.
65) 멱투시 멱살.

과 싸울 뿐이었다. 그는 두근거리는 가슴으로 이 검은 새의 죽음의 고민을 내려다보며 그 병든 처녀의 임종을 상상해 보았다. 슬픈 일이었다. 그는 이내 자기 방으로 돌아왔고 나중에 정자지기를 시켜 그 죽은 까마귀의 목을 매어 어느 나뭇가지에 걸게 하였다. 그리고 어서 그 아가씨가 나타나면 곧 훌륭한 외과의(外科醫)나처럼 그 검은 시체를 해부하여 까마귀의 뱃속에도 다른 날짐승과 똑같이 단순한 조류(鳥類)의 내장이 있을 뿐, 결코 그런 무슨 부적이거나 칼이거나 푸른 불이 들어 있지 않다는 것을 증명하리라 하였다.

그러나 날씨는 추워 가기만 하고 열흘에 한 번도 따뜻한 해가 비치지 않았다. 달포가 지나도록 그 아가씨는 나타나지 않았다. 날씨는 다시 풀어져 연당에 눈이 녹고 단풍나무 가지에 걸린 까마귀의 시체도 해부하기 알맞게 녹았지만 그 아가씨는 나타나지 않았다.

*

하루는, 다시 추워져 싸락눈이 사륵사륵 길에 떨어져 구르는 날 오후이다. 그는 어느 잡지사에 들어가 곤작(困作)[66] 한 편을 팔아 가지고 약간의 식료를 사 들고 다 나온 길인데 개울 건너 넓은 마당에는 두어 대의 검은 자동차와 함께 금빛 영구차[67] 한 대가 놓여 있는 것이다.

그는 가슴이 섬찍하였다. 별장 쪽을 올려다보니 전나무 꼭대기에서는 진작부터 서너 마리의 까마귀가 이 광경을 내려다보며 쭈크리고 앉

66) 곤작 글을 애써 가며 더디 지음.
67) 영구차(靈柩車) 관을 실어 나르는 차.

아 있었다.

'그 여자가 죽은 거나 아닌가?'

영구차 안에는 이미 검은 포장에 덮인 관이 실려 있었다. 둘러섰는 동네 사람 속에서 정자지기가 나타나더니 가까이 와 일러 주었다.

"우리 정자로 늘 오던 색시가 갔답니다."

"……."

그는 고요히 영구차를 향하여 모자를 벗었다.

"저 뒤에 자동차에 지금 오르는 사람이 그 색시하고 정혼했던[68] 남자랍니다."

그는 잠자코 그 대학 도서실에 다니며 학위 얻을 연구를 한다는 청년을 바라보았다. 그 청년은 자동차 안에 들어앉자 이내 하얀 손수건을 내어 얼굴에 대었다. 그러자 자동차들은 영구차가 앞을 서며 고요히 굴러 떠나갔다. 눈은 함박눈이 되면서 펑펑 쏟아지기 시작하였다. 그 자동차들의 굴러간 자리도 얼마 안 있어 덮어 버리고 말았다.

까마귀들은 이날 저녁에도 별다른 소리는 없이 그저 까악까악거리다가 이따금씩 까르르 하고 그 GA 아래 R이 한없이 붙은 발음을 내곤 하였다.

68) 정혼하다(定婚—) 혼인하기로 약정하다.

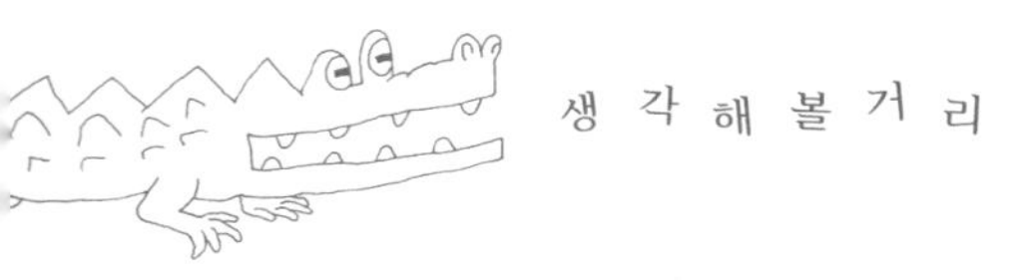

1 **이 소설은 늦가을, 작가인 '그'가 묵고 있는 친구네 별장을 배경으로 하고 있습니다. 배경을 묘사한 부분을 찾아 보고 이 소설에서 배경의 역할이 무엇인지 생각해 봅시다.**

> 이끼 앉은 돌층계 밑에는 발이 묻히게 낙엽이 쌓여 있고 상나무, 전나무 같은 상록수를 빼어 놓고는 단풍나무까지 이미 반나마 이울어 어떤 나무는 잎이라고 하나도 없이 설멍하게 서 있다. (중략) 미닫이와 들창도 다 갑창까지 드린 데다 벽장문과 두껍닫이에는 유명한 화가인지 아닌지는 몰라도 낙관이 있는 사군자며 기명절지(器皿折枝)가 붙어 있다. 밖으로도 문 위에는 추성각(秋聲閣)이라는 추사체의 현판이 걸려 있고 양쪽 처마 끝에는 파아랗게 녹슨 풍경이 창연히 달려 있다.

그가 머무는 사랑 '추성각(秋聲閣)'은 '가을 소리가 들리는 집'이라는 뜻입니다. 문을 열면 수각과 연당, 석가산 등이 내려다보이고, 눈을 들면 바다처럼 트인 하늘과 늙은 전나무가 있는, 태고가 깃드는 듯한 그윽한 경치를 볼 수 있습니다. 그러나 고색창연한 별장의 분위기는 늦가을이라는 시간적 배경과 어울려 음습한 분위기를 조성하고 있습니다. 여기에 까마귀 소리까지 더하여 전체적인 분위기를 어둡게 합니다. 이러한 배경은 괴벽한 문체를 고집하여 현실에서 소외된 그의 심리 상태를 표현하기도 하며, 앞으로 일어날 사건인 여자의 죽음을 예감하게 합니다.

2 '그'는 왜 죽어 가는 여인의 애인이 되려고 결심했을까요?

그는 예술가는 빵 한 근보다 꽃 한 송이를 꺾는다고 생각하며 창작에만 몰두하려 합니다. 그런 그 앞에 양봉투 같은 깨끗한 이마, 영어 글씨 같은 차분한 눈결을 지닌 강한 프라이드가 느껴지는 얼굴에 꽤 날씬한 허리를 가진 그녀가 나타납니다. 그는 그녀의 지적이고 세련된 모습에 호기심을 느낍니다. 예술을 사랑하듯 미모의 여자에게 관심을 갖는 것입니다.

다음날 만난 그녀는 그의 충실한 독자라고 자신을 소개합니다. 괴벽한 문체를 고집하여 독자를 널리 갖지 못했던 그는 자신의 예술을 이해해 주는 그녀가 반가웠을 것입니다. 그리고 그녀가 자신의 빈한한 예술을 함께 얘기할 수 있는 사람이라고 생각했겠지요. 그래서 그는 그녀가 폐병에 걸린 것이 온전한 남의 일 같지가 않았을 것입니다. 여기에는 사회에서 소외된 자가 느끼는 동병상련의 정도 한몫을 했을 겁니다. 결국 그는 죽음을 두려워하는 그녀를 동정하며 위로해 줄 방법을 찾습니다. 그리하여 애인이 있으면 죽음도 행복할 수 있다는 낭만적 생각에 사로잡혀 애인이 되기로 결심합니다.

3 죽음에 대한 '그'의 태도 변화를 정리해 봅시다.

그는 까마귀 소리를 처음 들었을 때 자연이 준 검음과 탁한 음성을 저주할 필요를 느끼지 않았습니다. 오히려 까마귀가 울면 누군가 죽는다는 속신과 달리 까마귀를 자신의 친구라고까지 생각합니다. 이는 그가 죽음마저 친근하게 생각한다는 것을 의미합니다.

어느 날 그는 폐병에 걸린 여자를 만나 그녀의 애인이 되어 주자는 결심을 합니다. 그리고 포가 쓴 슬픈 시 「레이벤」을 떠올리며 자신을 포와, 여자를 레노어와 동일시하며 여자의 죽음을 극도의 아름다움으로 상상합니다. 그는 사랑하는 사람의 품에 안겨 죽는다면 아름답고 행복하게 죽을 수 있다고 생각하는데, 이것은 그가 죽음을 피상적이고 낭만적으로 인식하고 있음을 보여 줍니다.

까마귀 울음소리에서 죽음을 예감하는 그녀에게 그는 속신을 부정합니다. 그리고 까마귀 배를 해부하여 다른 새와 조금도 다를 바 없다는 것을 보여 주려고 까마귀 한 마리를 잡는데, 그 까마귀의 죽음을 보며 그녀의 죽음을 상상하고 슬퍼합니다.

결국 그는 얼마 후 영구차와 까마귀를 보고 그녀가 죽은 것은 아닌가 생각하게 되는데, 이는 그가 까마귀를 불길한 존재로 여기는 속신을 믿게 되고 죽음의 허무함을 느끼게 되었다는 것을 의미합니다. 이러한 변화는 그가 죽음에 대한 피상적이고 낭만적인 인식에서 벗어나, 죽음을 바라보는 여자의 태도에 동화되어 가는 과정이라고 볼 수 있습니다.

4 **죽음을 앞두고 있는 사람과 그렇지 않은 사람은 죽음에 대한 태도에 어떤 차이를 보일까요?**

이 소설에서 죽음을 앞두고 있는 사람과 그렇지 않은 사람 사이의 죽음에 대한 인식 차이는 '그'와 여자의 대화를 통해 드러납니다. 죽음이 멀리 있었던 발병 초기에는 여자도 병을 행복한 것으로 받아들입니다. 병이 나으면 누구한테 편지를 쓰고 전에 잘못한 일을 사과할 희망에 병든 것을 감사히 여기고, 꽃밭에 뛰어들듯 언제든지 아름다운 죽음에 뛰어들 수 있는 것을 기뻐했습니다. 그러나 병이 심각해지고 죽음이 다가오자 죽음은 낭만이 아닌 현실의 문제가 되고, 여자는 누구도 대신할 수 없는 외로움과 죽음의 공포를 느낍니다.

죽음을 앞두고 있지 않은, 그래서 자신의 삶을 꾸려 가는 사람들은 그녀를 위로하려 애쓰지만 그녀에게는 전혀 위로가 되지 못합니다. 그녀를 안심시키기 위해 각혈이 기관지에서 터진 피라고 속이는 의사의 행동은 그녀에게는 따돌림으로 느껴져 오히려 죽음이 외로운 것이라는 사실을 일깨워 줍니다. 또 그녀에 대한 사랑을 증명하기 위해 그녀가 각혈한 피를 반 컵이나 마시는 애인의 행위도 그녀에게는 위로가 되지 못합니다. 그녀의 머릿속에는 상여, 무덤 등 죽음에 관한 생각뿐인데 그녀의 애인은 머리가 길면 이발소에 가고, 신이 해지면 새 구두를 맞추고, 날마다 대학 도서관에 다니면서 학위 받을 연구만 하고 있으니 그녀와는 길이 다르다는 단절감만 느끼게 합니다. 그도 그녀를 위로하기 위해 애인이 되려고 결심하고 까마귀를 잡는 등 여러 가지 노력을 하지만 모두 실패하고 맙니다.

결국 죽음을 앞두지 않은 사람들은 아름다운 죽음을 상상하며 죽음의 고통을 함께 나눌 수 있다고 생각하지만, 죽음을 앞두고 있는 사람은 아무도 함께할 수 없고 대신할 수 없는 죽음에 대해 불안감과 공포감을 갖게 되며 인간의 근원적인 고독을 느낍니다.

5 이 소설에서 까마귀는 어떤 역할을 할까요?

까마귀는 흔히 불길함 혹은 죽음의 상징으로 여겨집니다. 이 소설에서 까마귀 소리는 '까르르…… 하고 GA 아래 R이 한없이 붙은 발음'으로 독특하게 묘사되는데, 계속되는 까마귀 울음소리와 함께 그 검은 새들이 우악스러운 주둥이로 삭정이를 쪼는 소리가 딱딱 울려 오기도 합니다. 이렇게 그치지 않는 까마귀 소리는 별장의 음습한 분위기와 어울려 죽음의 분위기를 환기시키는 역할을 합니다. 폐병에 걸린 여자는 까마귀 울음소리가 죽음을 잊어버리면 안 된다고 자꾸 깨우쳐 주는 것처럼 느끼고 까마귀 뱃속에 무슨 구신딱지가 든 것처럼 무서워합니다. 즉, 까마귀는 여자의 불안한 심리를 돋우고 죽음에 대한 공포를 심화시키는 구실을 합니다.

이 소설에서 까마귀는 여자와 동일시되어 여자의 운명을 암시하기도 합니다. 그는 까마귀를 잡아 까마귀에 대한 속신을 깨기 위해 화살을 쏘지만, 자신이 잡은 까마귀가 죽어 가는 모습을 보며 여자가 죽어 가는 모습을 상상하게 됩니다.

그녀의 영구차가 나가는 날, 전나무 꼭대기에서 이를 지켜보는 까마귀는 죽음을 상징합니다. 까마귀들은 이날 저녁에도 별다른 소리는 없이 그저 까악까악거리다가 이따금씩 까르르 하고 예의 'GA 아래 R이 한없이 붙은 발음'을 내곤 합니다. 그러나 눈 위에 들리는 이 소리는 음습한 별장에서 들리던 까마귀 소리가 불안과 초조함을 야기하는 것과는 달리 죽음의 허무함을 느끼게 합니다.

6 이 소설에서 유미주의적 색채가 드러난 부분을 찾아봅시다.

이 소설은 가난한 작가, 병에 걸린 여자와 그 여자를 사랑하는 정혼자, 죽음 등과 같이 비극적인 것들을 아름답게 그리고 있습니다. 그는 학생층의 하숙도 구하기 힘들 정도로 가난하여 겨우내 비워 두는 친구네 별장을 찾아갑니다. 그가 찾아간 음습한 별장은 그의 눈에 태고가 깃드는 듯한 그윽한 풍경으로 비칩니다. 이것은 실생활, 즉 '배고파하는 얄미운 습관'도 잊은 채 오로지 창작에만 몰두하겠다는 그의 심리 상태를 표현한 것입니다. '예술가는 빵 한 근보다 꽃 한 송이를 꺾는다'는 르나르의 말을 생각하며 식탐을 모욕스러운 것으로 치부하는 그는 가난 때문에 음습한 별장에 살아야 하는 처지이면서도 까마귀를 친구라 여기며, 글을 쓸 수 있는 현실을 아름답게 그립니다. 이것은 그가 삶의 가치를 예술에 두는 예술지상주의적 태도를 지녔다는 것을 보여 줍니다.

이 소설에서는 여자가 걸린 병을 폐결핵으로 설정하여, 죽어 가는 여자의 모습도 아름답게 그리고 있습니다. 1930년대만 하더라도 결핵은 치료약이 개발되지 않은 불치의 병이었습니다. 얼굴을 가냘프고 창백하게 야위게 하고, 각혈의 붉은색과 창백한 얼굴이 대조되어 시들어 가는 꽃을 연상케 하는 결핵은 다른 병과 달리 문학작품 속에서 지적이고 아름답게 묘사되곤 했습니다.

또한 그녀가 꽃밭에 뛰어들듯 아름다운 죽음을 동경하고, 상여 대신 하얀 마차를 상상한다든지, 그가 그녀의 애인이 되겠다는 결심을 하면서 '레노어'처럼 사랑하는 사람의 품에 안겨 죽는 그녀의 행복하고 아름다운 죽음을 상상하는 것, 그리고 절망에 극하여 세상 욕심이라고는 털끝만큼도 없는 거룩한 여자를 애인으로 가진 여자의 정혼자를 부러워하는 것도 죽음을 미화하는 부분이라 할 수 있습니다. 그녀의 정혼자가 자신의 사랑을 증명하기 위해 그녀의 각혈을 마시는 것도 죽음을 대하는 유미주의적 태도가 드러나는 부분입니다.

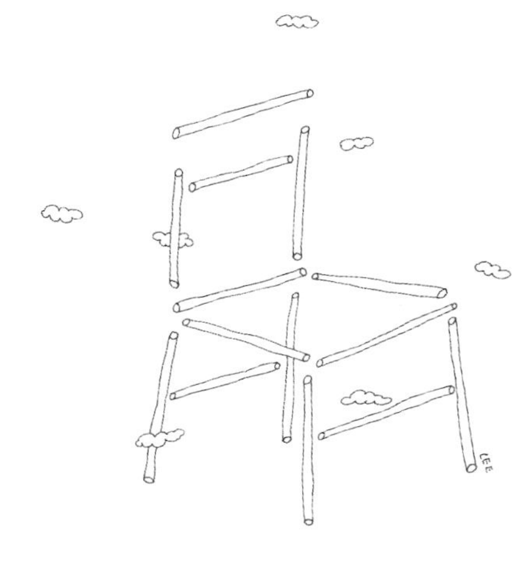
LEE

장마

눅눅한 장마철의 어느 날,
외출에 나선 주인공을 통해
지식인의 내면을 그린 심경소설.

감상의 길잡이

"이러고도 친구 간인가? 친구라 할 수 있는가?"

일상의 곰팡이를 털어 내기 위한 한 소설가의 도심 방랑기

이 작품은 1936년 10월 『조광』에 발표된 이태준의 자전적 소설입니다. 마치 한 편의 수필을 보는 것처럼, 허구적 장치 없이 작가 자신의 평범한 일상사를 그대로 담아낸 이 소설은 박태원의 「소설가 구보 씨의 일일(一日)」과 함께 '산책자' 모티프가 반영된 심경소설에 해당합니다. '산책자'란 군중 속에서 아무런 목적 없이 느릿느릿 거니는 사람을, 심경소설이란 작가의 내면세계를 묘사한 소설을 말하는데, 박태원 소설의 주인공 '구보'나 「장마」의 주인공 '나'는 뚜렷한 목적 없이 집을 나와 도시를 배회하는 산책자에 해당합니다. 또한 두 소설 모두 이렇다 할 사건 없이, 서울 시내를 이리저리 돌아다니는 주인공의 행보를 따라가며 이야기가 전개되는데, 이들의 눈을 통해 그려지는 세태 묘사에는 지식인 작가의 현실적 고민이 투영되어 있습니다. 여기서 우리는 치열한 작가 의식을 찾아볼 수는 없으며 일상의 현실 속에 갇혀 살아가는 당대 지식인의 무기력하고 소극적인 모습을 볼 수 있을 뿐입니다.

한편, 「장마」에서 '나'는 1930년대 도심을 배회하지만, 도시를 현란하고 세련된 공간으로 그리고 있지는 않습니다. 근대적인 도시를 지향하기보다는 오히려 어릴 적 친구 '학순'으로 상징되는 과거의 삶, 고향의 삶을 그리워합니다.

소설 전반에 걸쳐 계속해서 추적추적 내리는 장맛비는 아무런 생각 없이 살아가는 듯한 한 작가의 일상과 연결되어, 무기력한 주인공의 심리와 암울한 식민지 상황을 암시합니다. 2주 동안 비에 갇혀 나가지 못했던 '나'는 아내와 장마철 곰팡이 때문에 말다툼을 합니다. '나'는 곰팡이 슨 일상으로부터 탈출하여 곰팡이 슨 창작욕을 자극받기 위해 친구를 만나러 외출을 합니다.

집을 나선 '나'는 포도원 앞 맑은 개울을 지나며 이런 맑은 물을 보면 으레 '빨래하기 좋겠다'고 생각하는 조선 여성들의 불우한 풍속을 슬퍼하고, 곰보네 가게 앞을 지나면서는 곰보와 곱추 부부의 인연과 자기네 부부의 만남에 대해 생각합니다. 또 안국동에 가서는 문화의 다양성과 개성을 획일화하는 일제의 문화 통제에 대한 불만을 토로하고, 조선중앙일보사에서는 많은 문인들이 개인의 가치를 제대로 발휘하지 못하고 신문사나 잡지사에 매달려 정신없이 일하고 있는 모습을 보고 인재 배치의 불합리함에 비분해 보기도 합니다. 출판부에서 '바다'라는 제목으로 수필 한 편을 써준 '나'는 말동무가 그리워 낙랑이라는 찻집에 가서 '눈물의 기사' 이군의 연애 사건을 회고합니다. 그리고 다시 낙랑을 나선 '나'는 비 내리는 포도를 걸으며 사무적이고 직업적인 친구 관계에는 애틋한 정이 없음을 생각하고 진정한 친구에 대해 사색합니다. 그러고는 어릴 적 친구 학순을 떠올리고 지난봄 학순이 부탁한 고불통(담배통)과 자신의 소설책 『달밤』을 사기 위해 서점에 갔다가 우연히 강군을 만나게 됩니다. 그리고 함께 식사를 하며 기회주의적이고 처세에 밝은 그의 속물성에 반감을 느낍니다. 그와 헤어진 후에는 중국인 거리에 들러 아내에게 줄 족발을 사고, 『달밤』을 학순에게 부칩니다.

'나'는 이러한 과정을 담담하게 서술하는데, 자신이 비판적으로 인식하는 현실에 대해서도 결코 흥분하지 않습니다. 그는 자신의 성공담을 늘어놓는 강군에게 불쾌감을 느끼면서도 '고기가 어부의 낚싯바늘에 걸리지 않고 미끼만 따먹을 수도 없지 않다'고 판단하며 강군이 사주는 비싼 음식을 양껏 먹는 소극적인 저항에 그칩니다. 또 못 먹는 맥주를 두어 컵이나 마시고 등어리가 후끈거리자 이런 것이 다 교젯속 공부일지 모른다며 사회의 변모에 자조적으로 반응합니다. 작가는 소설의 결말에서 '나'의 무기력한 모습과 답답한 심정을 뽀얀 이슬비 속에 잠겨 있는 성북동의 모습을 통해 암시하고 있습니다.

장마

"가만히 눴느니 반침[1]이나 좀 열어 보구려."

"건 또 무슨 소리야?"

"책이 모두 썩어두 몰루?"

하고 아내는 몰래 감추어 두고 쓰는 전기 다리미 줄을 내다가 곰팡을 턴다.

"책두 본 사람이 좀 내다 그렇게 털구려."

"일이 없어 그런 거꺼정 하겠군! 좀 당신 건 당신이 해봐요. 또 남보구만 그런 것두 못 보구 집에서 뭘 했냐 마냐 하지 말구……."

"쉬—고만둡시다. 말이 길면 또 엊저녁처럼 돼."

하고 나는 마룻바닥에서 일어나 등의자로 올라앉았다. 등의자도 삶아

1) 반침(半寢) 방에 딸려 물건을 넣어 두는 데 쓰는 조그만 방.

낸 것처럼 눅눅하다. 적삼 고름으로 파놓은 데를 쓱 문대겨 보니 송충이나 꿰트린 것처럼 곰팡이와 때가 시퍼렇고 시커멓게 묻어난다. 나는 그제야 오늘 아침에 새로 입은 적삼인 것을 깨닫고 얼른 고름을 감추며 아내를 보았다. 아내는 아직 전기 다리미 줄만 마른 행주로 훔치고 있었다. 보았으면 으레 "어린애유? 남 기껏 빨아 대려 입혀 놓으니까……" 하고, 한마디 혹은 내가 가만히 듣고 있지 않고 맞받으면 열마디 스무 마디라도 나왔을 것이다. 늙은 내외처럼 흥흥거리기만 하고 지내는 것은 벌써 인생으로서 피곤을 느낀 뒤이다. 젊은 우리는 가끔가다 한 번씩 오금을 박으며[2] 꼬집어 떼듯이 말총을 쏘고 받는 것도 다음 시간부터의 새 공기를 위해서는 미상불[3] 필요한 청량제[4]이기도 하다.

그러나 요즘 두 주일 동안은 비에 갇혀 내가 나가지 못한 때문인지 공연히 말다툼이 잦았다. 부부간의 말다툼이란(우리의 길지 못한 경험에선) 언제든지 지내 놓고 보면 공연스러웠던 것이 원칙으로 우리가 엊저녁에 말다툼한 것도 다툴 이유로는 여간 희박한 내용이 아니었다. 소명[5]이란 년이 하루에 옷을 네 벌을 말아 놓았다는 것이 동기였다. 해는 나지 않고 젖은 옷은 썩기만 하는데 왜 자꾸 비를 맞고 나가느냐고 쥐어박으니 아이는 악을 쓰고 울었다. 나는 듣그러우니까[6] 탄

2) 오금을 박다 장담하던 이가 이와 반대되는 언행을 할 때, 그 장담하던 말을 들추어 공박하다. '오금'은 무릎이 구부러지는, 다리 뒤쪽 부분을 이르는 말.
3) 미상불(未嘗不) 아닌 게 아니라 과연.
4) 청량제 '시원히 풀어 주는 구실을 함'을 비유하여 이르는 말.
5) 소명 이태준의 큰딸.
6) 듣그럽다 시끄럽다.

할밖에 없었다. 아이들이란 비도 맞고 놀아 버릇을 해야 감기 같은 것에 저항력도 생기는 것인데 어른이 옷을 말려 댈 수가 없다는 이유로 감금을 하려 들 뿐만 아니라 구타까지 하는 것은 무슨 몰상식, 무책임한 짓이냐고 하였더니 아내는 지지 않고 책임이라 하니 그런 책임이 어째 어멈에게만 있고 애비에겐 없을 리가 있느냐는 것이다. 또 그러게 아이들이 하루에 옷을 몇 벌을 말아 놓든지 달리지 않게 왜 옷을 여러 벌 사다 놓지 못하느냐? 또 젖은 옷도 썩을 새 없이 말릴 만한 그런 설비 완전한 집을 왜 지어 놓지 못하느냐? 그러고도 큰소리만 탕탕 하고 앉았는 건 남편이나 애비 된 자로서 무슨 몰상식, 무책임한 짓이냐 하고 우리 집 경제적 설비의 불완전한 점은 모조리 외고 있었던 것처럼 지적해 가면서 특히 '왜 못하느냐'에 강한 악센트를 내가며 나의 무능을 힐책하는[7] 것이었다.

이런 경우에 나의 말막음[8]은 역시 태연한 것으로,

"또 이건 무슨 약속 위반이야? 혼인하기 전에 물질적으로는 어떤 곤란이 있든지 불평하지 않기로 약속한 건 누구야?"

그래도 저쪽에서 나오는 말이 많으면 최후로는,

"그럼 마음대로 해봐."

이다. 이 마음대로 해보라는 말은 가장 함축(含蓄)이 많은 술어(術語)로서 저쪽에서 듣고만 있지 않고,

"마음대로 어떻게 하란 말야?"

7) 힐책하다(詰責—) 잘못된 것을 따져 나무라다. 꾸짖다.
8) 말막음 남에게서 성가신 말이 나오는 것을 꺼려 미리 어름어름하여 그 말을 막고 벗어나는 일.

하고 해석을 요구하는 경우에는 얼마든지 폭탄적 선언으로 설명을 들려줄 수 있는 것이니 아내의 비위를 초점적으로 건드리는 데는 가장 효과 있는 말이 된다.

어제는 이 술어를 설명하는 데까지 이르렀더니 아내의 골[9]은, 밤 잔 원수가 없다[10]는 말은 아무 의미도 없게, 아침까지 풀리지 않은 모양이었다.

비는 어쩌면 그칠 듯하다. 나는 마루 밑에서 구두를 꺼냈다.

안팎으로 곰팡이가 파랗게 피었다.

"여보?"

나는 엊저녁 이래 처음으로 의논성스럽게 아내를 불러 본다.

아내는 힐끗 보기만 한다.

"여보?"

"부르지 않군 말 못 하나."

"곰팡이가 식물이든가? 동물이든가?"

"승겁긴……."[11]

나는 사실 가끔 승겁다.

오래간만에 넥타이를 매느라고 거울을 들여다보았더니 수염이 마당에 잡초와 같이 무성하다.

9) 골 비위에 거슬리거나 언짢은 일을 당하여 벌컥 내는 화.
10) 밤 잔 원수 없다 밤을 자고 나면 원수같이 여기던 감정이 풀린다는 뜻으로, 원한은 시일이 지나면 쉬이 잊게 됨을 이르는 말.
11) 승겁다 싱겁다. 사람의 말이나 행동이 상황에 어울리지 않고 다소 엉뚱한 느낌을 준다.

'면도를 하구 나가?'

면도칼을 꺼내 보니 녹이 슬었다. 여럿이 쓰는 물건 같으면 또 남을 탓했을는지 모르나, 나 혼자밖에 쓰는 사람이 없는 면도칼이라, 녹이 슨 것은 틀림없이 내가 물기를 잘 닦지 못하고 둔 때문이다. 녹을 벗기려면 한참 갈아야 되겠다. 물을 떠오너라, 비누를 좀 내다 다우, 다 귀찮은 노릇이다. 링컨과 같은 구레나룻[12]을 가진 이상(李箱)[13]의 생각이 난다. 사내 얼굴에는 수염이 좀 거칠어서 야성미[14]를 띠어 보는 것도 좋은 화장일지 모른다. 그러나 내 수염은 좀 빈약하다. 사진을 보면 우리 아버지는 꽤 긴 구레나룻이셨는데 아버지는 나에게 그것을 물리지 않으셨다.

아직 열한 점, 그러나 낙랑(樂浪)이나 명치제과(明治製菓)쯤 가면, 사무적 소속을 갖지 않은 이상이나 구보(仇甫)[15] 같은 이는 혹 나보다 더 무성한 수염으로 커피잔을 앞에 놓고, 무료히[16] 앉았을는지도 모른다. 그러다가 내가 들어서면 마치 나를 기다리기나 하고 있었던 것처럼 반가이 맞아 줄는지도 모른다. 그리고 요즘 자기들이 읽은 작품 중에서 어느 하나를 나에게 읽기를 권하는 것을 비롯하여 나의 곰팡이

12) 구레나룻 귀밑에서 턱까지 잇따라 난 수염.

13) 이상(1910~1937) 시인·소설가. 이태준과 더불어 구인회(九人會) 회원이었으며, 대표작으로 「날개」 「오감도」가 있다. '구인회'는 1933년, 이태준·이상·박태원·김기림·정지용 등 9명이 모여 결성한 문학 동인 성격의 모임으로, 뚜렷한 이념적 방향을 내세우지는 않았으나 프로문학 계열과 달리 예술파적 경향을 보였다.

14) 야성미(野性美) 자연 또는 본능 그대로의 모습에서 풍기는 멋.

15) 구보 구인회 회원이었던 소설가 박태원(朴泰遠, 1910~1986)의 호. 대표작으로 『천변풍경』 「소설가 구보 씨의 일일」이 있다.

16) 무료하다(無聊—) 흥미 있는 일이 없어 심심하고 지루하다.

슨 창작욕을 자극해 주는 이야기까지 해줄는지도 모른다.

나는 집을 나선다. 포도원 앞쯤 내려오면 늘 나는 생각, '버스가 이 돌다리까지 들어왔으면'을 오늘도 잊어버리지 않고 하면서 개울물을 내려다본다. 여러 날째 씻겨 내려간 개울이라 양치질을 하여도 좋게 물이 맑다. 한 아낙네가 지나면서,

"빨래하기 좋겠다!"

하였다.

이런 맑은 물을 보면 으레 '빨래하기 좋겠다!'나 느낄 줄 아는, 조선 여성들의 불우한 풍속을 슬퍼한다.

푸른 하늘은 한 군데도 보이지 않는다. 고개에 올라서니 하늘은 더욱 낮아진다. 곰보네 가게는 유리창도 열어 놓지 않았고, 세월 잃은 '아스꾸리'[17] 통은 교통 방해가 되리만치 길가에 나와 넘어졌다.

"저 따위가 누굴 쇠기긴…… 내가 초약[18]이 되는 거야, 이리 내애……."

열둬 살밖에 안 된 계집애 목소리 같은 곰보 아내의 날카로운 소리다. 나는 곰보 가게라고 하지만 다른 사람들은 흔히 안주인을 표준으로 곱추 가게라고 한다. 얼굴은 늘 회충을 연상하게 창백한데, 좀 모두가 소규모여서 그렇지, 그만하면 이쁘다고 할 수 있는 눈이요, 코요, 입을 가져서 곱추만 아니었다면 곰보로는 을러 보지도 못할 미인이다. 병신이 되었기 때문에 할 수 없이 이 고갯마루턱에다 빙수 가게나 내고 앉았는 곰보에게 온 모양으로, 속으로는 남편을 늘 네까짓 것 하는 자존심이 떠나지 않는 모양이었다. 가끔 지나는 귓결에 들어 보아도

17) 아스꾸리 아이스크림.

18) 초약(草約) 화투놀이에서, 난초 넉 장을 갖추어 이르는 약(約).

색시는 그 패이다 만 앳된 목소리로 남편에게 "저 따위가" 어쩐다는 소리를 잘 썼다. 그러면 아내와는 아주 딴판으로 검고 우악스럽게 생긴 남편은 "요것이……" 하고 눈을 히뜩거리며[19] 쫓아가 어디를 쥐는지 "아야얏" 소리가 반은 비명이요, 반은 앙탈[20]이게 멀리 지난 뒤에도 들리는 것이었다. 사내는 그 가날픈, 그리고 방아깨비 다리처럼 꺾여진 색시에게 비겨, 너무나 우람스럽게 튼튼하다. 어떤 날 보면 보성학교 밑에서부터 고갯마루턱 저희 가게 앞까지 사이다니 바나나니를 한 짐이나 되게 장 본 것을 실은 자전차를, 사뭇 탄 채로 올라오는 것이었다. 그런 장정에게 한번 아스라지게 잡히고 앙탈스런 비명을 내는 것도, 그 색시로서는 은연히 탐내는 향락의 하나일지도 모른다. 비는 오고 물건은 팔리지 않고 먹을 것은 달린다 하더라도 남편과 단둘이 들어앉아 약이니 띠니 하고 무슨 내기였든지 화투장이나 제끼는 재미도, 어찌 생각하면 걱정거리 많은 이 세상에서 택함을 받은 생활일지도 모른다.

비는 다시 뿌린다. 남산은 뽀얗게 운무[21] 속에 들어 있다. 고개는 올라올 때보다도 내려갈 때가 더 무엇을 생각하며 걷기에 좋다.

얼굴 얽은 이와 등 곱은 이의 부처,[22] 저희끼리 '난 곰보니 넌 곱추라도 좋다' '난 곱추니 넌 곰보라도 좋다' 하고 손을 맞잡았을 리는 없을 것이요 누구라도 사이에 들어서서, 그러나 한쪽에 가서는 신랑이

19) 히뜩거리다 언뜻 휘돌아보다.
20) 앙탈 생떼를 쓰고 고집을 부리거나 불평을 늘어놓는 짓.
21) 운무(雲霧) 구름과 안개.
22) 부처(夫妻) 부부.

곰보라는 말을 반드시 하였을 것이요, 또 한쪽에 가서는 신부가 곱추라는 것을 반드시 이야기하고서야 되었을 것이다.

'자기와 혼인하려는 처녀가 곱추라는 말을 들었을 때, 그 총각의 심경은 어떠하였을 것인가?'

나는 생각하기에도 괴롭다.

아직도 고개는 더 내려가야 한다.

'우리 부처는 어떻게 되어 혼인이 되었더라?'

나는 우리 자신의 과거를 추억해 본다. 나는 강원도, 아내는 황해도, 내가 스물여섯이 되도록, 한 번도 본 적도 없고 들은 적도 없었다. 다만 인연이란 내가 잘 아는 조양(지금은 그도 여사이나)이 내 아내와도 친한 동무였다. 그렇다고 처음부터 조양 때문에 우연히 서로 보고 로맨스가 일어난 것도 아니었다. 혹 그런 기회가 있었더라도 나면 모르나 내 아내란 위인이 결코 로맨스의 여왕이 될 소질은 피천[23] 한푼어치도 없는 사람이다. 애초부터 결혼을 문제 삼아 가지고 조양이 우리 두 사람을 맞대 놓았다. 조양은 저쪽에다 나를 무엇이라고 소개했는지는 모르지만 나한테다는,

"첫째 가정이 점잖고, 고생은 못 해봤으나 무어든 처지대로 감당해 나갈 만한 타협심이 있고, 신여성이라도 모던과는 반대요, 음악을 전공하나 무대에 야심[24]이 있는 것이 아니라 취미에 그칠 뿐이요 인물은 미인은 아니나 보시면 서로 만족하실 줄 압니다."

하였다. 나는 곧 만날 기회를 청했었다. 조양은 이내 그런 기회를 주선

23) 피천 매우 적은 액수의 돈.

24) 야심(野心) 무엇을 이루어 보겠다고 마음속에 품고 있는 욕망이나 소망.

해 주었다. 나는 이발을 하고 양복에 먼지를 털어 입고 구두를 닦아 신고 갔었다. 내가 보기만 하는 것이 아니라 나도 뵈이는 터이라 얼떨떨하여서 테이블만 굽어보고 있었으나, 대체로 그가 다혈질(多血質)이 아닌 것과 겸손해 뵈는 것과 좀 수줍은 티가 있는 것과 얼굴이 구조무자[25]형(九條武子型)인 데 마음에 싫지 않았다.

'그러나 결혼엔 사랑이 있어야 한다는데, 사랑을 언제 해가지고 결혼에 도달할 건가? 이렇게 미리부터 결혼을 조건으로 하고 만나는 데는 순수한 사랑이 얼크러질 리가 없다. 이건, 아무리 서로 마음에 들어 활동사진에 나오는 것 같은 러브신을 가져 본다 하더라도 어데까지 결혼하기 위한 선보기의 발전이지 로맨스일 리는 없다…….'

나는 차라리 만나 본 것을 후회하였다. 다만 조양을 그의 인격으로나 교양으로나 우정으로나 모든 것을 믿는 만큼, 모든 것을 맡겨 버리고 서로 미지의 인인[26]대로 약혼이 되게 하였더면, 그랬더면 그 혼인 식장에 가서나 아내의 얼굴을 처음으로 대하는, 그 고전적인, 어리석한 흥미란 얼마나 구수한 것이었으랴. 나는 그렇게 못 한 것을 지금까지도 후회하거니와 나는 이왕 만나 본 김에야 좀 더 사귀어 볼 필요가 있다 하고, 한번 같이 산보할 기회를 청해 보았다. 저쪽에서 답이 오기를 자기도 그렇게 하고 싶다고 하였고, 토요일 오후에는 두시서부터 다섯시까지 세 시간 동안은 학교에서 나가 있을 수 있는데, 무슨 공원이나 극장 같은, 번잡한 데는 싫다고 하였다.

나는 그때, 서대문턱 전차 정류장에서 그를 만나 가지고 어데로 걸

25) 구조무자 구조 다케코. 교토에서 이름을 떨쳤던 여가수.
26) 인인(人因) 인연.

어야 좋을지 몰랐다.

"어느 쪽으로 걸을까요?"

"전 몰라요."

하고 그는 붉어진 얼굴로 주위를 둘러보았다. 그는 동무나 선생을 만날까 봐 얼른 그 자리를 떠나자는 눈치였다.

"이 성 밑으로 올라갈까요?"

그는 잠자코 걷기 시작했다. 한참 올라가다가,

"그럼 이 산 위로 올라가 볼까요?"

하고 향촌동 위를 가리켰더니,

"거긴 동무들이 산보 잘 오는 데예요."

하였다. 할 수 없이 나는 중학 때 원족[27]으로 진관사(津寬寺) 가던 길을 생각하였다. 서대문 형무소 앞을 지나 무학재를 넘어서면 저 세검정(洗劍亭)에서 내려오는 개천이 모래도 곱고, 물도 맑았다. 철도 그때와 같이 가을이라 곡식 익는 향기와 들국화와 맑은 하늘과 새하얀 모새길[28]이 곧 우리를 반길 것만 같았다. 그래서 먼지가 발을 덮는 서대문 형무소 앞을 참고 걸어서 무학재를 넘어섰다. 고개만 넘어서면 곧 길이 맑고 수정 같은 개천이 흐르리라고 믿었던 것은 나의 착각이었다. 얼마를 걸어도 먼지만 풀썩풀썩 일어난다. 거름 마차만 그 코를 찌르는 냄새에다 먼지를 일으키며 지나간다. 자동차가 한번 지나면 한참씩 눈도 뜰 수가 없고 숨도 쉴 수가 없다. 벌써 한 시간이나 거의 소비했다. 조용한 말이라고는 한마디도 못 해보았다. 그 세검정서 내려오

27) 원족(遠足) 소풍.
28) 모새길 고운 모랫길.

는 개천은 여간 더 멀리 걷기 전에는 만날 것 같지도 않았다. 햇볕은 제일 뜨거운 각도로 우리를 쏘았다. 나는 산을 둘러보았다. 이글이글 단 바위뿐이다. 그러나 산으로나 올라가 앉을 자리를 찾는 수밖에 없었다. 산은 나무가 좀 있는 데를 찾아가니 맨 새빨갛게 송충이 먹은 소나무뿐이었다. 그리고 좀 응달이 진 데를 찾아가 앉으니, 실오리만 한 물줄기에는 빨래꾼들이 천렵[29]이나 하듯 법석이었다. 빨랫방망이들 소리에 우리는 여간 크게 발음을 하지 않고는 서로 알아들을 수가 없었다.

아내는 성북동으로 처음 나와 볼 때, 왜 그때 이렇게 산보하기 좋은 데를 몰랐느냐고 나를 비웃었고, 소설을 쓰되 연애소설은 쓸 자격이 없겠다 하였다. 나의 변명은 그때 우리는 연애가 아니었다는 것이다.

그런 소리를 하면 아내는 실쭉해져서,

"그럼 한이 풀리게 연애를 한번 해보구려."

하는 것이다.

아닌 게 아니라 가끔 연애욕이 일어난다. 이것은 누구에게나 영원한 식욕일지도 모른다. 또 얼마를 해보든지 늘 새로운 것이어서 포만될 줄 모르는 것도 이것일지 모른다.

버스는 오늘도 놀리고 간다. 우산을 접으며 뛰어가려니까 스타트해 버린다. 나는 굳이 버스의 뒤를 보지 않으려 그 얄미운 버스 뒤에다 광고를 낸 어떤 상품의 이름 하나를 기억해야 할 의무를 가지지 않으려

29) 천렵(川獵) 냇물에서 고기잡이 하는 일.

다른 데로 눈을 피한다.

벌써 삼 년째 거의 날마다 집을 나와서는 으레 버스를 타지만, 뛰어오거나 와서 기다리거나 하지 않고 오는 그대로 와서, 척 올라탈 수 있게, 그렇게 버스와 알마치 만나 본 적은 한 번도 없다. 그 여러 백 번에 한두 번쯤은 그런 경우가 있는 편이 도리어 자연스러운 일일 것 같은데 아직 한 번도 그 자연은 오지 않는다.

'그러나 어디로 먼저 갈까?'

나는 한참 생각하다가 어느 편으로고 먼저 오는 버스를 타기로 한다. 총독부행이 먼저 온다. 꽤 고물이 된 자동차다. 억지로 비비고 운전사 뒷자리에 앉았더니 기계에 기름도 치지 않았는지 차를 정지시킬 때와 스타트시킬 때마다 무엇인지 불부삽[30]자루만 한 것을 잡아당겼다 밀었다 하는데 그놈이 귀가 찢어지게 삐익—삐익 소리를 낸다. 그러나 이 총독부행의 코스를 탈 때마다 불쾌한 것은 돈화문(敦化門)정류장을 거쳐야 하는 데 있다. 거기 가서는 감독이 꼭 가래야만 차가 움직이는데 감독의 심사[31]는 열 번에 한 번도 차를 곧 떠나게 하는 적은 없다. 차 안에 모든 눈이 '이 자식아, 얼른 가라구 해라' 하는 듯이 쏘아보기를, 어떤 때는 목욕탕에 들어앉았을 때처럼 '하나 두울……' 하고 수를 헤어 보면, 무릇 칠십 팔십까지 헤도록 해야 가라고 하는 것이다. 그나 그뿐이 아니라 뻔쩍하면 앞차로 갈아타라 뒷차로 갈아타라 해서, 어떤 신경질 승객에게서는 "바가야로"[32] 소리가 절로 나오게 되는데 제일에

30) 부삽 아궁이나 화로의 재를 치거나, 숯불이나 불을 담아 옮기는 데 쓰는 조그마한 삽.
31) 심사(心事) 마음속으로 생각하는 일.
32) 바가야로(ばかやろう) '바보 자식'의 일본어.

나 같은 키 큰 승객이 욕을 보는 것은 기껏 자리를 잡고 앉았다가 앉을 자리는 벌써 다 앉아 버린, 다른 차로 가서 목을 펴지 못하고 억지로 바깥을 내다보는 체하며 서서 가야 하는 것이다.

"망할 자식, 무슨 심사루 차를 이렇게 오래 세워 둬."

또,

"저 자식은 밤낮 앞차로 갈아타라고만 하더라. 빌어먹을 자식……."
하고 욕이 절로 나오지만, 생각해 보면 그 감독이란 친구도 고의로 그러는 것은 아닐 뿐 아니라 승객 일반을 위해서는 그런 조절, 정리가 필요한 것은 무론이다.

그러나 이런 사회학적 사고(思考)는 나중 문제요, 먼저는 모두 저 갈 길부터 바빠서 욕하고 눈을 흘기고 하는 것이 보통이니, 이것은 조선 사회에 아직 나 같은 공덕교양(公德敎養)[33]이 부족한 분자가 많기 때문인지는 몰라도 아무튼 버스 감독이란 것도 형사나 세관리만 못하지 않게 친화력과는 담싼 직업이다.

오늘도 다행히 차는 바꿔 타란 말이 없었으나 헤이기만 했으면 아마 일흔을 헤였을 듯해서야 차가 움직이었다.

안국동(安國洞)서 전차로 갈아탔다. 안국정(安國町)이지만 아직 안국동이래야 말이 되는 것 같다. 이 동(洞)이나 리(理)를 깡그리 정화(町化)[34]시킨 데 대해서는 적지 않은 불평을 품는다. 그렇게 비즈니스의 능률만 본위로 문화를 통제하는 것은 그릇된 나치스[35]의 수입이다.

33) 공덕교양 공중도덕을 가르쳐 기름.
34) 정화 행정구역의 명칭을 일본식인 '정(町)'으로 바꾸는 것.
35) 나치스(Nazis) 히틀러를 당수로 한 독일의 파시스트당.

더구나 우리 성북동을 성북정이라 불러 보면 '이주사'라고 불러야 할 어른을 '리상'이라고 남실거리는[36] 격이다. 이러다가는 몇 해 후에는 이가니 김가니 박가니 정가니 무슨 가니가 모두 어수선스럽다고 시민의 성명까지도 무슨 방법으로든지 통제할는지도 모른다.

모든 것에 있어 개성(個性)을 살벌하는[37] 문화는 고급한 문화는 아닐 게다.

"조선중앙일보사 앞이오."

하는 바람에 종로까지 다 가지 않고 내린다. 일 년이나 자리 하나를 가지고 앉았던 데라 들어가면 일은 없더라도, 인전[38] 하품 소리만큼도 의의가 없는 "재미 좋으십니까?" 소리밖에는 주고받을 것이 없더라도, 종로 일대에서는 가장 아는 사람이 많이 모여 있는 곳이라 과히 바쁘지 않으면 으레 한 번씩 들러 보는 것이 나의 풍속이다.

그러나 들어가서는 늘 싱거움을 느낀다. 나도 전에 그랬지만 손목만 한번 잡아 볼 뿐, 그리고 옆에 의자가 있으면 앉으라고 권해 볼 뿐, 저희 쓰던 것을 수긋하고[39] 써야만 한다. 나의 말대답을 하다가도 전화를 받아야 한다. 손은 나와 잡고도,

"얘! 광고 몇 단인가 알아봐라."

소리를 급사에게 질러야 한다. 선미(禪味)[40] 다분한 여수(麗水)[41]가 사

36) 남실거리다 물결 따위가 자꾸 보드랍게 굽이쳐 움직이다.

37) 살벌하다(殺伐—) 일반적으로는 '행동이나 분위기가 거칠고 무시무시하다'의 뜻. 여기서는 '(병력으로) 죽이고 들이치다'의 뜻으로 쓰였다.

38) 인전 인제. 이제에 이르러.

39) 수긋하다 고개를 조금 숙인 듯하다.

40) 선미 신선의 취미. 고상한 취미.

회부장 자리에서 강도나 강간 기사 제목에 눈살을 찌푸리고 앉았는 것은 아무리 보아도 비극이다. 『동아』에선 빙허(憑虛)[42]가 또 그 자리에서 썩는 지 오래다. 수주(樹州)[43] 같은 이가 부인 잡지에서 세월을 보내게 한다.

"이렇게까지들 사람을 모르나?"

좋게 말하자면 사원들의 재능을 만점으로 가장 효과적이게 착취할 줄들을 모른다. 내가 한번 신문, 잡지사의 주권자가 된다면, 인재 배치에만은 지금 어느 그들보다 우월하겠다는 자신에서 공연히 썩는 이들을 위해, 또 그 잡지 그 신문을 위해 비분해[44] 본다.

"왜, 벌써 가시렵니까?"

"네."

나는 언제나 마찬가지로 동경 신문 몇 가지를 뒤적거리다가는 그들이 나의 친구가 되기에는 너무 시간들이 없는 것을 느끼고 서먹해 일어선다.

"거, 소설 좀 몇 회치씩 밀리게 해주십시오."

"네."

대답은 한결같이 시원하다. 그러나 미리는 안 써지고 쓸 재미도 없다. 이것은 참말 수술이라도 해야 할 악습이다. 이러고 언제 신문소설

41) 여수 구인회 회원이었던 시인 박팔양(朴八陽, 1905~?)의 호. 카프에 가담하기도 했으며 8·15 광복 후에는 조선문학가동맹에 가담한 후 월북했다.
42) 빙허 사실주의 경향의 소설가 현진건(玄鎭健, 1900~1943)의 호. 「빈처」「운수 좋은 날」 등의 단편을 썼다.
43) 수주 시인이자 수필가인 변영로(卞榮魯, 1897~1961)의 호. 당시에 여성 잡지 『신가정』의 편집을 맡고 있었다.
44) 비분하다(悲憤—) 슬프고 분하다.

이 아닌 본격 장편을 한 편이라도 써보나 생각하면 병신처럼 슬퍼진다.

출판부로 내려와 본다. 여기 친구들도 바쁘다. 돌리는 의자를 끝까지 치켜올리고는 그 위에서도 양말을 벗어 내던진 발로 뒤를 보듯 쪼크리고 앉아 팔을 걷고 한 손으로는 담뱃재를 툭툭 떨어 가면서, 한 손으로는 박짝박짝 철필을 긁어 내려가는, 아명(兒名) 신복(信福) 씨[45]는 바쁜 사람 모양의 전형일 것이다.

"원고 써주셔서 감사합니다."

"웬 원고는요?"

난 몇 번 부탁은 받았으나 아직 써 보낸 것은 하나도 없다고 기억된다.

"인제 써주시면 감사하겠단 말씀이죠."

하고, 역시 여기서 간쓰메[46]가 되어 있는 윤(尹) 동요 작가[47]가 해설해 준다.

"그럼, 인제 써드리리다."

하였더니 그 말이 떨어지기 바쁘게 신복 씨는 의자를 뱅그르르 돌리며 내려서더니 원고지와 펜을 갖다 놓는다.

"수필 하나 써주십시오."

"무슨 제목입니까?"

"바다 하나 써주십시오."

나는 작문 한 시간을 하지 않으면 안 되게 되었다.

45) 아명 신복 씨 아동문학가 최영주(崔泳柱, 1905~1945)를 말함. 최영주의 '아명', 즉 어릴 때 이름이 '신복'이었다. 색동회 회원이었으며 『어린이』『학생』 등의 잡지를 편집했다.

46) 간쓰메(かんづめ) 갇혀 있거나 단절되어 있는 상태.

47) 윤 동요 작가 아동문학가 윤석중(尹石重, 1911~2003)을 말함. 〈낮에 나온 반달〉〈퐁당퐁당〉 등 많은 동시가 동요로 만들어졌다.

"바다!"

멀리 쳐다보이는 것은 비에 젖은 북한산이다. 들리는 건 처맛물 떨어지는 소리와 공장에서 윤전기 돌아가는 소리다.

"바다!"

암만 바다를 불러 보아도 내가 그리려는 바다는 오백오십 리를 동으로 가야 나올 게다. 한 줄 쓰다 찍, 두 줄 쓰다 찍, 작문 시간에 학생들에게 심히 굴지 말아야 할 것을 느낀다. 파리가 날아와 손등에 앉는다. 장마 파리는 구더기처럼 처끈처끈하고[48] 서물거리는 감촉을 준다. 날려 버리면 이내 또 그 자리에 와 앉는다. 이런 때 끈끈이를 손등에다 발랐으면 요 파리란 놈이 달라붙어 가지고 처음 날릴 때 멀리 달아나지 않은 것을 얼마나 후회할까 생각해 본다. 그러다 보니 '바다'를 써야 할 것을 한참이나 잊어버리고 있었다.

"이선생님?"

"네?"

"『조광(朝光)』 내월호(來月號) 어느 날 나오는지 아십니까?"

"모릅니다."

하고 가만히 생각해 보니 알더라도 모른다고 해야 할 대답이다. 신문들의 경쟁보다 잡지들의 경쟁은 표면화되어 있다. 『중앙』과 『조광』에다 그만치 놀러 다니는 나를 이 두 군데서 다 이런 것을 묻기도 하는 반면 요시찰인시(要視察人視)[49]할지도 모른다. 모른다가 아니라 그럴

48) 처끈처끈하다 물기 있는 물건이 매우 끈기 있게 달라붙다.
49) 요시찰인시 요시찰인으로 여김. '요시찰인'은 사상이나 보안 문제 따위와 관련하여 행정당국이나 경찰이 감시하여야 할 사람을 가리킴.

줄 알아야 할 사실이다. 좀 불쾌하다. 또 깨달으니 '바다'를 한참이나 잊어버리고 있었다.

말동무가 그립다. 조광사(朝光社)에 들러 보고 싶은 생각도 난다. 그러나 들르나 마나다. 뻔한 노릇이다. 노산(鷺山)[50]은 전화로 맞추고 가기 전에는 자리에 없기가 일쑤요, 일보(一步)[51]는 직접 편집에 양적(量的)으로 바쁜 이요, 석영(夕影)[52]은 삽화 그리기에 한참씩 눈을 찌푸리고 빈 종이만 내려다보아 얼른 보기엔 한가한 듯하나 질적(質的)으로 바쁜 이다.

바로 낙랑으로 가니, 웬일인지 유성기[53] 소리가 나지 않는다. 그러나 문만 밀고 들어서면 누구나 한 사람쯤은 아는 얼굴이 앉았다가 반가이 눈짓을 해줄 것만 같다. 긴장해 들어서서는 앉았는 사람부터 둘러보았다. 그러나 원체 손님도 적거니와 모두 나를 쳐다보고는 이내 시치미를 떼고 돌려 버리는 얼굴뿐이다. 들어가 구석 자리 하나를 차지하고 앉는다. 불쾌하다. 내가 들어설 때 쳐다보던 사람들은 모두 낙랑 때가 묻은 사람들이다. 인사는 서로 하지 않아도 낙랑에 오면 흔히는 만나는 얼굴들이다. 그런 정도로 아는 얼굴은 숫제 처음 보는 얼굴만 못한 것이 보통이다. 그런 얼굴들은 내가 들어서면, 나도 저희들에

50) 노산 시조시인이자 수필가인 이은상(李殷相, 1903~1982)의 호.
51) 일보 소설가 함대훈(咸大勳, 1906~1949)의 호. 극예술연구회에 참여했으며 러시아 작품을 번역·소개했다.
52) 석영 안석영(安夕影, 1901~1950)의 호. 나도향의 〈동아일보〉 연재소설 『환희』의 삽화를 그렸으며, 영화감독으로도 활약했다. 본명은 안석주(安碩柱).
53) 유성기(留聲機) 축음기.

게 그런 경우에 그렇게 할 수 있듯이,

'저자 또 오는군!'

하고 이유 없이 일종의 멸시에 가까운 감정을 가질 것과 나아가서는,

'저자는 무얼 해먹고 살길래 벌써부터 찻집 출근이람?'

하고 자기보다는 결코 높지 못한 아무걸로나 평가해 볼 것에 미쳐서는 여간 불쾌하지 않다.

커피 한 잔을 달래 놓았으나 컵에 군물[54]이 도는 것이 구미가 당기지 않는다. 그 원료에서부터 조리에까지 좀 학적(學的) 양심을 가지고 끓여 논 커피를 마셔 봤으면 싶다. 그러면서 화제 없는 이야기도 실컷 지껄여 보고 싶다.

나는 심부름하는 애를 불렀다.

"너 이층에 올라가 주인 좀 내려오래라."

"아직 안 일어나셨나 분데요."

"지금 몇 신데 가서 깨워라."

"누구시라고 여쭐까요?"

"글쎄, 그냥 가 깨워라. 괜찮다."

하고 우기니깐야 그 애는 올라간다.

주인은 나와 동경 시대에 사귄 '눈물의 기사' 이군(李君)이다. 눈물에 천재가 있어 공연한 일에도,

"아하!"

하고 감탄만 한번 하면 곧 눈에는 눈물이 차버리는 친구로 밤낮 찻집

54) 군물 죽이나 풀 따위의 위에 섞이지 않고 따로 떠도는 물.

에 다니기를 좋아하더니 나와서도 화신상회에서 꽤 고급을 주는 것도 미술가를 이해해 주지 못한다는 불평으로 이내 고만두고 이 낙랑을 차려 놓은 것이다.

그는 나를 만나면, 늘 조용히 하고 싶은 말이 있노라 했다. 한번은 밤에 들렀더니 이층에 있는 자기 방으로 끌고 가서, 자기가 연애를 하는 중이라고 말하였다. 상대자는 서울 청년들이 누구나 우러러보지 않는 사람이 없는, 평판 높은 미인인데, 그 모두 쳐다만 보는 높은 들창[55]의 열쇠를 차지한 행운의 사나이는 자기란 것과, 그렇게 되기 위해서는 열 몇 달이라는 시일을 두고 이 낙랑의 수입을 온통 걸어 가면서 뭇 사나이의 마수[56]를 막아 가던 이야기를 눈물이 글썽글썽해서 하였다. 그러고는,

"자네 알다시피 내겐 처자식이 있지 않나? 이를 어쩌면 좋은가?"

하고 그것을 좀 속 시원하게 말해 달라 하였다. 나는 오래 생각할 것도 없이 만일 내 자신에게 그런 경우가 생겨도 그렇게밖에는 할 도리가 없기 때문에,

"단념해 보게."

하였다.

"어느 편을?"

하고 그의 눈은 최대한도의 시력을 내었다.

"연인을."

하니,

55) 들창 들어서 여는 창.

56) 마수(魔手) 음험하고 흉악한 손길.

"건 죽어도……."
하였다.

"그럼 연애를 그대로 하게나."
하였더니,

"아낸 그냥 두구 말이지?"
한다.

"그럼, 몰래 하는 연애까지야 아내가 간섭 못 할 것 아닌가? 결혼을 할 작정이라면 몰라도…… 자네 결혼까지 하고 싶은가?"
하였더니,

"그럼…… 그럼……."
하고 그는 고개를 숙였다. 그는,

"죽어도 단념할 수는 없다니 자네 나갈 탓이지 제삼자가 뭐라고 용훼하나?"[57]
하고 물러앉으려 하였더니 그는 내 손을 덤뻑 잡고,

"아직 우린 순결하네. 끝까지 정신적으로만 사랑해 나갈 순 없을까?"
묻는 것이었다.

"그건 참 단념하는 것만은 못하나 좋은 이상이긴 하네."
하였더니 그는,

"이상이라? 그럼 불가능하리란 말일세그려?"
했다. 그리고 그 여자의 초상화 그린 것을 내다 보이며,

"미인 아닌가?"

57) 용훼하다(容喙―) 간섭하여 말참견을 하다.

하면서 울었다.

그 뒤 얼마 만에 만났더니 그는 얼굴이 몹시 상했고 한쪽 손 무명지[58]를 붕대로 칭칭 감고 있었다. 왜 그러냐 물었더니,

"생인손[59]을 앓아 짤라 버렸네."

하는데 그 대답이 퍽 부자연스러웠다. 나는 감격성 많고 선량한 그가 그 연애 사건으로 말미암아 단지(斷指)한[60] 것임을 직각하였으나 여럿이 있는 데서라 다시 묻지는 못하였는데 영업이 잘되지 않아 낙랑도 팔아 버리고 동경으로나 다시 가 바람을 쐬겠다고 하면서 낙랑 인계할 만한 사람이 있거든 한 사람 소개해 달라고 하는 양이 여러 가지 비관[61]이 있는 모양이었다. 그 뒤로는 다시 못 만났는데 심부름하는 아이는 한참 만에 내려오더니,

"주인 선생님이 일어나셨는데 어디루 나가셨나 봐요. 아마 댁으로 진지 잡수러 가셨나 봐요."

하는 것이다.

"집에? 집에 가 잡숫니, 늘?"

"어쩌다 조선 음식 잡숫고 싶으면 가시나 봐요."

한다. 구보도 이상도 나타나지 않는다. 비는 한결같이 구질구질 내린다. 유성기 소리가 나기 시작한다. 누구든지 한 사람 기어이 만나 보고만 싶다. 대판옥(大阪屋)이나 일한서방(日韓書房)쯤 가면 어쩌면 월파

58) 무명지(無名指) 약손가락.
59) 생인손 손가락 끝에 나는 종기.
60) 단지하다 손가락을 자르다.
61) 비관(悲觀) 앞으로의 일이 잘 안 될 것이라고 봄.

(月坡)[62]나 일석(一石)[63]을 만날지도 모른다.

'친구?'

나는 이것을 생각하며 낙랑을 나서 비 내리는 포도를 걷는다. 낙랑의 이군만 해도 서로 친구라고 부르는 사이다. 그러나 그가 그의 집으로 갔나 보다고 할 때, 나는 그의 집안을 상상하기에 너무나 막연하다. 그의 어머니는 어떤 부인이요, 아버지는 어떤 양반이요, 대체 이군은 어디서 났으며 소학교는 어디를 다녔으며 어릴 때의 그는 어떤 아이였더랬나? 나는 깜깜이다. 그가 만일 친상[64]을 당했다 하더라도 나는 어떤 노인이 죽은 것을 의미하는 것인지 막연할 것이다. 그의 조상에는 어떤 사람이 났었나, 그의 어린애들은 어떻게 생긴 아이들인가 모두 깜깜하다.

'이러고도 친구 간이가? 친구라 할 수 있는 것인가?'

생각이 들어간다. 생각해 보면 오늘 만나 본 중앙일보사의 모든 사람들, 또 지금부터 만났으면 하는 구보나 이상이나 월파나 일석이나 모두 안 그런 친구는 하나도 없지 않은가?

모두 한 신문사에 있었으니깐 알았고, 한 학교에 있으니깐 알았고, 한 구인회원이니깐 안 것뿐이 아닌가? 직업적으로, 사무적으로, 자주 만나니까 인사하고 자주 인사하니까 손도 잡고 흔들게 되고 하는 것뿐이지 더 무슨 애틋한, 그리워해야 할 인연이나 정분이 어데 있단 말인

62) 월파 시인 김상용(金尙鎔, 1902~1951)의 호. 구인회 회원으로 관조적 경향의 서정시를 썼으며, 대표작으로 「남으로 창을 내겠소」 등이 있다.
63) 일석 국어학자이자 시인인 이희승(李熙昇, 1896~1989)의 호.
64) 친상(親喪) 부모상.

가? '친구 간에 어쩌고 어쩌고……' 하는 말이 모두 쑥스럽지 않은가? 그러자 나는 몇 어렸을 때 친구 생각이 난다.

용기, 홍봉이, 학순이, 봉성이……. 그들은 정말 친구라 할 수 있을까? 어려서 빨가벗고 한 개울에서 헤엄을 치고 자랐다. 그래서 용기 다리에는 무슨 흠집이 있고 봉성이 잔등에는 기미가 몇인 것까지도 안다. 학순이는 대운동회 때, 나와 이인삼각(二人三脚)[65]의 짝이 되어 일등을 탄 다음부터 더 친하게 놀았다. 그들의 조부모는 어떤 사람들이고 부모는 어떤 사람들이고 죄 안다. 그들의 집안 풍경까지도 소상하다.[66] 누구네 집 마당에는 수수배나무가 서고, 누구네 집 뒷동산에는 밀살구나무가 선 것까지도…….

'참! 지난봄에 학순에게서 편지 온 걸…….'

나는 아직 답장을 해주지 못한 것을 깨닫는다. 몇 가지 부탁이 있은 것까지 모른 체해 버리고 만 것이 생각난다. 그때 즉시 답장을 하지 못한 것은 바빠서라기보다 그냥 모른 척해 버리고 싶었기 때문이다. 그의 편지 사연은 지금도 기억할 수 있다.

"어느 잡지책에선가 보니 자네가 『달밤』이란 소설책을 냈데그려. 이 사람, 내가 애기책 좋아하는 줄 번연히 알면서 어쩌문 그거 한 권 안 보내 준단 말인가? 그런데 책 이름을 어째 그렇게 지었나? '추월색'[67]이니 '강상명월'이니만치 운치가 없지 않은가? 그런데 내용은 물

65) 이인삼각 두 사람이 나란히 서서 서로 맞닿은 쪽의 발목을 묶어 세 발처럼 하여 함께 뛰는 경기.
66) 소상하다(昭詳—) 분명하고 자세하다.
67) 추월색(秋月色) 1912년에 발표된 최찬식의 신소설.

론 연애소설이겠지? 하여간 한번 읽어 보고 싶네. 부디 한 권 부쳐 주기 바라며 또 한 가지 부탁은 돈은 못 부치나 담배꽁댕이를 모아 담아 먹으려 하니 아조 죄고만 고불통[68] 물뿌리[69] 하나만 사서 『달밤』과 함께 똘똘 말아 부쳐 주게. 야시에 가면 십 전짜리 그런 고불통이 있다데…….”

소학교 이후 그는 농촌에만 묻혀 있으니 남의 창작집을 『추월색』 따위 이야기책과 비겨 말하려는 것이 무리는 아니나 좀 불쾌하기도 하고 『달밤』을 보낸댔자 그의 기대에 맞을 리가 없을 것이 뻔하여 그 고불통까지도 잠자코 내버려 뒀던 것이다.

나는 후회한다. 그가 알고 읽든, 모르고 읽든, 한 책 보내 주어야 할 정리[70]에 쥐뿔 같은 자존심만 낸 것을 후회한다.

나는 진고개로 들어서서 고불통, 마도로스 파이프부터 눈여겨보았다. 하나도 십 전 급엣것은 없다. 모두 오륙 원 한다. 이런 것은 그에게 『달밤』이 맞지 않을 이상으로 당치 않은 것들이다.

대판옥 서점으로 들어섰다. 책을 보기 전에 사람부터 둘러보았으나 아는 이는 한 사람도 없다. 신간서도 변변한 것이 보이지 않는데 장마 때에 무슨 먼지나 앉았을라고 점원이 총채를 가지고 와 뚜드리기 시작한다. 쫓기어 나와 일한서방으로 가니 거기도 아는 얼굴은 하나도 없는 듯하였는데 그 아는 얼굴이 아니었던 속에서 한 사람이 번지르르한 레인코트를 털면서 내 앞으로 다가왔다.

68) 고불통 흙을 구워서 만든 담배통.
69) 물뿌리 물부리. 담배를 끼워서 빠는 물건.
70) 정리(情理) 인정과 도리.

"이군 아냐?"

그의 목소리를 듣고 보니 전에 안경 안 썼던 때의 그의 얼굴이 차츰 떠올라 온다.

"강군……."

나도 그의 성을 알아맞혔다. 중학 때 한 반이었던 사람이다. 그는 나의 손을 잡고, 흔들면 흔들수록 옛날 생각이 솟아나는 듯 자꾸 흔들기를 한참 하더니 나를 본정 그릴[71]로 데리고 간다. 클로크[72]에 들어서 모자를 벗는 것을 보니 머리는 상고머리[73]요, 레인코트를 벗는 것을 보니 양복저고리 에리[74]에는 일장기 배지를 척 꽂았다. 테이블을 정하고 앉더니 그는 그 일장기 꽂힌 옷깃을 가다듬고,

"그간 자네 가쓰야꾸부리[75]는 신문 잡지에서 늘 봤지."

하였고 다음에는,

"그래, 돈 좀 잡았나?"

하는 것이다.

"돈?"

하고 나는 여러 가지 의미의 고소[76]를 그에게 주었다. 그리고,

"자넨 좀 붙들었나?"

물었더니

71) 그릴(gril) 호텔이나 클럽의 간이 식당. 양식집.

72) 클로크(cloak) 호텔, 극장 등의 휴대품 보관소.

73) 상고머리 앞머리만 약간 길게 놓아 두고 옆머리와 뒷머리를 짧게 치켜 올려 깎고 정수리 부분은 편평하게 다듬은 머리.

74) 에리(えり) '옷깃'의 일본어.

75) 가쓰야꾸부리(活躍振り) '활약상'의 일본어.

76) 고소(苦笑) 쓴웃음.

"글쎄, 낚시는 몇 개 당거 놨네만……."
하고 맥주를 자꾸 먹으라고 권하더니 자기도 한잔 들이켜고 나서는,

"자네도 알겠지만 세상일이 다 낚시질이데그려, 알아듣겠나? 미끼가 든단 말일세, 허허……."
하고 선웃음[77]을 치는 것이 여간 교젯속에 닳지 않았다.

"나 그간 저어 황해도 어느 해변에 가 간사지[78] 사업 좀 했네."

"간사지라니?"

나는 간사지가 무엇인지 모른다. 그는,

"허, 안방 도련님일세그려."
하고 설명해 주는데 들으니 조수가 들락들락하는 넓은 벌판을 변두리를 막아 다시는 조수가 못 들어오게 하고 그 땅을 개간한다는 것이다.

"한 사오십 정보[79] 맨들어 놨네."
하더니 내가 그 사업의 가치를 잘 몰라주는 것이 딱한 듯,

"잘 팔리면 오십만 원쯤은 무려할[80] 걸세. 난 본부에 들어가서두 막 뻗히네."
하는 것이다.

"본부라니?"

나는 간부(姦婦)[81]와 대립되는 본부(本婦)[82]는 아닐 줄 아나 그것도

77) 선웃음 우습지도 않은데 꾸며서 웃는 웃음.
78) 간사지(干瀉地) 간석지. 밀물과 썰물이 드나드는 개펄.
79) 정보(町步) 땅 넓이의 단위. 1정보는 3천 평.
80) 무려하다(無慮—) 염려할 것이 없다.
81) 간부 간통한 여자.
82) 본부 본부인.

무엇인지 몰랐다.

"허, 이 사람 서울 헷 있네그려, 본불 몰라? 총독불!"

하고 사뭇 무안을 준다. 그리고 자기는 정무총감한테 가서도 하고픈 말은 다 한다고 하면서 간사지란, 지도에도 바다로 들어가는 것인데 그것을 훌륭한 전답지[83]로 만들어 놓았으니 국토를 늘려 논 셈 아닌가 하면서,

"안 해 그렇지 군수 하나쯤이야 운동하면 여반장[84]이지."

하고 보이를 크게 부르더니 날더러 뭘 점심으로 시켜 먹자고 한다. 런치를 시키더니,

"여보게?"

하고 목소리를 고친다.

"말하게."

"자네 여학교에 관계한다데그려?"

"좀 허지."

"나 장개 좀 드려 주게."

하고 또 선웃음을 친다.

몹시 불쾌하다. 점심만 시키지 않았으면 곧 일어나고 싶다.

"이 사람, 친구 호사[85] 한번 시키게나그려? 농담이 아니라 진담일세. 나 지금 독신일세."

나는 그에게 아직 미혼이냐 이혼이냐 상배[86]를 당했느냐 아무것도

83) 전답지(田畓地) 전답. 논밭.
84) 여반장(如反掌) 손바닥을 뒤집는 것 같다는 뜻으로, 일이 매우 쉬움을 이르는 말.
85) 호사(豪奢) 매우 호화롭고 사치스럽게 지냄, 또는 그런 상태.

묻지 않았고 친구라는 말에만 정신이 번쩍 났다. 그는 역시 친구라는 말을 태연히 쓴다.

"친구 간에 오래 격조했다[87] 만났는데 어서 들게."

하고 맥주를 권하였고,

"친구 간 아니면 갑자기 만나 이런 말 하겠나."

하고 트림을 한다.

런치가 나오기 시작한다. 나는 이 사람이 금세 "세상 일은 다 낚시질이데그려" 하던 말을 잊을 수 없다. 이것도 나의 낚시질인지 모른다. 내가 미끼를 먹는 셈인지도 모른다.

"여잔 암만해두 인물부터 좀 있어야겠데…… 자넨 어떻게 생각하나?"

나는 '옳지, 낚시질 시작이로구나' 하고,

"글쎄……."

하였을 뿐이다. 생각하면 낚시질이란 반드시 어부 편에만 이익이 돌아가는 것은 아니다. 고기가 미끼만 곧잘 따먹어 낼 수도 없지는 않은 것이다. 그가 비싼 것을 시키는 대로, 그가 권하는 대로 내 양껏 잘 먹고 소화해 볼 생각이 생긴다.

그는 나중에,

"자넨 문학가니까 연애나 결혼이나 그런 방면에 나보다 대갈 줄 아네. 자네가 간택한 여자라면 난 무조건하고 복종할 테니 아예 농담으로 듣지만 말게…… 내 자랑 같네만 본부에 있는 친구들서껀,[88] 참 자

86) 상배(喪配) '상처(喪妻)'를 높여 이르는 말. 아내의 죽음을 당함.
87) 격조하다(隔阻—) 오랫동안 서로 소식이 막히다.
88) 서껀 '여럿 가운데 함께 섞어서'의 뜻을 나타내는 보조사.

네 ×사무관 아나?"
한다.

"알 택 있나."

"메칠 안 있으면 도지사 돼 나갈 걸세. 그런 사람들도 당당한 재산가 영양[89]들만 소개하지만 자네 소개가 원일세. 소설에 나오는 것 같은 쪽 뽑은 신여성 하나 천해 주게. 내 어려운 살림은 안 시킬 걸세."

그리고,

"친구 간이니 말일세만 독신된 후론 자연 화류계[90] 계집들과 상종[91]이 되니 몸도 이전 괴롭고 첫째 살림 꼴이 되나 어디……."
하더니 명함 한 장을 꺼내 주고 서울 오면 교제상 어쩔 수 없어서 비전옥(備前屋)에 들어 있으니 자주 통신을 달라 한다. 그리고 길에 나와 헤어져서 저만치 가다 말고 돌아서더니,

"꼭 믿네."
하고 소리를 지르는 것이다.

그가 이제부터 또 누구에게 "낚시는 몇 개 당거 놨네만" 하는 말에는 오늘 나에게 런치 먹인 것도 들어갈는지도 모른다.

비는 그저 내린다. 못 먹는 맥주를 두어 곱뿌[92]나 먹었더니 등어리가 후끈거린다. 이런 것이 다 나에게도 교젯속 공부일지 모른다.

89) 영양(令孃) 영애(令愛). '남의 딸'을 높여 이르는 말.
90) 화류계(花柳界) 기생 따위의 노는 계집의 사회.
91) 상종(相從) 서로 따르며 친하게 지냄.
92) 곱뿌(コップ) '컵'의 일본어.

"내 어려운 살림은 안 시킬 걸세."

하던 강군의 말이 잊혀지지 않는다.

'난 아내에게 어려운 살림을 시키는 남편이다!'

나는 낙랑 뒤를 돌아 중국 사람들의 거리로 들어섰다. 아내가 젖이 잘 나지 않던 어느 해다. 누가 중국 사람들이 먹는 도야지족을 사다 먹이라 하였다. 사다 먹여 보니 젖이 잘 나왔다. 여러 번 먹어 보더니 맛을 들여 젖은 안 먹이는 지금도 그것만 사다 주면 좋아한다. 나는 천증원(天增園)에 들러 제일 큰 것으로 하나 샀다. 그리고 그길로는 한도(漢圖)로 갔다. 고불통은 다른 날 사 보내기로 하고 우선 『달밤』만 한 책을 학순에게 부쳤다.

우리 성북동 쪽 산들은 그저 뽀얀 이슬비 속에 잠겨 있다.

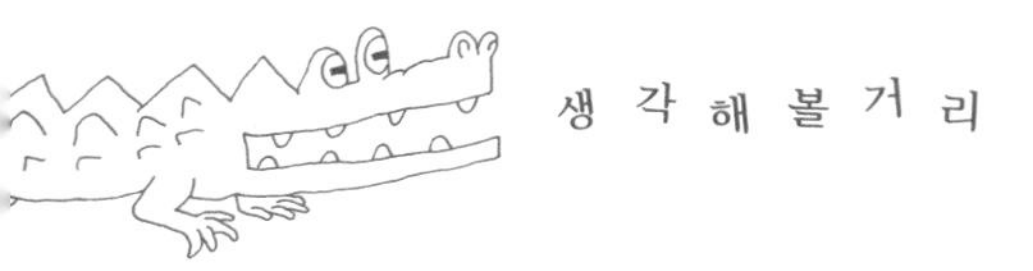

생각해볼거리

1 아내와 '내'가 말다툼을 한 이유는 무엇인가요?

이 소설의 서두에서 '나'와 아내가 말다툼을 하게 된 원인은 사소한 데 있습니다. 이 장면은 책만 읽는 남산골 샌님인 허생을 참다 못해 잔소리를 하는 『허생전』의 아내를 떠올리게도 하고, 또 오늘날의 부부 싸움과도 크게 다를 바가 없습니다.

장마 때문에 2주나 밖에 나가지 못한 '나'는 사소한 일상사로 인해 아내와 잦은 말다툼을 하게 됩니다. 엊저녁의 말다툼도 딸아이가 하루에 옷을 네 벌을 말아 놓았다는 것이 동기인데, 아내와 '나'는 이에 대해 입장 차이를 드러냅니다. 생활인인 아내는 해가 나지 않고 젖은 옷은 썩기만 하는데 자꾸 비를 맞고 나가는 아이를 쥐어박아 울립니다. 그러나 일상적 생활과 무관하게 살아가는 '나'는 아이들이란 비도 맞고 놀아 버릇해야 감기 같은 것에 저항력도 생기는데, 어른이 옷 말리기 힘들다는 이유로 아이를 감금하려 하고 구타까지 하는 것은 무책임하고 몰상식한 짓이라는 이상적인 이야기를 합니다. 결국 아내는 자신이 생활인으로서 우아한 삶을 살 수 없도록 만든 원인인 남편의 경제적 무능을 책망하기에 이른 것입니다.

2 학순에 대한 '나'의 태도가 변화하는 과정을 정리해 봅시다.

학순은 어려서 발가벗고 한 개울에서 헤엄을 치고 자란 '나'의 친구입니다. 학순은 잡지책에서 '내'가 『달밤』이라는 소설책을 냈다는 것을 보고 자신이 이야기책을 좋아하니 한 권 보내 달라고 합니다. 그러나 학순은 소학교 이후 농촌에만 묻혀 있어서 개화기에 나온 연애소설이나 읽었지 문학에는 문외한입니다. 그래서 '내'가 소설을 썼다니까 으레 연애소설이려니 짐작하고, 신소설인 『추월색』이나 『강상명월』과 비교를 하며 이름이 운치가 없다고 평합니다. 근대적인 기법과 문체로 소설을 쓰는 '나'로서는 자신의 창작집을 개화기 때의 신소설과 비교하는 것이 불쾌하고 자존심 상하는 일이었을 것입니다. 또 『달밤』을 보낸댔자 통속적인 연애소설만 읽는 학순의 기대에 맞을 리가 없을 것이 뻔하여 답장을 하지 않은 것입니다.

그러다 신문사와 낙랑을 배회하던 '나'는 도시에서의 친구 관계가 모두 신문사나 구인회, 학교에서 직업적 또는 사무적인 이유로 만난 형식적인 관계일 뿐 그리워해야 할 애틋한 인연이나 정분이 없다는 생각을 하게 됩니다. 그리고 '진정한 친구란 무엇인가'에 대한 답으로 어릴 때 친구들을 떠올립니다. 어릴 때 친구들이야말로 친밀감이 깃든 진정한 친구임을 생각하자, 자존심만 내세워 친구 간의 정리를 저버리고 답장을 하지 않은 것을 후회하게 됩니다. 결국 '나'는 학순이 알고 읽든 모르고 읽든 친구 간의 우정과 도리로 책을 보내 주기로 합니다. '나'의 이러한 변화는 도시적인 삶에 대한 부정이자 인정 어린 과거의 삶에 대한 긍정으로 볼 수 있습니다.

3 현실에 대한 비판적 인식이 드러난 부분을 찾아봅시다.

안국동(安國洞)서 전차로 갈아탔다. 안국정(安國町)이지만 아직 안국동이래야 말이 되는 것 같다. 이 동(洞)이나 리(里)를 깡그리 정화(町化)시킨 데 대해서는 적지 않은 불평을 품는다. 그렇게 비즈니스의 능률만 본위로 문화를 통제하는 것은 그릇된 나치스의 수입이다. 더구나 우리 성북동을 성북정이라 불러 보면 '이주사' 라고 불러야 할 어른을 '리상' 이라고 남실거리는 격이다. 이러다가는 몇 해 후에는 이가니 김가니 박가니 정가니 무슨 가니가 모두 어수선스럽다고 시민의 성명까지도 무슨 방법으로든지 통제할는지도 모른다.

모든 것에 있어 개성(個性)을 살벌하는 문화는 고급한 문화는 아닐 게다.

'나' 는 개성을 인정하지 않는 문화는 고급 문화가 아니라며 일제의 문화 통제에 대한 암시적인 비판을 하고 있습니다. 또한 남실거리지 않고 중후한 우리 고유의 이름에 대한 애착을 통해 민족 문화에 대한 애착을 드러냅니다. 또 조선어 말살과 창씨개명을 예견하고 있으며, 일제의 민족말살정책에 대한 우려와 반감을 드러내고 있습니다.

선미(禪味) 다분한 여수(麗水)가 사회부장 자리에서 강도나 강간 기사 제목에 눈살을 찌푸리고 앉았는 것은 아무리 보아도 비극이다. 『동아』에선 빙허(憑虛)가 또 그 자리에서 썩는 지 오래다. 수주(樹州) 같은 이가 부인 잡지에서 세월을 보내게 한다.

"이렇게까지들 사람을 모르나?"

좋게 말하자면 사원들의 재능을 만점으로 가장 효과적이게 착취할 줄들을 모른다. 내가 한번 신문, 잡지사의 주권자가 된다면, 인재 배치에만은 지금 어느 그들보다 우월하겠다는 자신에서 공연히 썩는 이들을 위해, 또 그 잡지 그 신문을 위해 비분해 본다.

위에서는 예술가들이 자신의 개성을 살리지 못하고 생계 때문에 신문사에 묶여 정신없이 일하고 있는 모습을 통해 개성을 획일화하는 근대 자본주의 사회를 비판하고 있습니다.

4 강군의 인물됨을 평가해 봅시다.

강군은 전통 부재의 식민지 상황에서 참다운 인간적 가치를 상실해 가고 있는 우리 민족의 정신적 위기를 대변하는 부정적 인물의 전형입니다.

강군은 상고머리에 번지르르한 레인코트를 입고, 양복저고리 깃에는 일장기 배지를 척 꽂고 있습니다. 이러한 외양을 보아 그는 경제적으로 여유가 있으며 친일 성향이 있는 인물이라는 것을 알 수 있습니다. 이는 그의 말을 통해 곧 확인이 되는데, 선웃음을 치며 얘기하는 모습은 그가 처세에 능하고 기회주의적이며 속물적인 인물임을 말해 줍니다.

그는 일본어를 섞어 가며 '나'에게 '돈 좀 잡았냐'는 질문을 하며 자신은 황해도 어느 해변에서 간사지 사업을 좀 했다고 합니다. 그는 세상 물정에 어두운 '나'에게 자신은 총독부의 정무총감과도 할 말은 하는 사이이며 군수 하나쯤은 맘만 먹으면 할 수 있다며 자신의 경제력과 권력을 과시합니다. 그가 일제 식민지하에서 돈을 벌기 위해 친일 행위도 서슴지 않는 기회주의적이고 세속적인 인물임을 알 수 있는 대목이지요.

그는 재산가의 딸보다는 여학교에 나가는 '나'에게서 소개를 받는 것이 더 소원이라며 '나'에게 중매를 부탁합니다. 그러나 그가 원하는 여성은 소설에 나오는 것 같은 '쪽 뽑은 신여성'으로, 속물적인 그의 모습을 부각시킬 뿐입니다.

5 '내'가 아내를 위해 족발을 사는 이유는 무엇일까요?

'나'는 학순에게 부칠 소설 『달밤』을 사러 갔다가 중학 때 같은 반이었던 강군을 만나게 됩니다. 강군은 경제력과 권력을 중시하는 기회주의적이고 속물적인 사람으로 처세에 능합니다. 그런 그가 '나'에게 '친구'라는 호칭을 쓰자 '나'는 정신이 번쩍 납니다. 강군에 대한 '나'의 반감은 '내'가 경제력이나 권력 같은 물질적이고 세속적인 가치보다는 정신적 가치를 중시하는 데서 비롯됩니다.

강군을 만나며 '나'는 아마도 지적이지만 속물적이고 처세에 능한 사람보다는 학순이나 아내처럼 순수한 인물이 더 인간미가 있다는 생각을 했을 것입니다. 또한 강군이 '나'에게 중매를 부탁하며 어려운 살림은 안 시킬 거라는 말을 했을 때 자신이 아내에게 어려운 살림을 시키는 남편임을 깨닫고 아내에게 미안한 생각이 들었을 것입니다. 그래서 아내가 좋아하는 족발을 제일 큰 것으로 하나 사서 미안한 마음을 표현하려고 하는 것입니다. 아내를 위해 족발을 사는 모습은 '내'가 자신의 태도를 반성하고 생활인으로서의 삶을 긍정하게 되었다는 의미도 있습니다.

6 이 소설에서 장마의 역할은 무엇일까요?

이 소설에서 장맛비는 축축하게 대기를 적시며 쉬지 않고 내립니다. 장마철 곰팡이 때문에 일어난 아내와의 말다툼은 자질구레한 일상과 현실에 대한 회의를 불러일으키고, '내'가 곰팡내 나는 일상과 곰팡이 슨 창작욕을 자극하기 위해 집을 나서는 계기가 되기도 합니다.

'내'가 도심을 배회하는 도중에도 계속 내리는 비는 '나'의 과거와 현재, 일상과 기억의 연상 작용을 매개하는 연결고리 역할을 합니다. 그리하여 '나'의 사색 중간중간에 '비는 다시 뿌린다' '비는 한결같이 구질구질 내린다' '비는 그저 내린다' 같은 표현이 보입니다.

또한 처음부터 끝까지 계속되는 장마는 현실의 분위기를 암시합니다. 또한 장맛비에 조금씩 곰팡이가 슬어 가듯이 일제의 식민 통치로 전통의 가치가 점차 사라져 가며 근대 자본주의의 속물성으로 인해 진정성이 사라지는 현실을 상징합니다. 특히 결말의 "우리 성북동 쪽 산들은 그저 뽀얀 이슬비 속에 잠겨 있다"는 표현은 1930년대 말을 살아가는 지식인의 답답한 심경을 표현하고 있습니다.

복덕방

근대 자본주의 사회에서 삶의 기반을 상실한
노인들의 애환을 따뜻한 시선으로 그린
노인소설의 대표작.

"재물이란 친자 간의 의리도 배추 밑 도리듯 하는 건가?"

인생 역전을 꿈꾸던 노인의 슬픈 자살극

「복덕방」은 산업화가 급격히 진행되던 1930년대에 서울에서 살고 있는 세 노인의 이야기로 인물 창조, 배경 묘사 등 이태준의 작가적 감각이 뛰어나게 표현된 작품입니다. 작가는 시대 변화에 적응하지 못하고 소외된 노인들의 애환과 가족공동체의 붕괴를 '안초시'라는 인물을 중심으로 그리고 있는데, 안초시의 욕망과 좌절을 딸 '안경화'의 비정한 성격과 대비시켜 연민을 자아냅니다.

제목 '복덕방'은 이 소설의 배경으로 구세대의 공간입니다. 서참위가 주인으로 있는 복덕방에는 매일이다시피 안초시와 박희완 영감이 나와 지냅니다. 서참위는 구한말 훈련원 참위를 지낸 무관 출신으로, 복덕방으로 생활의 안정은 이뤘지만 옛날의 기개를 잃어버리고 현실에 순응하여 살아가는 인물입니다. 서참위와는 달리 안초시와 박희완 영감은 뚜렷한 직업이 없습니다. 안초시는 몰락한 양반 출신으로 사업에 실패하여 무용가인 딸에게 겨우 용돈이나 얻어 쓰는 처지이며, 박희완 영감은 대서업을 하려고 『속수국어독본』을 공부하지만 허가가 날 기미가 없습니다. 다시 말해, 이들은 모두 사회의 중심에서 밀려난 구세대를 대변하는 인물들입니다. 복덕방은 이들이 모여 화투패나 뒤집으며 소일하는 공간으로, 근대화라는 시대의 변화에 적응하지 못하고 소외된 노인들의 쓸쓸하고 초라한 처지를 상징하고 있습니다. 또한 안초시가 1930년대의 투기 열풍에 말려드는 것에 사실성과 개연성을 부여하는 공간이기도 합니다.

한편, 1930년대 사회의 중심에서 활동하던 신세대는 안초시의 딸 안경화로 형상화되었습니다. '경화(京華)'는 '화려한 도시'라는 뜻으로, 안경화라는 인물의 개성을 그대로 드러내고 있습니다. 당시 서울은 새로운 문물이 물밀듯이 들어오며 화려한 도시로 변모하였습니다. 신식 상수도와 전기가 들어서고 널찍한 도로가 열렸으며 근대적인 건축이 등장하였습니다. 학교와 극장, 백화점이 세워지는 등 도시화가 급격히 진행되었지요. 새로워진 것은 도시만이 아닙니다. 도시의 외관과 함께 신세대의 가치관도 변화하였습니다. 물질을 중시하는 자본주의 사회에서 신세대는 출세를 위해 전통적인 가족공동체의 윤리를 저버리는 이기적인 모습을 보입니다. 이 작품에 등장하는 안초시의 딸이 바로 새로운 세대의 전형적인 인물입니다. 그녀는 일본 유학을 다녀온 현대무용가로, 공연을 하여 제법 돈을 벌 만큼 성공하였습니다. 그러나 출세를 위해 연구소를 세우고 집을 고치고 유성기를 사들이느라 아버지를 돌보지 않습니다. 안초시의 궁핍함을 외면하는 안경화는 신세대의 타락상을 보여 주는 부정적인 인물입니다.

작가는 구세대와 신세대를 형상화하는 과정에서 구세대에게는 동정어린 시선을 보내는 반면 신세대는 비판적인 시각으로 바라봅니다. 이는 안초시의 욕망과 좌절을 그리는 과정에서 명확히 드러납니다. 안초시는 세 노인 중 세상에 대한 야심이 가장 큰 인물로 돈을 중심으로 돌아가는 자본주의의 질서를 파악하고 있습니다. 근대 문명의 혜택도 돈 있는 자만이 누릴 수 있음을 알고 돈을 벌어 다시 한 번 사회에 당당히 서고 싶어합니다. 그래서 황해 연안에 부동산 투기를 하지요. 안경화는 돈 욕심에 아버지의 말만 듣고 땅을 샀다가 실패합니다. 즉, 안경화와 안초시는 물질에 대한 욕망에 있어서는 모두 마찬가지입니다. 그런데 이 소설에서 안경화의 욕망은 부정적으로 그려진 데 비해 안초시의 욕망은 인간적으로 그려집니다. 그것은, 안경화의 욕망은 이미 사회에서 성공한 신세대가 더 많은 돈을 벌려고 하는 속물적인 것이지만, 안초시의 욕망은 늙고 힘없는 노인 세대가 사회에서의 소외를 극복하기 위한 발버둥이기 때문입니다. 더구나 사회적으로 성공하여 근대 문명의 혜택을 누리는 안경화의 처지에 비해 남의 복덕방에 얹혀 사는 안초시의 처지는 너무나 초라합니다. 여기에 물질에 대한 욕망 때문에 전통적인 가족공동체의 윤리마저 저버린 안경화의 비정함은 안초시가 동정을 사기에 충분한 이유가 되지요. 결국 가정에서마저 버림받은 안초시가 '복(福)과 덕(德)이 있는 방'이라는 뜻의 복덕방에서 비참하게 자살하는 반어적 상황이 발생합니다.

작가는 이 소설에서 일제의 식민 통치에 의해 몰락해 가는 구세대의 애환을 보여 주고, 세대 간의 갈등을 통해 물질을 중시하는 자본주의 사회를 비판하고 있습니다. 서참위가 전통적 가족공동체의 윤리를 저버린 안경화의 위선과 명예욕, 이기심을 꾸짖는 것은 바로 작가의 현실 인식을 반영하는 것입니다. 작가는 신세대가 지닌 물질 중심의 근대적 가치관을 부정하고, 세 노인의 우정이 대변하는, 윤리와 인정을 중시하는 전통적 가치관을 긍정하고 있습니다.

1930년대에 이미 부동산 투기 열풍과 노인 소외 문제가 있었음을 보여 주는 이 작품은 노령화 시대에 접어든 오늘날의 우리 사회에도 시사하는 바가 큽니다. "부자 되세요"를 인사말로 주고받는 물질만능주의 사회에서 우리가 지향해야 할 진정한 가치가 무엇인지 생각하며 읽어 봅시다.

복덕방

철썩, 앞집 판장[1] 밑에서 물 내버리는 소리가 났다. 주먹구구[2]에 골독했던[3] 안초시(安初試)[4]에게는 놀랄 만한 폭음[5]이었던지, 다리 부러진 돋보기 너머로, 뚝 모이를 쪼으려는 닭의 눈을 해가지고 수챗구멍을 내다본다. 뿌연 뜨물에 휩쓸려 나오는 것이 여러 가지다. 호박 꼭지, 계란 껍질, 거피해[6] 버린 녹두 껍질.

"녹두 빈자떡[7]을 부치는 게로군. 흥……."

1) 판장(板牆) 널빤지를 대어 만든 울타리.
2) 주먹구구(一九九) 손가락으로 꼽아서 셈.
3) 골독하다 '골똘하다'의 원말.
4) 초시 과거의 맨 처음 시험 또는 그 시험에 합격한 사람. 또는 '한문을 좀 아는 유식한 양반'을 높여 이르던 말.
5) 폭음(爆音) 폭발할 때 나는 큰 소리.
6) 거피하다(去皮—) 껍질을 벗기다.
7) 빈자떡 '빈대떡'의 사투리.

한 오륙 년째 안초시는 말끝마다 "젠장……"이 아니면 "홍!" 하는 코웃음을 잘 붙이었다.

"추석이 벌써 낼모레지! 젠장……."

안초시는 저도 모르게 입맛을 다시었다. 기름내가 코에 풍기는 듯 대뜸 입 안에 침이 흥건해지고 전에 괜찮게 지낼 때, 충치니 풍치[8]니 하던 것은 거짓말이었던 것처럼 아래윗니가 송곳 끝같이 날카로워짐을 느끼었다.

안초시는 그 날카로워진 이를 빈 입인 채 빠드득 소리가 나게 한번 물어 보고 고개를 들었다.

하늘은 천 리같이 트였는데 조각구름들이 여기저기 널리었다. 어떤 구름은 깨끗이 바래 말린 옥양목[9]처럼 흰빛이 눈이 부시다. 안초시는 이내 자기의 때 묻은 적삼[10] 생각이 났다. 소매를 내려다보는 그의 얼굴은 날래 들리지 않는다. 거기는 한 조박[11]의 녹두 빈자나 한 잔의 약주로써 어쩌지 못할, 더 슬픔과 더 고적함[12]이 품겨 있는 것 같았다.

훅훅 소매 끝을 불어 보고 손끝으로 튀겨 보기도 하다가 목침[13]을 세우고 눕고 말았다.

"이사는 팔하고, 사오는 이십이라 천이 되지…… 가만…… 천이라? 사로 했으니 사천이라 사천 평…… 매 평에 아주 줄여 잡아 오 환씩만

8) 풍치(風齒) 풍증으로 일어나는 치통.
9) 옥양목(玉洋木) 생목보다 발이 고운 무명의 피륙. 빛이 썩 희고 얇음.
10) 적삼 윗도리에 입는 홑옷.
11) 조박 조각.
12) 고적하다(孤寂―) 외롭고 쓸쓸하다.
13) 목침(木枕) 나무토막으로 만든 베개.

하게 돼두 사 환 칠십오 전씩이 남으니, 그럼…… 사사는 십륙 일만 육천 환하구…….”

안초시가 다시 주먹구구를 거듭해서 얻어 낸 총액이 일만 구천 원, 단 천 원만 들여도 일만 구천 원이 되리라는 셈속이니, 만 원만 들이면 그게 얼만가? 그는 벌떡 일어났다. 이마가 화끈했다. 도사렸던 무릎을 얼른 곧추세우고 뒤나 보려는 사람처럼 쪼크렸다. 마코[14] 갑이 번연히 빈 것인 줄 알면서도 다시 집어다 눌러 보았다. 주머니에는 단돈 십 전, 그도 안경다리를 고친다고 벌써 세 번짼가 네 번째 딸에게서 사오십 전씩 얻어 가지고는 번번이 담뱃값으로 다 내어보내고 말던 최후의 십 전, 안초시는 주머니에 손을 넣어 그것을 집어내었다. 백통화[15] 한 푼을 얹은 야윈 손바닥, 가만히 떨리었다. 서참위(徐參尉)[16]의 투박한 손을 생각하면 너무나 얇고 잔망스러운[17] 손이거니 하였다. 그러나 이따금 술잔은 얻어먹고, 이렇게 내 방처럼 그의 복덕방에서 잠까지 빌려 자건만 한 번도, 집 거간[18]이나 해먹는 서참위의 생활이 부럽지는 않았다. 그래도 언제든지 한 번쯤은 무슨 수가 생기어 다시 한 번 내 집을 쓰게 되고, 내 밥을 먹게 되고, 내 힘과 내 낯으로 다시 한 번 세상에 부딪쳐 보려니 믿어졌다.

초시는 전에 어떤 관상쟁이의 “엄지손가락을 안으로 넣고 주먹을 쥐어야 재물이 나가지 않는다”는 말이 생각났다. 늘 그렇게 쥐노라고

14) 마코 일제 강점기 때의 저급 담배 이름.
15) 백통화 흰 동(銅)으로 만든 동전. 백통돈. 백동전.
16) 참위 구한말 때 무관 장교 계급의 하나.
17) 잔망스럽다(孱妄—) 체질이 몹시 잔약하고 행동이 경망하다.
18) 거간(居間) 사이에 들어 흥정을 붙임.

는 했지만 문득 생각이 나 내려다볼 때는, 으레 엄지손가락이 얄밉도록 밖으로 쥐어져 있었다. 그래 드팀전[19]을 하다도 실패를 하였고, 그래 집까지 잡혀서 장전[20]을 내었다가도 그만 화재를 보았거니 하는 것이다.

"이놈의 엄지손가락아, 안으로 좀 들어가아, 젠장."

하고 연습 삼아 엄지손가락을 먼저 안으로 넣고 아프도록 두 주먹을 꽉 쥐어 보았다. 그리고 당장 내어보낼 돈이면서도 그 십 전짜리를 그렇게 쥔 주먹에 단단히 넣고 담배 가게로 나갔다.

이 복덕방에는 흔히 세 늙은이가 모이었다.

언제 누가 와, 집 보러 가잘지 몰라, 늘 갓을 쓰고 앉아서 행길을 잘 내다보는, 얼굴 붉고 눈방울 큰 노인이 주인 서참위다. 참위로 다니다가 합병 후에는 다섯 해를 놀면서 시기를 엿보았으나 별수가 없을 것 같아서 이럭저럭 심심파적[21]으로 갖게 된 것이 이 가옥 중개업이었다. 처음에는 겨우 굶지 않을 만한 수입이었으나 대정(大正)[22] 팔구 년 이후로는 시골 부자들이 세금에 몰려, 혹은 자녀들의 교육을 위해 서울로만 몰려들고, 그런 데다 돈은 흔해져서 관철동(貫鐵洞), 다옥정(茶屋町)[23] 같은 중앙 지대에는 그리 고옥[24]만 아니면 만 원 대를 예사로

19) 드팀전 온갖 피륙을 파는 가게.
20) 장전(欌廛) 장롱 · 찬장 따위를 파는 가게.
21) 심심파적 심심풀이.
22) 대정 일본 다이쇼 천황의 연호. 1912~1926년의 15년 동안.
23) 다옥정 현재의 중구 다동. 흔히 '다방골'이라 했음.
24) 고옥(古屋) 지은 지 오래된 집.

훌훌 넘었다. 그 판에 봄가을로 어떤 달에는 삼사백 원 수입이 있어, 그러기를 몇 해를 지나 가회동(嘉會洞)에 수십 간 집을 세웠고 또 몇 해 지나지 않아서는 창동(倉洞) 근처에 땅을 장만하기 시작하였다. 지금은 중개업자도 많이 늘었고 건양사(建陽社) 같은 큰 건축회사가 생기어서 당자끼리 직접 팔고 사는 것이 원칙처럼 되어 가기 때문에 중개료의 수입은 전보다 훨씬 준 셈이다. 그러나 이십여 간 집에 학생을 치고 싶은 대로 치기 때문에 서참위의 수입이 없는 달이라고 쌀값이 밀리거나 나뭇값에 졸릴 형편은 아니다.

"세상은 먹구살게는 마련야……."

서참위가 흔히 하는 말이다. 칼을 차고 훈련원에 나서 병법을 익힐 제는, 한번 호령만 하고 보면 산천이라도 물러설 것 같던, 그 기개[25]와, 오늘의 자기, 한낱 가쾌(家儈)[26]로 복덕방 영감으로 기생, 갈보[27] 따위가 사글셋방 한 간을 얻어 달래도 녜녜 하고 따라나서야 하는, 만인의 심부름꾼인 것을 생각하면 서글픈 눈물이 아니 날 수도 없는 것이다. 워낙 술을 즐기기도 하지만 어떤 때는 남몰래 이런 감회를 이기지 못해서 술집에 들어선 적도 여러 번이다.

그러나 호반(虎班)[28]들의 기개란 흔히 혈기[29]에서 나오는 것이기 때문인지 몸에서 혈기가 줆을 따라 그런 감회를 일으킴조차 요즘은 적어지고 말았다. 하루는 집에서 점심을 먹다 듣노라니 무슨 장사치의 외

25) 기개(氣槪) 씩씩한 기상과 굳은 절개.
26) 가쾌 집 흥정을 붙이는 일을 직업으로 가진 사람. 집주릅.
27) 갈보 남자들에게 몸을 파는 여자를 속되게 이르는 말.
28) 호반 무인(武人).
29) 혈기(血氣) '피의 기운'이란 뜻으로, 힘을 쓰고 활동하는 원기를 말함.

는 소리인데 아무래도 귀에 익은 목청이다. 자세히 귀를 기울이니 점점 가까이 오는 소리인데 제법 무엇을 사라는 소리가 아니라 "유리병이나 간장통 팔거쏘!" 하는 소리이다. 그런데 그 목청이 보면 꼭 알 사람 같아, 일어서 마루 들창으로 내어다보니 이번에는 "가마니나 신문잡지나 팔거쏘" 하면서 가마니 두어 개를 지고 한 손에는 저울을 들고 중노인이나 된 사나이가 지나가는데 아는 사람은 확실히 아는 사람이다. 그러나 그를 어디서 알았으며 성명이 무엇이며 애초에는 무엇을 하던 사람인지가 감감해지고 말았다.

"오오라! 그렇군…… 분명…… 저런!"

하고 그는 한참 만에 고개를 끄덕이었다. 그 유리병과 간장통을 외는 소리가 골목 안으로 사라져 갈 즈음에야 서참위는 그가 누구인 것을 깨달아 낸 것이다.

"동관(同官)[30] 김참위…… 허!"

나이는 자기보다 훨씬 연소하였으나 학식과 재기[31]가 있는 데다 호령 소리가 좋아 상관에게 늘 칭찬을 받던 청년 무관이었었다. 이십여 년 뒤에 들어도 갈데없이 그 목청이요 그 모습이었다. 전날의 그를 생각하고 오늘의 그를 보니 저으기[32] 감개[33]에 사무치어 밥숟가락을 멈추고 냉수만 거듭 마시었다.

그러나 전에 혈기 있을 때와 달리 그런 기분이 오래가지는 않았다.

30) 동관 같은 관청에 다니는 같은 등급의 관리.
31) 재기(才氣) 재주가 있는 기질.
32) 저으기 적이. 다소. 얼마간. 조금.
33) 감개(感慨) 어떤 감동이나 느낌이 마음 깊은 곳에서 배어 나옴.

중학교 졸업반인 둘째 아들이 학교에 갔다 들어서는 것을 보고, 또 싸전[34]에서 쌀값 받으러 와 마누라가 선선히[35] 시퍼런 지전[36]을 내어 세는 것을 볼 때, 서참위는 이내 속으로,

'거저 살아야지 별수 있나. 저렇게 개가죽을 쓰고[37] 돌아다니는 친구도 있는데…… 에헴.'

하였을 뿐 아니라 그런 절박한 친구에다 대면 자기는 얼마나 훌륭한 지체[38]냐 하는 자존심도 없지 않았다.

'지난 일 그까짓 생각할 건 뭐 있나. 사는 날까지…… 허허.'

여생을 웃으며 살 작정이었다. 그래 그런지 워낙 좀 실없는 티가 있는 데다 요즘 와서는 누구에게나 농지거리[39]가 늘어 갔다. 그래 늘 눈이 달리고 뾰로통한 입으로는 말끝마다 '젠장' 소리만 나오는 안초시와는 성미가 맞지 않았다.

"쫌보[40]야, 술 한잔 사주랴?"

쫌보라는 말이 자기를 업수여기는 것 같아서 안초시는 이내 발끈해가지고, "네깟 놈 술 더러 안 먹는다" 한다.

"화투패나 밤낮 떼면 너이 어멈이 살아 온다덴?"

하고 서참위가 발끝으로 화투장들을 밀어 던지면 그만 얼굴이 새빨개져서 쌔근쌔근하다가 부채면 부채, 담뱃갑이면 담뱃갑, 자기의 것을

34) 싸전 쌀과 그 밖의 곡식을 파는 가게.
35) 선선히 시원스럽고 쾌활하게.
36) 지전(紙錢) 지폐.
37) 개가죽을 쓰다 비천한 신분이 되다. '개가죽'은 '낯가죽'의 속어.
38) 지체 대대로 이어 내려오는 사회적 신분이나 지위.
39) 농지거리 점잖지 못하게 마구 하는 농담.
40) 쫌보 몹시 좀스럽고 못난 짓을 하는 사람.

냉큼 집어 들고 안 올 듯이 새침해 나가 버리는 것이다.

"조게 계집이문 천생[41] 남의 첩 감이야."

하고 서참위는 껄껄 웃어 버리나 안초시는 이렇게 돼서 올라가면 한 이틀씩 보이지 않았다.

한번은 안초시의 딸의 무용회 날 밤이었다. 안경화(安京華)라고, 한동안 토월회(土月會)[42]에도 다니다가 대판(大阪)[43]에 가 있느니 동경(東京)에 가 있느니 하더니 오륙 년 뒤에 무용가노라 이름을 날리며 서울에 나타났다. 바로 제1회 공연날 밤이었다. 서참위가 조르기도 했지만, 안초시도 딸의 사진과 이야기가 신문마다 나는 바람에 어깨가 으쓱해서 공표를 얻을 수 있는 대로 얻어 가지고 서참위뿐 아니라 여러 친구를 돌라줬던[44] 것이다.

"허! 저기 한가운데서 지금 한창 다리짓하는 게 자네 딸인가?"

남은 다 멍멍히 앉았는데 서참의가 해괴한[45] 것을 보는 듯, 마땅치 않은 어조로 물었다.

"무용이란 건 문명국일수록 벗구 한다네그려."

약기는 한 안초시는 미리 이런 대답으로 막았다.

"모르겠네 원…… 지금 총각 놈들은 모두 등신[46]인가 바……."

"왜?"

41) 천생(天生) 타고난 것처럼. 어쩔 수 없이.
42) 토월회 1922년에 일본 도쿄 유학생인 박승희·김을한·김기진 등을 중심으로 조직한 신극 극단으로 우리나라 연극 발전에 크게 공헌하였다.
43) 대판 '오사카'를 우리 한자음으로 읽은 이름.
44) 돌라주다 얻어서 주다.
45) 해괴하다 매우 괴상하다.
46) 등신 '어리석은 사람'을 얕잡아 이르는 말.

하고 이번에는 다른 친구가 탄하였다.[47]

“우린 총각 시절에 저런 걸 보면 그냥 못 배기네.”

“빌어먹을 녀석…… 나잇값을 못 하구 개야 저건 개…….”

벌써 안초시는 분통이 발끈거려서 나오는 소리였다.

한 가지가 끝나고 불이 환하게 켜졌을 때다.

“도루 차라리 여배우 노릇을 댕기라구 그래라. 여배운 그래두 저렇게 넓적다린 내놓구 덤비지 않더라.”

“그 자식 오지랖[48] 경치게[49] 넓네. 네가 안방 건는방이 몇 칸이요나 알았지 뭘 쥐뿔이나 안다구 그래? 보기 싫건 나가렴.”

하고 안초시는 화를 발끈 내었다. 그러니까 서참위도 안방 건넌방 말에 화가 나서 꽤 높은 소리로,

“넌 또 뭘 아니? 요 쫌보야.”

하고 일어서 버리었다.

이 일이 있은 후 안초시는 거의 달포나 서참위의 복덕방에 나오지 않았었다. 그런 걸 박희완(朴喜完) 영감이 가서 데리고 왔었다.

박희완 영감이란 세 영감 중 하나로 안초시처럼 이 복덕방에 와 자기까지는 안 하나 꽤 쑬쑬히[50] 놀러 오는 늙은이다. 아니, 놀러 오기만 하는 것이 아니라 와서는 공부도 한다. 재판소에 다니는 조카가 있어

47) 탄하다 남의 말을 맞잡아 따지고 나서다.
48) 오지랖 웃옷이나 윗도리에 입는 겉옷의 앞자락. ‘오지랖이 넓다’는 말은 쓸데없이 지나치게 아무 일에나 참견하는 면이 있다는 뜻.
49) 경치다 아주 심한 상태를 못마땅하게 여겨 이르는 말.
50) 쑬쑬하다 그리 훌륭하지는 못하나 어지간하다.

대서업(代書業)[51] 운동을 한다고 『속수국어독본(速修國語讀本)』[52]을 노상[53] 끼고 와 그 『삼국지』 읽던 투로,

"긴상 도꼬에 유끼이 마쑤까?〔김선생님, 어디 가십니까?〕"

어쩌고를 외고 있는 것이다.

그러나 『속수국어독본』 뚜껑이 손때에 절고, 또 어떤 때는 목침 위에 받쳐 베고 낮잠도 자서 머리때까지 새까맣게 절어 '조선총독부 편찬'이란 잔 글자들은 보이지 않게 되도록, 대서업 허가는 의연히[54] 나오지 않는 모양이었다.

"너나 내나 다 산 것들이 업은 가져 뭘 허니. 무슨 세월에…… 흥!"

하고 어떤 때, 안초시는 한나절이나 화투패를 떼다 안 떨어지면 그 화풀이로 박희완 영감이 들고 중얼거리는 『속수국어독본』을 툭 채어 행길로 팽개치며 그랬다.

"넌 또 무슨 재술 바라구 밤낮 화토패나 떨어지길 바라니?"

"난 심심풀이지."

그러나 속으로는 박희완 영감보다 더 세상에 대한 야심이 끓었다. 딸이 평양으로 대구로 다니며 지방 순회까지 하여서 제법 돈냥이나 걷힌 것 같으나 연구소를 내느라고 집을 뜯어고친다, 유성기를 사들인다, 교제를 하러 돌아다닌다 하느라고, 더구나 귀찮게만 아는 이 애비를 위해 쓸 돈은 예산에부터 들지 못하는 모양이었다.

51) 대서업 관공서에 내는 서류 따위를 본인 대신 써주는 일.
52) 『속수국어독본』 일본어를 속히 익히기 위한 목적으로 편찬된 책.
53) 노상 항상. 늘.
54) 의연하다(依然—) 전과 다름없다.

"애? 낡은 솜이 돼 그런지, 삯바느질이 돼 그런지 바지 솜이 모두 치어서 어떤 덴 홑옷이야. 암만해두 사쓸[55] 한 벌 사 입어야겠다."
하고 딸의 눈치만 보아 오다 한번은 입을 열었더니,
"어련히 인제 사드릴라구요."
하고 딸은 대답은 선선하였으나 샤쓰는 그해 겨울이 다 지나도록 구경도 못 하였다. 샤쓰는커녕 안경다리를 고치겠다고 돈 일 원만 달래도 일 원짜리를 굳이 바꿔다가 오십 전 한 닢만 주었다. 안경은 돈을 좀 주무르던 시절에 장만한 것이라 테만 오륙 원 먹는 것이어서 오십 전만으로 그런 다리는 어림도 없었다. 오십 전짜리 다리도 있지만 살 바에는 조촐한[56] 것을 택하던 초시의 성미라 더구나 면상에서 짝짝이로 드러나는 것을 사기가 싫었다. 차라리 종이 노끈인 채 쓰기로 하고 오십 전은 담뱃값으로 나가고 말았다.
"왜 안경다린 안 고치셨어요?"
딸이 그날 저녁으로 물었다.
"흥……."
초시는 말을 하지 않았다. 딸은 며칠 뒤에 또 오십 전을 주었다. 그러면서 어떻게 들으라고 하는 소리인지,
"아버지 보험료만 해두 한 달에 삼 원 팔십 전씩 나가요."
하였다. 보험료나 타 먹게 어서 죽어 달라는 소리로도 들리었다.
"그게 내게 상관 있니?"
"아버지 위해 들었지, 누구 위해 들었게요 그럼?"

55) 사쓰 셔츠.
56) 조촐하다 깔끔하고 얌전하다. 아담하고 깨끗하다.

초시는 '정말 날 위해 하는 거문 살아서 한 푼이라두 다우. 죽은 뒤에 내가 알 게 뭐냐' 소리가 나오는 것을 억지로 참았다.

"오십 전이문 왜 안경다릴 못 고치세요?"

초시는 설명하지 않았다.

"지금 아버지가 좋구 낮은 것을 가리실 처지야요?"

그러나 오십 전은 또 마코 값으로 다 나갔다. 이러기를 아마 서너 번째다.

"자식도 소용없어. 더구나 딸자식…… 그저 내 수중에 돈이 있어야……."

초시는 돈의 긴요성을 날로날로 더욱 심각하게 느끼었다.

"돈만 가지면야 좀 좋은 세상인가!"

심심해서 운동 삼아 좀 나다녀 보면 거리마다 짓느니 고층 건축들이요, 동네마다 느느니 그림 같은 문화주택[57]들이다. 조금만 정신을 놓아도 물에서 가주[58] 튀어나온 메기처럼 미끈미끈한 자동차가 등덜미에서 소리를 꽥 지른다. 돌아다보면 운전사는 눈을 부릅떴고 그 뒤에는 금시곗줄이 번쩍거리는 살진 중년 신사가 빙그레 웃고 앉았는 것이었다.

"예순이 낼모레…… 젠장할 것."

초시는 늙어 가는 것이 원통하였다. 어떻게 해서나 더 늙기 전에 적게 돈 만 원이라도 붙들어 가지고 내 손으로 다시 한 번 이 세상과 교섭해 보고 싶었다. 지금 이 꼴로서야 문화주택이 암만 서기로 내게 무

57) 문화주택(文化住宅) 생활상 간이하고 편리하여 보건, 위생에 알맞은 신식주택.
58) 가주 갓. 이제 막. 금방.

슨 상관이며 자동차, 비행기가 개미 떼나 파리 떼처럼 퍼지기로 나와 무슨 인연이 있는 것이냐, 세상과 자기와는 자기 손에서 돈이 떨어진, 그 즉시로 인연이 끊어진 것이라 생각되었다.

'그러면 송장이나 다름없지 뭔가?'

초시는 이런 질문을 자신에게 던지는 지가 이미 오래였다.

'무슨 수가 없을까?'

또,

'무슨 그루터기[59]가 있어야 비비지!'

그러다가도,

'그래도 돈냥이나 엎질러 본 녀석이 벌기도 하는 게지.'

하고, 그야말로 무슨 그루터기만 만나면 꼭 벌기는 할 자신이었다.

그러다가 박희완 영감에게서 들은 말이었다. 관변[60]에 있는 모 유력자[61]를 통해 비밀리에 나온 말인데 황해 연안에 제2의 나진(羅津)[62]이 생긴다는 말이었다. 지금은 관청에서만 알 뿐이나 축항용지(築港用地)[63]는 비밀리에 매수되었으므로 불원하여 당국자로부터 공표가 있으리라는 것이다.

"그럼, 거기가 황무진가? 전답들인가?"

초시는 눈이 뻘개 물었다.

59) 그루터기 밑바탕이나 기초가 될 수 있는 사물을 비유적으로 이르는 말.
60) 관변(官邊) 관청 측.
61) 유력자(有力者) 세력이나 재산이 있는 사람.
62) 나진 함경북도 북부에 있는 항구 도시.
63) 축항용지 항구를 구축하기 위한 땅.

"밭이라데."

"밭? 그럼 매 평 얼마나 간다나?"

"좀 올랐대. 관청에서 사는 바람에 아무리 시굴 사람들이기루 그만 눈치 없겠나. 그래두 무슨 일루 관청서 사는진 모르거든……."

"그래?"

"그래, 그리 오르진 않았대…… 아마 평당 이십오륙 전씩이면 살 수 있다나 보데. 그러니 화중지병[64]이지 뭘 허나 우리가……."

"음!"

초시는 관자놀이가 욱신거리었다. 정말이기만 하면 한 시각이라도 먼저 덤비는 놈이 더 먹는 판이다. 나진도 오륙 전 하던 땅이 한번 개항된다는 소문이 나자 당년[65]으로 오륙 전의 백 배 이상이 올랐고 삼사 년 뒤에는, 땅 나름이지만 어떤 요지(要地)는 천 배 이상이 오른 데가 많다.

'다 산 나이에 오래 끌 건 뭐 있나. 당년으로 넘겨두 최소한도 오 환씩야 무려할 테지…….'

혼자 생각한 초시는,

"대관절 어디란 말야 거기가?"

하고 나앉으며 물었다.

"그걸 낸들 아나?"

"그럼?"

"그 모씨라는 이만 알지. 그리게 날더러 단 만 원이라도 자본을 운동

64) 화중지병(畵中之餠) 그림의 떡. 보기는 하여도 실제로 차지할 수 없는 것.
65) 당년(當年) 일이 있는 바로 그해.

하면 자기는 거기서도 어디어디가 요지라는 걸 설계도를 복사해 낸 사람이니까, 그 요지만 산단 말이지, 그리구 많이두 바라진 않어. 비용 죄다 제치구 순이익의 이 할만 달라는 거야."

"그럴 테지…… 누가 그런 자국을 일러 주구 구경만 하자겠나…… 이 할이라…… 이 할……."

초시는 생각할수록 이것이 훌륭한, 그 무슨 그루터기가 될 것 같았다. 나진의 선례[66]도 있거니와 박희완 영감 말이 만주국이 되는 바람에 중국과의 관계가 미묘해지므로 황해 연안에도 으레 나진과 같은 사명을 갖는 큰 항구가 필요할 것은 우리 상식으로도 추측할 바이라 하였다. 초시의 상식에도 그것을 믿을 수 있었다.

오늘은 오래간만에 피죤[67]을 사서, 거기서 아주 한 대를 피워 물고 왔다. 어째 박희완 영감이 종일 보이지 않았다. 다른 데로 자금 운동을 다니나 보다 하였다. 서참위는 점심 전에 나간 사람이 어디서 흥정이 한자리 떨어지느라고인지 아직 돌아오지 않는다. 안초시는 미닫이틀 위에서 다 낡은 화투를 꺼내었다.

"허, 이거 봐라!"

여간해선 잘 떨어지지 않던 거북패[68]가 단번에 똑 떨어진다. 누가 옆에 있어 좀 보아 줬으면 싶었다.

"아무래두 이게 심상치 않어…… 이제 재수가 티나 부다!"

66) 선례(先例) 이전부터 있었던 사례.
67) 피죤 일제 때의 고급 담배인 '하도'의 영어 이름.
68) 거북패 골패나 화투짝을 거북 모양으로 모두 엎어 놓고 혼자 하나씩 젖혀 보는 놀이.

초시는 반도 타지 않은 담배를 행길로 내어던졌다. 출출하던 판에 담배만 몇 대를 피고 나니 목이 컬컬해진다. 앞집 수채에는 뜨물에 떠내려가다 막힌 녹두 껍질이 그저 누렇게 보인다.

"오냐, 내년 추석엔……."

초시는 이날 저녁에 박희완 영감에게서 들은 이야기를 딸에게 하였다. 실패는 했을지라도 그래도 십수 년을 상업계에서 논 안초시라 출자(出資)[69]를 권유하는 수작[70]만은 딸이 듣기에도 딴사람인 듯 놀라웠다. 딸은 즉석에서는 가부를 말하지 않았으나 그의 머릿속에서도 이내 잊혀지지는 않았던지 다음날 아침에는, 딸 편이 먼저 이 이야기를 다시 꺼내었고, 초시가 박희완 영감에게 묻던 이상으로 지지콜콜[71]이 캐어물었다. 그러면 초시는 또 박희완 영감 이상으로 손가락으로 가리키듯 소상히 설명하였고, 일 년 안에 청장[72]을 하더라도 최소한도로 오십 배 이상의 순이익이 날 것이라 장담 장담하였다.

딸은 솔깃했다. 사흘 안에 연구소 집을 어느 신탁회사에 넣고 삼천 원을 돌리기로 하였다. 초시는 금시발복[73]이나 된 듯 뛰고 싶게 기뻤다.

"서참위 이놈, 날 은근히 멸시했것다. 내 굳이 널 시켜 네 집보다 난 집을 살 테다. 네깐 놈이 천생 가쾌지 별거냐……."

그러나 신탁회사에서 돈이 되는 날은 웬 처음 보는 청년 하나가 초시의 앞을 가리며 나타났다. 그는 딸의 청년이었다. 딸은 아버지의 손

69) 출자 자금을 내는 일.
70) 수작(酬酌) 남의 말이나 행동, 계획을 낮잡아 이르는 말.
71) 지지콜콜 시시콜콜.
72) 청장(淸帳) 빚을 깨끗이 갚음.
73) 금시발복(今時發福) 어떤 일을 한 뒤에 이내 복이 돌아와 부귀를 누리게 됨.

에 단 일 전도 넣지 않았고 꼭 그 청년이 나서 돈을 쓰며 처리하게 하였다. 처음에는 팩 나오는 노염을 참을 수가 없었으나 며칠 밤을 지내고 나니, 적어도 삼천 원의 순이익이 오륙만 원은 될 것이라, 만 원 하나야 어디로 가랴 하는 타협이 생기어서 안초시는 으슬으슬 그, 이를테면 사위 녀석 격인 청년의 뒤를 따라나섰다.

일 년이 지났다.

모두 꿈이었다. 꿈이라도 너무 악한 꿈이었다. 삼천 원어치 땅을 사 놓고 날마다 신문을 훑어보며 수소문[74]을 하여도 거기는 축항이 된단 말이 신문에도, 소문에도 나지 않았다. 용당포(龍塘浦)와 다사도(多獅島)에는 땅값이 삼십 배가 올랐느니 오십 배가 올랐느니 하고 졸부들이 생겼다는 소문이 있어도 여기는 감감소식일 뿐 아니라 나중에, 역시, 이것도 박희완 영감을 통해 알고 보니 그 관변 모씨에게 박희완 영감부터 속아 떨어진 것이었다. 축항 후보지로 측량까지 하기는 하였으나 무슨 결점으로인지 중지되고 마는 바람에 너무 기민하게[75] 거기다 땅을 샀던, 그 모씨가 그 땅 처치에 곤란하여 꾸민 연극이었다.

돈을 쓸 때는 일 원짜리 한 장 만져도 못 봤지만 벼락은 초시에게 떨어졌다. 서너 끼씩 굶어도 밥 먹을 정신이 나지도 않았거니와 밥을 먹으러 들어갈 수도 없었다.

"재물이란 친자 간의 의리도 배추 밑 도리듯 하는 건가?"[76]

탄식할 뿐이었다. 밥보다는 술과 담배가 그리웠다. 물론 안경다리는

74) 수소문(搜所聞) 세상에 떠도는 소문을 두루 찾아 살핌.
75) 기민하다(機敏—) 눈치가 빠르고 동작이 날쌔다.

그저 못 고치었다. 그러니 이제는 오십 전짜리는커녕 단 십 전짜리도 얻어 볼 길이 없다.

추석 가까운 날씨는 해마다의 그때와 같이 맑았다. 하늘은 천 리같이 트였는데 조각구름들이 여기저기 널리었다. 어떤 구름은 깨끗이 바래 말린 옥양목처럼 흰빛이 눈이 부시다. 안초시는 이번에도 자기의 때 묻은 적삼 생각이 났다. 그러나 이번에는 소매 끝을 불거나 떨지는 않았다. 고요히 흘러내리는 눈물을 그 더러운 소매로 닦았을 뿐이다.

여름이 극성스럽게 덥더니, 추위도 그럴 징조인지 예년보다 무서리[77]가 일찍 내리었다. 서참위가 늘 지나다니는 식은(殖銀)[78] 관사에들 울타리가 넘게 피었던 코스모스들이 끓는 물에 데쳐 낸 것처럼 시커멓게 무르녹고 말았다.

참위는 머리가 띵하였다. 요즘 와서 울기 잘하는 안초시를 한번 위로해 주려, 엊저녁에는 데리고 나와 청요릿집으로, 추탕[79]집으로 새로 두 점을 치도록 돌아다닌 때문 같았다. 조반이라고 몇 술 뜨기는 했으나 혀도 그냥 뻑뻑하다. 안초시도 그럴 것이니까 해는 벌써 오정 때지만 끌고 나와 해장술이나 먹으리라 부지런히 내려와 보니, 웬일인지 복덕방이라고 쓴 베 발이 아직 내어 걸리지 않았다.

76) 배추 밑 도리듯 하는 건가 재물에 관련해서는 부녀지간도 소용없다는 이야기를 쓸모없는 배추꼬랑이를 잘라 내는 것에 비유한 말.
77) 무서리 늦가을에 처음 내리는 묽은 서리.
78) 식은 '식산은행(殖産銀行)'의 준말. 일제 강점기 때 일본이 조선에서 신용기구를 통한 착취를 강화하기 위해 만든 은행으로, 그 후신이 '한국산업은행'이다.
79) 추탕(鰍湯) 추어탕. 미꾸라지를 넣고 끓인 국.

"이 사람 봐아…… 어느 땐 줄 알구 코만 고누……."

그러나 코 고는 소리는 들리지 않았다. 미닫이를 밀어젖힌 서참위는 정신이 번쩍 났다. 안초시의 입에는 피, 얼굴은 잿빛이다. 방 안은 움속처럼 음습한 바람이 휑 끼친다.

"아니……?"

참위는 우선 미닫이를 닫고 눈을 비비고 초시를 들여다보았다. 안초시는 벌써 아니요, 안초시의 시체일 뿐, 둘러보니 무슨 약병인 듯한 것 하나가 굴러져 있었다.

참위는 한참 만에야 이 일이 슬픈 일인 것을 깨달았다.

"허……."

파출소로 갈까 하다 그래도 자식한테 먼저 알려야겠다 하고 말만 듣던 그 안경화무용연구소를 찾아가서 안경화를 데리고 왔다. 딸이 한참 울고 난 뒤다.

"관청에 어서 알려야지?"

"아니야요, 아스세요."[80]

딸은 펄쩍 뛰었다.

"아스라니?"

"저……."

"저라니?"

"제 명예도 좀……."

하고 그는 애원하였다.

80) 아스세요 그리 마세요.

"명예? 안 될 말이지, 명엘 생각하는 사람이 애빌 저 모양으로 세상 떠나게 해?"

"……."

안경화는 엎드려 다시 울었다. 그러다가 나가려는 서참위의 다리를 끌어안고 놓지 않았다. 그리고,

"절 살려 주세요."

소리를 몇 번이나 거듭하였다.

"그럼, 비밀은 내가 지킬 테니 나 하자는 대루 할까?"

"네."

서참위는 다시 앉았다.

"부친 위해 보험 든 거 있지?"

"네, 간이보험[81]이야요."

"무슨 보험이던…… 얼마나 타게 되누?"

"삼백팔십 원요."

"부친 위해 들었으니 부친 위해 다 써야지?"

"그럼요."

"에헴, 그럼…… 돌아간 이가 늘 속사쓸 입구퍼 했어. 상등[82] 털사쓰를 사다 입히구, 그 우에 진견[83]으로 수의 일습[84] 구색[85] 맞춰 짓게 허

81) 간이보험 일반적으로 보험 금액이 적고 계약 수속이 간편한 보험. 생명보험과 화재보험에만 있음.
82) 상등(上等) 높은 등급. 여기서는 '고급, 품질이 좋은 등급'의 뜻.
83) 진견(眞絹) 질 좋은 비단.
84) 일습(一襲) 옷, 그릇, 기구 따위의 한 벌.
85) 구색(具色) 여러 가지 물건을 골고루 갖춤.

구…… 선산이 있나, 묻힐 데가?"

"웬걸요, 없어요."

"그럼 공동묘지라도 특등지루 널찍하게 사구…… 장례식을 장하게 해야 말이지 초라하게 해버리면 내가 그저 안 있을 게야. 알아들어?"

"네에."

하고 안경화는 그제야 핸드백을 열고 눈물 젖은 얼굴을 닦았다.

안초시의 소위 영결식(永訣式)[86]이 그 딸의 연구소 마당에서 열리었다.

서참위와 박희완 영감은 술이 거나하게 취해 갔다. 박희완 영감이 무얼 잡혀서 가져왔다는 부의(賻儀)[87] 이 원을 서참위가,

"장례비가 넉넉하니 자네 돈 그 계집애 줄 거 없네."

하고 우선 술집에 들러 거나하게 곱빼기들을 한 것이다.

영결식장에는 제법 반반한 조객들이 모여들었다. 예복을 차리고 온 사람도 두엇 있었다. 모두 고인을 알아 온 것이 아니요, 무용가 안경화를 보아 온 사람들 같았다. 그중에는 고인의 슬픔을 알아 우는 사람인지, 덩달아 기분으로 우는 사람인지 울음을 삼키느라고 끽끽하는 사람도 있었다. 안경화도 제법 눈이 젖어 가지고 신식 상복이라나 공단 같은 새까만 양복으로 관 앞에 나와 향불을 놓고 절하였다. 그 뒤를 따라 한 이십 명 관 앞에 와 꾸벅거리었다. 그리고 무어라고 지껄이고 나가는 사람도 있었다.

86) 영결식 장례 때 친지가 모여 죽은 이와 영결(영원히 헤어짐)하는 의식.
87) 부의 상가에 부조로 보내는 돈이나 물품.

그들의 분향[88]이 거의 끝난 듯하였을 때,

"에헴!"

하고 얼굴이 시뻘건 서참위도 한마디 없을 수 없다는 듯이 나섰다. 향을 한 움큼이나 집어 놓아 연기가 시커멓게 올려 솟더니 불이 일어났다. 후후 불어 불을 끄고, 수염을 한 번 쓰다듬고 절을 했다. 그리고 다시,

"헴……."

하더니 조사(弔辭)[89]를 하였다.

"나 서참월세, 알겠나? 홍…… 자네 참 호살세 호사야…… 잘 죽었느니. 자네 살았으문 이런 호살 해보겠나? 인전 안경다리 고칠 걱정두 없구…… 아무튼지……."

하는데 박희완 영감이 들어서더니,

"이 사람 취했네그려."

하며 서참위를 밀어냈다.

박희완 영감도 가슴이 답답하였다. 분향을 하고 무슨 소리를 한마디 했으면 속이 후련히 트일 것 같아서 잠깐 멈칫하고 서 있어 보았으나,

"으흐흑……."

하고 울음이 먼저 터져 그만 나오고 말았다.

서참위와 박희완 영감도 묘지까지 나갈 작정이었으나 거기 모인 사람들이 하나도 마음에 들지 않아 도로 술집으로 내려오고 말았다.

88) 분향(焚香) 향을 피움.
89) 조사 남의 상사에 조의를 나타내는 말.

생 각 해 볼 거 리

1 복덕방의 세 노인에 대해 정리해 봅시다.

서참위 복덕방 주인으로 합병 이전에 훈련원 참위를 지낸 무인 출신입니다. 합병 후 복덕방을 차리고 가옥 중개업을 하여 번 돈으로 집과 땅을 사고 현재는 학생 하숙을 치며 경제적으로 안정된 생활을 하고 있습니다. 때로는 훈련원 시절의 기개를 그리워하고, 기생이나 갈보 따위가 사글셋방 한 칸을 얻어 달래도 굽실거려야 하는 신세에 서글픔을 느끼기도 합니다. 그러나 고물 장사로 전락한 옛 동료 김참위와 중학교 졸업반인 아들, 쌀값을 지불하는 마누라를 보며 바꿀 수 없는 현실을 체념하고 즐겁게 살려고 노력하는 순응적이고 현실적인 인물입니다.

안초시 몰락한 양반 출신으로 십수 년을 상업계에 종사하며 한때는 잘살았으나 드팀전과 장전을 냈다가 실패하고 서참위의 복덕방에서 신세를 지고 있는 처지입니다. 그에게는 무용가로 성공한 딸이 있지만 자신의 출세에만 급급할 뿐 아버지에게 용돈조차 제대로 주지 않습니다. 딸 안경화의 무용을 이해하지 못하고 비웃는 서참위에게 화가 나서 달포나 복덕방에 발걸음을 하지 않을 정도로 자존심 강하고 소심한 면도 있습니다. "젠장" 소리를 입에 달고 살 만큼 현실에 대한 불만도 크며 돈 때문에 자신이 사회에서 소외되었다고 생각하고 늙어 가는 것을 원통하게 여깁니다. 세 노인 중 세상에 대한 야심이 가장 큰 그는 '대박'의 꿈을 꾸며 화투패나 떼

보면서 요행을 바라는 허황된 인물이기도 합니다. 결국 부동산 사기를 당해 자살하고 마는 비극적인 인물입니다.

박희완 복덕방에 자주 드나들며 서참위와 안초시 사이에서 두 사람의 관계를 완충하는 중재자 역할을 하는 인물입니다. 그는 변화해 가는 시대에 나름대로 적응하기 위해 노력하는 성실한 인물입니다. 재판소에 다니는 조카가 있어 대서업 허가를 얻기 위해 일본어 책인 『속수국어독본』을 항상 끼고 다니며 공부하지만 그 역시 일을 성취하는 데는 실패합니다.

2 이 작품에서는 발단 부분의 배경과 그로부터 일 년이 지난 후의 배경이 동일하게 제시되고 있습니다. 이러한 배경 제시가 가져오는 효과는 무엇일까요?

(가)

하늘은 천 리같이 트였는데 조각구름들이 여기저기 널리었다. 어떤 구름은 깨끗이 바래 말린 옥양목처럼 흰빛이 눈이 부시다. 안초시는 이내 자기의 때 묻은 적삼 생각이 났다. 소매를 내려다보는 그의 얼굴은 날래 들리지 않는다. 거기는 한 조박의 녹두 빈자나 한 잔의 약주로써 어쩌지 못할, 더 슬픔과 더 고적함이 품겨 있는 것 같았다.

혹혹 소매 끝을 불어 보고 손끝으로 튀겨 보기도 하다가 목침을 세우고 눕고 말았다.

(나)

하늘은 천 리같이 트였는데 조각구름들이 여기저기 널리었다. 어떤 구름은 깨끗이 바래 말린 옥양목처럼 흰빛이 눈이 부시다. 안초시는 이번에도 자기의 때 묻은 적삼 생각이 났다. 그러나 이번에는 소매 끝을 불거나 떨지는 않았다. 고요히 흘러내리는 눈물을 그 더러운 소매로 닦았을 뿐이다.

이 소설에서 배경은 인물의 심리와 상황을 암시해 줍니다. 발단 부분의 (가)와 이로부터 일 년이 지난 후의 (나)에서 작가는 시간적 배경을 둘 다 추석 즈음으로 설정하고 자연에 대한 묘사도 동일하게 합니다. 하늘은 맑고 구름은 깨끗하게 바래 말린 옥양목처럼 눈부십니다. 그리고 안초시는 여전히 때 묻은 적삼을 입고 있습니다.

여기서 옥양목같이 하얀 구름은 오랫동안 빨지 못한 안초시의 더러운 적삼과 대조를 이루며 그의 궁핍한 처지를 보여 주는데, 일 년이 지난 후에도 안초시의 상황은 달라지지 않았음을 알 수 있습니다.

그러나 하늘을 바라보며 자신의 적삼을 떠올린 안초시의 반응은 일 년 전과 차이를 보입니다. (가)에서는 소매 끝의 먼지를 털며 현실을 개선해 보려는 의지를 보여 주지만, (나)에서는 일 년 전과 달리 더러운 소매로 눈물을 닦을 뿐이어서 삶의 의욕을 상실한 안초시의 심리를 보여 줍니다. 작가는 (나)의 뒤를 이어 예년보다 일찍 내린 무서리, 끓는 물에 데쳐 낸 것처럼 시커멓게 죽은 코스모스를 통해 안초시의 죽음을 암시합니다. 이 소설에서 자연과 인물을 대응시켜 묘사하고 있음을 확인할 수 있는 대목입니다.

3 이 작품의 주된 갈등은 무엇입니까?

이 작품의 주된 갈등은 구세대와 신세대 사이의 갈등입니다. 안초시, 서참위, 박희완으로 형상화된 구세대는 전통적인 윤리와 인정을 중시합니다. 이들은 사회의 중심부에서 밀려나 복덕방에서 소일하며 때로는 다투기도 하지만 서로 위로하며 살아가는 따뜻한 인정을 보여 줍니다.

안경화로 형상화된 신세대는 근대 사회에 적응하여 사회의 중심에서 활동하며, 물질을 중시하고 이기적입니다. 안경화는 일본 유학을 다녀온 현대무용가로, 성공하여 돈을 벌었으나 연구소를 내는 등 출세에만 급급하고 아버지를 위해서는 일 원도 쓰지 않을 정도로 몰인정합니다. 아버지의 죽음을 통해서 돈을 벌고자 보험을 들고, 일확천금을 벌 수 있다는 말에 부동산 투기를 하는 그녀의 모습은 신세대가 전통적인 유교 윤리인 효도보다 물질적인 가치를 더 중시함을 보여 줍니다.

세대 차이로 인한 이들의 갈등은 안초시의 죽음을 대하는 태도에서 확연히 드러납니다. 신세대인 안경화는 자신의 잘못을 뉘우치기보다는 아버지의 자살로 인해 자신의 명예가 훼손될 것을 먼저 염려합니다. 아버지의 자살을 알리지 않기 위해 서참위의 말대로 장례를 성대하게 치러 주며 위선적인 눈물을 흘립니다.

이에 비해 구세대는 명예나 돈보다는 인간의 도리를 먼저 생각하는 모습을 보여 줍니다. 서참위는 안초시의 한을 풀어 주기 위해 안경화를 협박해서 보험금으로 안초시가 평소 입고 싶어했던 속셔

츠를 입혀서 장례식을 거창하게 치르도록 합니다. 또 박희완 영감은 가난한 처지임에도 불구하고 없는 돈에 뭔가를 잡혀 부의금을 가져오며 안초시의 죽음을 진심으로 슬퍼합니다.
세대 간 갈등은 돈을 둘러싸고 벌어지는 안초시와 안경화의 갈등에서도 드러납니다. 안초시는 살아생전에 딸에게서 한 푼이라도 받길 원하지만 안경화는 아버지의 보험료로 한 달에 삼 원 팔십 전씩 내면서도 셔츠는커녕 안경다리 고칠 돈 일 원을 주지 않아 종이 노끈인 채 쓰게 합니다. 또 신탁회사에서 빌린 돈을 아버지에게는 일 원 한 장 주지 않고 자신의 약혼자를 대리인으로 세워 쓰게 하며, 부동산 투기에 실패하자 그 책임을 안초시에게 모두 뒤집어씌웁니다. 여기서 신세대인 안경화는 효도라는 윤리를 저버리고 물질을 중시하는 자본주의 사회의 타락상을 전형적으로 보여 줍니다.

4 안초시는 왜 자살을 했을까요?

안초시는 세상과의 인연이 돈에 의해서 좌우된다는 자본주의 사회의 속성을 간파한 인물입니다. 그는 자신이 사회에서 소외된 이유가 돈이 없기 때문이라고 생각하고 어떻게 해서든 더 늙기 전에 돈을 벌어 다시 한 번 세상과 교섭해 보고 싶어합니다. 그러나 일제하에서 생활의 터전을 잃어버린 그가 자신의 능력으로 돈을 벌 수 있는 방법이 있을 리 만무합니다. 일확천금을 바라는 그의 욕망은 로또 복권에 당첨되기를 바라는 것만큼 허황된 것입니다.

일확천금을 꿈꾸며 요행만 바라고 있다가 박희완 영감에게서 황해연안 개발 소식을 들었을 때, 안초시는 자신이 재기할 수 있는 절호의 기회라고 생각했습니다. 자신에게는 사회적으로 성공한 딸이 있으니 딸의 돈으로 '인생 역전'을 노렸던 것입니다. 그런 안초시가 재기할 수 있는 마지막 기회가 사기극이었음을 알았을 때 어떤 심정이었을까요? 돈을 벌지 못하면 송장이나 다름없다고 생각하는 안초시로서는 하늘이 무너지는 듯한 극도의 절망감을 맛보았을 것입니다. 서너 끼씩 굶어도 밥 먹을 정신도 나지 않을 만큼 삶의 의욕을 잃고 절망한 아버지에게 딸은 위로는커녕 사기당한 책임을 모두 뒤집어씌웁니다. 밥을 먹으러 들어갈 수도 없을 정도로 매몰차게 구는 딸을 보며 야속함도 느꼈겠지요. 서참위가 청요릿집으로, 추어탕집으로 데리고 다녔지만 안초시에게 위로가 될 턱이 없습니다.

결국 돈이 없으면 죽은 목숨이나 다름없는 자본주의 사회에서 따뜻한 가족애마저 기대할 수 없는 그에게 자살은 예정된 길이었습니다. 사회에서 소외되고 자식에게 외면당한 그는 자신의 말처럼 복덕방에서 송장이 되고 말았습니다. 그의 죽음은 소수에게만 혜택이 돌아가는 왜곡된 근대화와 가족공동체의 윤리를 저버린 신세대가 만들어 낸 비극이라 할 수 있습니다.

5 서참위와 박희완 영감은 왜 묘지까지 따라가지 않았을까요?

서참위와 박희완 영감은 영결식에 모인 조문객들이 하나도 마음에 들지 않았기 때문에 묘지에 따라가지 않았습니다. 그렇다면 왜 조문객들이 마음에 들지 않았을까요? 조문은 고인의 죽음을 애도하기 위해서 하는 것입니다. 그런데 안초시의 영결식에 참석한 조문객들은 모두 고인을 알아 온 것이 아니요, 무용가 안경화를 보아 온 사람들 같았습니다. 따라서 안초시와는 관계가 없는 사람들로 안초시의 죽음을 진심으로 애도하러 온 사람들이 아닙니다. 아마도 안경화와의 친분을 유지하기 위해서 참석했을 것입니다. 그러면서도 슬픈 척 눈물을 흘리며 울음을 삼키고, 마음에도 없는 조사를 지껄이는 위선적인 태도가 두 노인들에겐 참을 수 없었을 것입니다.

안초시의 죽음을 진심으로 슬퍼하는 서참위와 박희완 영감은 신식 예복을 입은 신세대들의 허세와 위선에 대한 반감 때문에 묘지에는 가지 않고 답답한 마음을 달래러 술집으로 갑니다.

6 소설 속에서 서참위의 역할은 무엇입니까?

서참위는 안경화로 상징되는 새로운 세대의 이기적이고 비윤리적인 행태를 비판하는 작가의 목소리를 대변하는 역할을 합니다. 허세와 이기심으로 가득 찬 안경화는 아버지의 죽음 앞에서도 자신의 명예만을 생각합니다. 그런 안경화에게 서참위는 "명옐 생각하는 사람이 애빌 저 모양으로 세상 떠나게 해?"라며 그녀의 불효를 나무라고 보험금으로 장례를 후하게 치르도록 다그칩니다.

또한 안초시의 영결식장에서는 궁핍함에 시달리다가 비참하게 음독 자살을 하게 만든 안경화의 불효를 '호사'라는 반어적 표현으로 비판합니다. 서참위가 안초시의 죽음을 '호사'라고 표현한 것은 살아생전에 호사를 누리지 못하고 비참하게 살았다는 것을 의미합니다. '잘 죽었다'는 말도 죽는 것만 못한 삶을 살았다는 뜻으로, 안경화의 불효와 위선을 꼬집는 말입니다.

7 당대의 현실을 작가는 어떻게 인식하고 있습니까?

1930년대는 일본 독점 자본의 진출로 개발이 이루어지면서 부동산으로 돈을 번 졸부들이 생겨나고, 근대적인 시설들이 생겨나는 등 산업화, 도시화가 급격히 진행되던 시기입니다.

이 작품에서 당대의 현실은 안초시의 눈을 통해 그려집니다. 운동삼아 나가 보면 거리마다 짓느니 고층 건축들이요, 동네마다 느느니 그림 같은 문화주택들입니다. 조금만 정신을 놓아도 물에서 갓 튀어나온 메기처럼 미끈미끈한 자동차가 등덜미에서 소리를 꽥 지릅니다. 돌아다보면 운전수는 눈을 부릅떴고 그 뒤에는 금시곗줄이 번쩍거리는 살진 중년 신사가 빙그레 웃고 앉아 있습니다.

그러나 돈이 없는 안초시 같은 사람들은 문화주택이나 자동차, 비행기 같은 근대화와 아무런 상관이 없습니다. 돈을 가진 일부 사람들만이 혜택을 누리고 안초시 같은 사람은 소외될 수밖에 없는 것이 현실입니다. 여기서 등덜미에서 소리를 지르는 자동차나 눈을 부릅뜬 운전수, 금시곗줄을 번쩍거리는 부자는 모두 비인간적인 모습으로 묘사되고 있습니다. 이는 돈만 가지면 좋은 세상, 즉 돈이 중시되는 근대 자본주의 사회의 부도덕성에 대한 작가의 부정적인 시각이 반영된 것입니다.

8 안초시의 부동산 투기를 어떻게 평가해야 할까요?

과거, 돈을 좀 주무르던 시절이 있던 안초시에게 셔츠 한 벌 얻어 입으려고 딸에게 아쉬운 소리를 해야 하는 현실은 무척 자존심 상하는 일일 것입니다. 안초시가 돈을 가지고 세상에서 당당하게 한번 살아 보고 싶다는 생각을 하는 것은 어쩌면 자연스러운 욕망입니다.

하지만 큰돈을 벌 방법이 어디에도 없는 안초시는 복덕방에서 화투패나 떼보고 엄지손가락이나 단속하며 요행을 바랍니다. 그러던 어느 날 복덕방에서 박희완 영감이 어떤 유력자를 통해 들었다며 황해 연안에 항구 용지를 당국이 매입하여 '제2의 나진'이 생긴다는 얘기를 안초시에게 들려줍니다. 당시에 이미 개발 붐을 타고 땅값이 오른 선례가 있었으니 안초시는 귀가 솔깃했겠지요. 나진도 오륙 전 하던 땅이 한번 개항된다는 소문이 나자 그 해 백 배 이상 올랐고, 삼사 년 뒤에는 천 배 이상 올랐으니까요. 더구나 중국과의 관계를 생각할 때, 큰 항구가 필요한 것은 상식으로도 추측할 수 있는 일이었습니다. 결국 일확천금을 기대한 안초시는 손쉽게 큰돈을 벌 수 있다는 생각에 땅 투기에 빠져 버립니다.

용당포와 다사도도 개발 붐을 타고 땅값이 30~50배가 올라 졸부들이 생겼다는 걸로 보아 안초시의 생각이 허무맹랑한 것만은 아님을 알 수 있습니다. 다만 안초시의 경우 사기극에 걸려들어 낭패를 본 것이지요. 문제는 안초시가 '투자'가 아닌 '투기'를 했다는 것입니다. 투자는 시간과 정성을 들여 이익을 보려는 것이지만, 투기는 단기간에 시세차익을 얻으려는 행동입니다. 안초시가 자신의 자본을 가지고 장차 유망한 곳에 투자를 했다면 자살이라는 비극에는 이르지 않았을 것입니다. 그러나 안초시에게 이런 조언을 해주는 것은 무의미할 것입니다. 뚜렷한 직업도 없고 특별한 재산도 없는 노인인 안초시가 투자를 하는 것은 불가능하니까요. 또한 성실하게 노력해서 살 궁리를 했어야 한다는 비난도 무의미하기는 마찬가지입니다. 『속수국어독본』에 손때가 절도록 성실히 공부를 하지만 대서업 허가를 받지 못하는 박희완 영감을 보면 이들의 성실함이 힘을 발휘할 수 없는 현실임을 알 수 있기 때문입니다. 오히려 박희완 영감의 성실함보다 안초시의 허황된 투기가 실현 가능성이 높아 보이는 것이 현실입니다.

따라서 투기는 죽을 날이 얼마 남지 않은 안초시가 쉽게 빨리 돈을 벌 수 있는 유일한 수단이라고 할 수 있습니다. 안초시의 투기는 사회에서 소외되고 절망적인 상황에 처한 사람들이 취할 수 있는 유일한 수단이자 마지막 몸부림으로 보아야 할 것입니다.

패강랭

상고적 태도를 지닌 작가 '현'을 통해
사라져 가는 전통에 대한 애착과
암울한 시대 현실에 대한 울분을 그린 심경소설.

"이 자식? 되나 안 되나 우린 우린…… 이래 봬두……"

예술가로서의 자존심을 지키고자 하는 절규

「패강랭」에는 시시비비가 많다. 나는 애초부터 소설의 체격을 갖출 수 있기를 단념하고 쓴 제재이다. 다만 오늘에, 이런 말과 이런 글자로 글을 쓰는 우리의 어두워지는 심사를 어설프게나마 나타내 보고 싶었던 것뿐이다. 잘 나타내지 못한 것은 객관적 정세에만 돌리려 하지는 않는다.

「이상견빙지 기타」, 『삼천리 문학』, 1938년 4월

「패강랭(浿江冷)」은 1938년 『삼천리 문학』에 발표된 작품으로 식민지 지식인으로 살아가는 작가의 현실적 고민이 투영된 자전적 소설입니다. 이태준은 골동품을 완상하고, 난을 키우고, 고색창연한 옛 서적을 어루만지는 등 옛것, 동양적인 것을 즐기는 취향을 지녔던 것으로 유명합니다. 이렇게 옛것을 사랑하는 태도를 '상고주의(尙古主義)'라

고 하는데 이태준의 상고적 취향이 가장 잘 드러난 작품이 바로 「패강랭」입니다. 제목의 '패강'은 '대동강'의 옛 이름입니다. '대동강'이 시뻘건 벽돌집과 비행장이 들어선 현재의 평양을 의미한다면, '패강'은 옛것을 간직하고 있는 평양을 가리킵니다. 즉, '패강이 얼었다〔冷〕'는 뜻의 '패강랭'은 일제에 의해 전통적 가치들이 사라져 가는 암울한 시대 현실을 상징적으로 보여 주는 제목입니다. 작가는 옛것에 대한 향수를 지닌 주인공 '현(玄)'을 통해 우리의 전통적 가치에 대한 애정과 조선의 주체성을 지키려는 민족 의식을 보여 줍니다.

작가의 이러한 주제 의식은 정신적 가치를 중시하는 '현'과 돈과 권력을 중시하는 '김(金)'의 갈등을 통해 드러납니다. 평양 여인들의 머릿수건이나 기생 문화에 대한 시각, 소설에 대한 견해 등에서 이들은 매우 차이를 보입니다. '현'은 평양 여인들의 머릿수건을 '피양내인(평양 여인)'들만이 가질 수 있는 독특한 아름다움으로 생각하고, 기생을 풍류로 여기며, 조선어로 쓴 순수문학을 추구합니다. 현이 중시하는 것들은 모두 조선적인 것들로 조선의 정신 문화를 상징합니다. 반면, '김'은 평양 여인들의 머릿수건을 낭비로 보아 생활 개선을 빌미로 금지하고, 기생을 데리고 재즈에 맞춰 댄스를 춥니다. 그리고 현에게 일본 동경에서 글을 쓰는 작가의 선견을 칭찬하고 팔릴 글을 쓰라고 충고합니다. 그는 우리 것을 낡은 것으로 보고 재즈나 댄스처럼 일본을 통해 들어온 새로운 문물을 동경합니다.

그런데 김이 받아들인 새로운 문물이라는 것은 모두 일본적인 것입니다. '물자 절약' 또한 조선의 문화를 훼손하기 위해 일제가 내세운 논리입니다. 일제는 만주사변과 중일전쟁을 수행하며 전쟁에 필요한 물자를 수탈하기 위해 조선을 전시기지화합니다. 공장을 세우고, 물자 절약을 강요하고, 조선인을 전쟁에 동원하기 위해 황국 신민화 교육의 일환으로 조선어 교육을 금지합니다. 이러한 일제의 정책을 세상물정에 밝고 실속을 추구하는 김은 재빨리 받아들인 것입니다. 부회의원으로 경세가(經世家)인 김은 실리를 위해 친일 행위를 하며 권력을 잡은 식민지 지식인을 대표합니다. 다시 말해 현과 김의 충돌은 정신적 가치와 물질적 가치, 조선적인 것과 일본적인 것, 양심적 지식인과 친일적 지식인의 대결로 볼 수 있습니다. 또한 김에게 사이다 컵을 던지는 현의 행위는 식민지 지배 세력의 횡포에 대한 울분으로 볼 수 있습니다.

그런데 현은 평양 여인들의 머릿수건에 왜 그리 집착하는 것일까요? 그것은 현이 자신의 정체성을 과거의 것에서 찾고 있기 때문입니다. 현은 과거 조선의 문물과 자신을 동일시하고 있습니다. 고유한 문화는 문화적 가치를 추구하는 예술가인 자신과 본질적으로 같다고 생각하는 것입니다. 머릿수건은 바로 조선의 고유한 문화를 상징한다고 볼 수 있습니다. 그런데 현실은 평양 여인들의 머릿수건, 기생의 풍류문화, 예술은 사라지고, 재즈나 댄스 같은 서양 문화 즉, 물질로 대체되고 있습니다. 이러한 시대의 흐름에서 소외된 현은 과거의 것에 가치를 부여함으로써 자신의 정체성을 지키고 자존심을 유지하려고 머릿수건에 집착하는 것입니다.

그러나 시대의 흐름은 너무나 강하고, 변화하는 세태 속에서 과거의 것들은 너무나 미약합니다. 그래서 조선어 교사인 '박(朴)'이나 전통 기생인 영월, 소설가인 현은 모두 이러한 시대 흐름에서 밀려나 소외될 수밖에 없습니다. 박의 얼굴에서 볼 수 있는 비웃음, 영월의 얼굴에서 묻어나는 세월의 자국은 김의 면도 자리 푸른 살진 볼과 대비되어 소외된 자의 고달픈 삶과 비애를 느끼게 합니다. 현은 고유하고 개성적인 문화 가치를 인정하지 않는 푼푼치 못한 경세가인 김에게 사이다 컵을 던져 보지만 이것은 울분에 찬 감정의 폭발에 그칠 뿐입니다. 품속에 사무치는 찬 기운을 막아 보려 저고리를 여미지만 현실의 냉혹함에 비해 현의 대응은 미약하기만 합니다.

시체처럼 차고 고요한 밤 강물은 죽은 것이나 다름없이 살아야 하는 암울한 시대 상황과 그러한 시대를 살아가야 하는 현의 심리를 암시적으로 표현한 것입니다. 현의 예감대로 일제 말기에 이르면 민족말살정책으로 우리 민족의 수난은 극에 달하고 대다수 작가들은 양심의 위기에 처합니다. 이태준도 1941년에 출간된 『이태준 단편집』에 실린 「패강랭」에서는 현이 김에게 사이다 컵을 던지는 결정적 계기가 되는 일본어 '나니?'와 일본어에 대한 현의 반감을 표현한 '나닌 다 뭐 말라빠진'이라는 대목을 삭제합니다.

패강랭浿江冷[1]

다락에는 제일강산(第一江山)이라, 부벽루(浮壁樓)[2]라, 빛 낡은 편액(扁額)[3]들이 걸려 있을 뿐, 새 한 마리 앉아 있지 않았다. 고요한 그 속을 들어서기가 그림이나 찢는 것 같아 현(玄)은 축대[4] 아래로만 어정거리며 다락을 우러러본다. 질펀하게 굵은 기둥들, 힘 내닫는 대로 밀어 던진 첨차[5]와 촛가지[6]의 깎음새들, 이조(李朝)의 문물다운 우직한 순정이 군데군데서 구수하게 풍겨 나온다.

1) 패강랭 '패강이 얼었다'는 뜻. '패강'은 대동강의 별칭.
2) 부벽루 평양 모란대 밑 절벽 위에 있는 누각. 대동강에 면해 있어 마치 물 위에 떠 있는 듯한 느낌을 주는 명소이다.
3) 편액 종이나 널빤지에 그림을 그리거나 글씨를 써서 방 안이나 문 위에 걸어 놓는 액자.
4) 축대(築臺) 높이 쌓아올린 대나 터.
5) 첨차(檐遮) 삼포 이상의 집에 있는 꾸밈새. 초제공, 이제공 따위의 가운데에 어긋나게 맞추어 짠다.
6) 촛가지 초제공, 이제공 따위에 쑥쑥 내민 쇠서받침.

다락에 비겨 대동강은 너무나 차다. 물이 아니라 유리 같은 것이 부벽루에서도 한 뼘처럼 들여다보인다. 푸르기는 하면서도 마름〔水草〕의 포기포기 흐늘거리는 것, 조약돌 사이사이가 미꾸리라도 한 마리 엎디었기만 하면 숨쉬는 것까지 보일 듯싶다. 물은 흐르나 소리도 없다. 수도국 다리를 빠져, 청류벽(淸流壁)을 돌아서는 비단필이 휠쩍 펼쳐진 듯 질펀하게 깔려 나갔는데, 하늘과 물은 함께 저녁놀에 물들어 아득한 장미 꽃밭으로 사라져 버렸다. 연광정(練光亭)[7] 앞으로부터 까뭇까뭇 널려 있는 매생이[8]와 수상선[9]들, 하나도 움직여 보이지 않는다. 끝없는 대동벌에 점점이 놓인 구릉[10]들과 함께 자못 유구한 맛이 난다.

현은 피우던 담배를 내어던지고 저고리 단추를 여미었다. 단풍은 이제부터 익기 시작하나 날씨는 어느덧 손이 시리다.

'조선 자연은 왜 이다지 슬퍼 보일까?'

현은 부여에 가서 낙화암(落花岩)[11]이며 백마강(白馬江)[12]의 호젓함을 바라보던 생각이 난다.

현은 평양이 십여 년 만이다. 소설에서 평양 장면을 쓰게 될 때마다,

7) 연광정 평양의 대동강가에 있는 정자. 대동강을 내려다볼 수 있는 바위 위에 있다.
8) 매생이 노로 젓게 된 작은 배.
9) 수상선(水上船) 물윗배.
10) 구릉(丘陵) 언덕.
11) 낙화암 충청남도 부여에 있는 큰 바위로, 백제가 망할 때 삼천 궁녀가 이 바위에서 백마강에 몸을 던져 죽었다는 전설이 있다.
12) 백마강 부여의 북부를 흐르는 강.

이번에는 좀 새로 가보고 써야, 스케치를 해 와야, 하고 벼르기만 했지, 한 번도 그래서 와보지는 못하였다. 소설을 위해서뿐 아니라 친구들도 가끔 놀러 오라는 편지가 있었다. 학창 때 사귄 벗들로, 이곳 부회의원[13]이요 실업가[14]인 김(金)도 있고, 어느 고등보통학교[15]에서 조선어와 한문을 가르치는 박(朴)도 있건만, 그들의 편지에 한 번도 용기를 내어 본 적은 없었다. 이번에 받은 박의 편지는 놀러 오라는 말이 있던 편지보다 오히려 현의 마음을 끌었다 — 내 시간이 반이 없어진 것은 자네도 짐작할 걸세. 편안하긴 허이. 그러나 전임[16]으론 나가 주고 시간으로나 다녀 주기를 바라는 눈칠세. 나머지 시간이라야 그리 오래 지탱돼 나갈 학과 같지는 않네. 그것마저 없어지는 날 나도 그때 아주 손을 씻어[17] 버리려 아직은 찌싯찌싯[18] 붙어 있네 — 하는 사연을 읽고는 갑자기 박을 가 만나 주고 싶었다. 만나야만 할 말이 있는 것은 아니지만 손이라도 한번 잡아 주고 싶어 전보만 한 장 치고 훌쩍 떠나 내려온 것이다.

정거장에 나온 박은 수염도 깎은 지 오래여 터부룩한 데다 버릇처럼 자주 찡그려지는 비웃는 웃음은 전에 못 보던 표정이었다. 그 다니는 학교에서만 찌싯찌싯 붙어 있는 것이 아니라 이 시대 전체에서 긴치 않게 여기는, 찌싯찌싯 붙어 있는 존재 같았다. 현은 박의 그런 찌싯찌

13) 부회의원(府會議員) 일제 때, 부회를 구성하는 의원. 오늘날의 시의원에 해당함.
14) 실업가(實業家) 상공업이나 금융업 따위의 사업을 경영하는 사람.
15) 고등보통학교 일제 강점기 때 보통학교를 졸업한 우리나라 학생을 대상으로 중등 교육을 하던 4~5년제의 학교.
16) 전임(專任) 어떤 일을 전문적으로 맡거나 맡김. 또는 그런 사람.
17) 손을 씻다 그만두다.
18) 찌싯찌싯 남이 싫어하는 것을 자주 짓궂게 구는 모양.

싯함에서 선뜻 자기를 느끼고 또 자기의 작품들을 느끼고 그만 더 울고 싶게 괴로워졌다.

한참이나 붙들고 섰던 손목을 놓고, 그들은 우선 대합실로 들어왔다. 할 말은 많은 듯하면서도 지껄여 보고 싶은 말은 골라낼 수가 없었다. 이내 다시 일어나 현은,

"나 좀 혼자 걸어 보구 싶네."

하였다. 그래서 박은 저녁에 김을 만나 가지고 대동강가에 있는 동일관(東一館)이란 요정[19]으로 나오기로 하고 현만이 모란봉으로 온 것이다.

오면서 자동차에서 시가도 가끔 내다보았다. 전에 본 기억이 없는 새 빌딩들이 꽤 많이 늘어섰다. 그중에 한 가지 인상이 깊은 것은 어느 큰 거리 한 뿌다귀[20]에 벽돌 공장도 아닐 테요 감옥도 아닐 터인데 시뻘건 벽돌만으로, 무슨 큰 분묘(墳墓)[21]와 같이 된 건축이 웅크리고 있는 것이다. 현은 운전사에게 물어보니 경찰서라고 했다.

또 한 가지 이상하다 생각한 것은, 그림자도 찾을 수 없는, 여자들의 머릿수건이다. 운전사에게 물으니 그는 없어진 이유는 말하지 않고,

"거, 잘 없어졌죠. 인전 평양두 서울과 별루 지지 않습니다."

하는, 매우 자긍하는[22] 말투였다.

현은 평양 여자들의 머릿수건이 보기 좋았었다. 단순하면서도 흰 호접[23]과 같이 살아 보였고, 장미처럼 자연스런 무게로 한 송이 얹힌 댕

19) 요정(料亭) 요릿집.
20) 뿌다귀 '뿌다구니'의 준말. 물건의 삐죽하게 내민 부분. 또는 쑥 내민 모퉁이.
21) 분묘 무덤.
22) 자긍하다(自矜—) 스스로에게 긍지를 가지다.
23) 호접(胡蝶) 나비.

기는, 그들의 악센트 명랑한 사투리와 함께 '피양내인'들만이 가질 수 있는 독특한 아름다움이었다. 그런 아름다움을 그 고장에 와서도 구경하지 못하는 것은, 평양은 또 한 가지 의미에서 폐허라는 서글픔을 주는 것이었다.

현은 을밀대(乙密臺)[24]로 올라갈까 하다 비행장을 경계함[25]인 듯, 총에 창을 꽂아 든, 병정이 섰는 것을 발견하고는 그냥 강가로 내려오고 말았다. 마침 놀잇배 하나가 빈 채로 내려오는 것을 불렀다. 주암산까지 올라갔다가 내려오자니까 거기는 비행장이 가까워 못 올라가게 한다고 한다. 그럼 노를 젓지는 말고 흐르는 대로 동일관까지 가기로 하고 배를 탔다.

나뭇잎처럼 물 가는 대로만 떠가는 배는 낙조가 다 꺼져 버리고 강물이 어두워서야 동일관에 닿았다.

이 요릿집은 강물에 내민 바위를 의지하고 지어졌다. 뒷문에 배를 대고 풍악[26]소리 높은 밤 정자에 오르는 맛은, 비록 마음 어두운 현으로도 저윽 홍취[27] 도연해짐[28]을 아니 느낄 수 없다.

'먹을 줄 모르는 술이나 이번엔 사양치 말고 받어 먹자! 박을 위로해 주자!' 생각했다.

박은 김을 데리고 와 벌써 두 기생으로 더불어 자리를 잡고 있었다.

24) 을밀대 평양 금수산 마루에 있는 대(臺)와 그 위에 있는 정자. 평양을 내려다볼 수 있다.
25) 경계하다(警戒―) 적 등의 침입을 막기 위하여 주변을 살피면서 지키다.
26) 풍악(風樂) 우리나라 고유의 옛 음악.
27) 홍취(興趣) 홍과 취미를 아울러 이르는 말.
28) 도연하다(陶然―) 감홍 따위가 북받치다.

김의 면도 자리 푸른 살진 볼과 기생들의 가벼운 옷자락을 보니 현은 기분이 다시 한 번 개인다.

"이 사람, 자네두 김군처럼 면도나 좀 허구 올 게지?"

"허, 저런, 색시들 반허게!"

하고 박은 씩 웃는다.

"그래 요즘 어떤가? 우리 김부회의원 나리?"

"이 사람, 오래간만에 만나 히야까시[29]부턴가?"

"자넨 참 늙지 않네그려! 우리 서울서 재작년에 만났던가?"

"그렇지 아마…… 내 그때 도시 시찰[30]로 내지[31] 다녀 오던 길이니까……."

"참, 자넨 서평양인지 동평양인지서 땅 노름에 돈 좀 잡았다데그려?"

"흥, 이 사람! 선비가 돈 말이 하관고?"

"별수 있나? 먹어야 배부르데."

"먹게, 오늘 저녁엔 자네가 못 먹나 내가 못 먹이나 한번 해보세."

"난 옆에서 경평대항전[32] 구경이나 헐까?"

"저이들은 응원하구요."

기생들도 박과 함께 말참례[33]를 시작한다.

"시굴 기생들 우숩지?"

29) 히야까시(ひやかし) '희롱', '조롱'이라는 뜻의 일본어.
30) 시찰(視察) 두루 돌아다니며 실지(實地)의 사정을 살핌.
31) 내지(內地) 외국이나 식민지에서 본국을 이르는 말. 여기에서는 일본을 뜻함.
32) 경평대항전 경성축구단과 평양축구단의 친선 축구경기에 빗대어 하는 말.
33) 말참례(一參禮) 말참견.

"우습다니? 기생엔 여기가 서울 아닌가. 금수강산 정기[34]들이 다르네!"

기생들은 하나는 방긋 웃고, 하나는 새침한다. 방긋 웃는 기생을 보니, 현은 문득, 생각나는 기생이 하나 있다.

"여보게들?"

"그래."

"벌써 열둬 해 됐네그려? 그때 나 왔을 때 저 능라도[35]에 가 어죽[36] 쒀 먹던 생각 안 나?"

"벌써 그렇게 됐나 참."

"그때 그 기생이 이름이 뭐드라? 자네들 생각 안 나나?"

"오, 그렇지!"

비스듬히 벽에 기대었던 김이 놀라 일어나더니,

"이거 정작 부를 기생은 안 불렀네그려!"

하고 손뼉을 친다.

"아니, 그 기생이 여태 있나?"

"살았지 그럼."

"기생 노릇을 여태 해?"

"암."

"오라!"

하고 박도 그제야 생각나는 듯이 무릎을 친다.

34) 정기(精氣) 지극히 크고 바르고 공명한 천지의 원기(元氣).
35) 능라도(綾羅島) 평양 대동강 가운데 있는 경치 좋은 섬.
36) 어죽(魚粥) 생선죽.

그때도 현이 서울서 내려와서 이 세 사람이 능라도에 어죽놀이를 차렸다. 한 기생이 특히 현을 따라, 그때만 해도 문학청년 기분이던 현은 영월의 손수건에 시를 써주고 둘이만 부벽루를 배경으로 하고 사진을 다 찍고 하였었다.

"아니, 지금 나이 몇살일 텐데 아직 기생 노릇을 해? 난 생각은 나두 이름두 잊었네."

"그리게 이번엔 자네가 제발 좀 데리구 올라가게."

"누군데요?"

하고 기생들이 묻는다.

"참, 이름이 뭐드라?"

박도,

"이름은 나두 생각 안 나는걸……."

하는데 보이가 온다.

"기생, 제일 오랜 기생, 제일 나이 많은 기생이 누구냐?"

보이는 멀뚱히 생각하더니 댄다.

"관옥인가요? 영월인가요?"

"오! 영월이다 영월이. 곧 불러라."

현은 저윽 으쓱해진다. 상이 들어왔다. 술잔이 돌아간다.

"그간 술 좀 뱄나?"

박이 현에게 잔을 보내며 묻는다.

"웬걸…… 술이야 고학할[37] 수 있던가, 어디……."

37) 고학하다(苦學—) 학비를 스스로 벌어서 고생하며 배우다.

“망할 자식 가긍허구나![38] 허긴 너이 따위들이 밤낮 글 써야 무슨 덕분에 술 차례가 가겠니! 오늘 내 신세지…….”

“아닌 게 아니라…….”

하고 김이 또 현에게 잔을 내어밀더니,

“현군도 인젠 방향 전환을 허게.”

한다.

“방향 전환이라니?”

“거 누구? 뭐래던가 동경 가 글 쓰는 사람 있지?”

“있지.”

“그 사람 선견[39]이 있는 사람야!”

하고 김은 감탄한다.

“이 자식아, 잔이나 받아라. 듣기 싫다.”

하고 현은 김의 잔을 부리나케 마시고 돌려보낸다.

박이 다 눈두덩을 내려쓸도록 모두 얼근해진 뒤에야 영월이가 들어섰다. 흰 저고리 옥색 치마, 머리도 가림자[40]만 약간 옆으로 탔을 뿐, 시체[41] 기생들처럼 물들이거나 지지거나 하지 않았다. 미닫이 밑에 사뿐 앉더니 좌석을 휙 둘러본다. 김과 박은 어쩌나 보느라고 아무 말도 않고 영월과 현의 태도만 번갈아 살핀다. 영월의 눈은 현에게서 무심히 스쳐 지나, 박을 넘어뛰어 김에게 머무르더니,

38) 가긍하다(可矜—) 불쌍하고 가엾다.
39) 선견(先見) 어떤 일이 일어나기 전에 미리 앞을 내다보고 앎.
40) 가림자 ‘가르마’의 옛말.
41) 시체(時體) 그 시대의 풍습·유행을 따름.

"영감, 오래간만이외다그려."

하고 쌩끗 웃는다.

"허! 자네 눈두 인전 무뎄네그려! 자넬 반가워할 사람은 내가 아냐."

"기생이 정말 속으로 반가운 손님헌텐 인살 안 한답니다."

하고 슬쩍 다시 박을 거쳐 현에게 눈을 옮긴다.

"과연 명기로군! 척척 받음수가……."

하고 김이 먼저 잔을 드니 영월은 선뜻 상머리에 나앉으며 술병을 든다.

웃은 지 오래나 눈 속은 그저 웃는 것이 옛 모습일 뿐, 눈시울에 거무스름하게 그림자가 깃들인 것이나, 볼이 홀쭉 꺼진 것이나 입술이 까시시 메마른 것은 너무나 세월이 자국을 깊이 남기고 지나갔다.

"자네, 나 모르겠나?"

현이 담배를 끄며 묻는다.

"어서 잔이나 드시라우요."

잔을 드는 현과 눈이 마주치자 영월은 술이 넘는 것도 모르고 얼굴을 붉힌다.

"자네도 세상살이가 고단한 걸세그려?"

"피차일반[42]인가 봅니다. 언제 오셌나요?"

하고 현이 마시고 주는 잔에 가득히 붓는 대로 영월도 사양하지 않고 받아 마신다.

"전엔 하얀 나비 같은 수건을 썼더니……."

"참, 수건이 도루 쓰고퍼요."

42) 피차일반(彼此一般) 두 편이 서로 같음.

"또 평양말을 더 또렷또렷하게 잘했었는데……."

"손님들이 요샌 서울말을 해야 좋아한답니다."

"그깟 놈들…… 그런데 박군? 어째 평양 와 수건 쓴 걸 볼 수 없나?"

"건 이 김부회의원 영감께 여쭤볼 문젤세. 이런 경세가(經世家)[43]들이 금령[44]을 내렸다네."

"그렇다드군 참!"

"누가 아나 빌어먹을 자식들……."

"이 자식들아, 너이야말루 빌어먹을 자식들인 게…… 그까짓 수건 쓴 게 보기 좋을 건 뭬며 이 평양부내만 해두 일 년에 그 수건 값허구 당기 값이 얼만지 알기나 허나들?"

하고 김이 당당히 허리를 펴고 나앉는다.

"백만 원이면? 문화 가치를 모르는 자식들……."

"그러니까 너이 글 쓰는 녀석들은 세상을 모르구 산단 말이야."

"주저넘은 자식…… 조선 여자들이 뭘 남용[45]을 해? 예펜네들 모양 좀 내기루? 예펜넨 좀 고와야지."

"돈이 드는걸……."

"흥! 그래 집안에서 죽두룩 일해, 새끼 나 길러, 사내 뒤치개질해…… 그리구 일 년에 당기 한 감 사 매는 게 과하다? 아서라, 사내들 술값, 담뱃값은 얼만지 아나? 생활 개선, 그래 예펜네들 수건 값이나 당기 값이나 졸여 먹구?[46] 요 푼푼치[47] 못한 경세가들아? 저인 남용할 것

43) 경세가 세상을 다스려 나가는 사람.
44) 금령(禁令) 어떤 행위를 하지 못하게 하는 법령.
45) 남용(濫用) 권리나 권한 따위를 본래의 목적이나 범위를 벗어나 함부로 행사함.

다 허구……."

"망할 자식, 말버릇 좀 고쳐라…… 이 자식아, 술이란 실사회선 얼마나 필요한 건지 아니?"

"안다. 술만 필요허냐? 고유한 문환 필요치 않구? 돼지 같은 자식들…… 너이가 진줄 알 수 있니…… 허……."

"히도오 바가니 수르나 고노야로……〔사람 바보로 보지 마라 이 자식〕."

"너이 따윈 좀 바까니시데모 이이나……〔너희 따윈 좀 바보처럼 깔봐도 좋다〕."

"나니?〔뭐라고?〕"

"나닌 다 뭐 말라 빠진 거냐? 네 술 좀 먹기루 이 자식, 내 헐 말 못 헐 놈 아니다. 허긴 너헌테나 분풀이다만……."

하고 현은 트림을 한다.

"이 사람들 고걸 먹구 벌써 취했네그려."

박이 이쑤시개를 놓고 다시 잔을 현에게 내민다. 김은 잠자코 안주를 집는 체한다.

오래 해먹어서 손님들 기분에 눈치 빠른 영월은 보이를 부르더니 장구를 가져오게 하였다. 척 장구채를 뽑아 잡고 저쪽 손으로 먼저 장구 전두리[48]를 뚱땅 울려 보더니,

"어—따 조오쿠나 이십—오—현 탄—야월……."

하고 불러내기 시작한다. 현은 물끄러미 영월의 핏줄 일어선 목을 건

46) 졸여 먹다 줄여 먹다.
47) 푼푼하다 시원스럽고 너그럽다.
48) 전두리 둥근 뚜껑 등의 둘레의 가장자리. 주변.

너다보며 조끼 단추를 끌렀다. 부들부들 떨리는 손으로 상머리를 뚜드려 본다. 그러나 자기에겐 가락이 생기지 않는다.

"에—헹—에—헤이야—하 어—라 우겨—라 방아로구나……."
하고 받은 사람은 김뿐이다. 현은 더욱 가슴속에서만 끓는다. 이런 땐 소리라도 한마디 불러내었으면 얼마나 속이 시원하랴 싶어진다. 기생들도 다른 기생들은 잠잠히 앉아 영월의 입만 쳐다본다. 소리가 끝나자 박은,

"수고했네."
하고 영월에게 술 한 잔을 권하더니 가사를 하나 부르라 청한다. 영월은 사양치 않고 밀어 놓았던 장구를 다시 당기어 안더니,

"일조—오—나앙군……."
불러낸다. 박은 입을 씻고 씻고 하더니 곡조는 서투르나 그래도 꽤 어울리게 이런 시 한 구를 읊어서 소리를 받는다.

"각하—안—산—진 수궁처…… 임—정—가고옥—역난위를……."[49]

박은 눈물이 글썽해 후— 한숨으로 끝을 맺는다.

자리는 다시 찬비가 지나간 듯 호젓해진다. 김은 보이를 부르더니 유성기를 가져오라 했다. 재즈를 틀어 놓더니 그제야 다른 두 기생은 저희 세상인 듯, 번차 김과 마주 잡고 댄스를 추는 것이다.

49) 각하—안~역난위 각한산진수궁처 임정가곡역난위(却恨山盡水宮處 任情歌哭亦難爲). '산도 막히고 물이 끝난 곳에 다다라 문득 한탄하노니, 마음 놓고 노래하고 울고 싶어도 그나마 되지 않는구나'라는 뜻. 단재 신채호(申采浩, 1880~1936)가 망명할 때 지은 시로 망국의 슬픔을 노래한 것이다.

"영월이?"

영월은 잠자코 현의 곁으로 온다.

"난 자넬 또 만날 줄은 몰랐네, 반갑네."

"저 같은 걸 누가 데려가야죠?"

"눈이 너머 높은 게지?"

"네?"

유성기 소리에 잘 들리지 않는다.

"눈이 너머 높은 게야?"

"천만에…… 그간 많이 상허셨세요."

"응?"

"많이 상허셨세요."

"나?"

"네."

"자네가 그리워서……."

"말씀만이라두……."

"허!"

댄스가 한 곡조 끝났다. 김은 자리에 앉으며 현더러,

"기미모 오도레(자네도 춤추게)."

한다.

"난 출 줄도 모르네. 기생을 불러 놓고 딴스나 하는 친구들은 내 일찍부터 경멸하는 발세."

"자네처럼 마게오시미 쓰요이(고집이 센)한 사람두 없을 걸세. 못 추면 그냥 못 춘대지……."

"흥! 지기 싫어서가 아닐세. 끌어안구 궁댕잇짓이나 허구, 유행가 나부랭이나 비명을 허구, 그게 기생들이며 그게 놀 줄 아는 사람들인가? 아마 우리 영월인 딴스 못 할 걸세. 못 하는 게 아니라 안 할걸?"

"아이! 영월 언니가 딴슨 어떻게 잘하게요."

하고 다른 기생이 핼깃 쳐다보며 가로챈다.

"자네두 그래 딴슨 허나?"

"잘 못한답니다."

"글쎄, 잘허구 못허구 간에?"

"어쩝니까? 이런 손님 저런 손님 다 비윌 마추쟈니까요."

"건 왜?"

"돈을 벌어야죠."

"건 그리 벌기만 해 뭘 허누?"

"기생일수록 제 돈이 있어야겠습디다."

"어째?"

"생각해 보시구려."

"모르겠는데? 돈 많은 사내헌테 가면 되지 않나?"

"돈 많은 사내가 변심 않구 나 하나만 다리고 사나요?"

"그럴까?"

"본처나 되면 아무리 남편이 오입[50]을 해두 늙으면 돌아오겠지 하구 자식 낙이나 보면서 살지 않어요? 기생야 그 사람 하나만 바라고 갔는데 남자가 안 들어와 봐요? 뭘 바라고 삽니까? 그리게 살림 들어갔다

50) 오입(誤入) 아내가 아닌 여자와 성관계를 가지는 일. 외도.

오래 사는 기생이 몇 됩니까? 우리 기생은 제가 돈을 뫄서 돈 없는 사낼 얻는 게 제일이랍니다."

"야! 언즉시야[51]라 거 반가운 소리구나!"

하고 박이 나앉는다. 그리고,

"난 한 푼 없는 놈이다, 직업두 인젠 벤벤치 못하다. 내 예펜네라야 늙어서 바가지두 긁지 않을 거구, 자네 돈 뫘으면 나하구 살세?"

하고 영월의 손을 끌어당긴다.

"이 사람, 영월인 현군 걸세."

"참, 돈 가진 기생이나 얻는 수밖에 없네 인젠……."

하고 현도 웃었다.

"아닌 게 아니라 자네들 이제부턴 실속 채려야 하네."

하고 김은 힐끗 현의 눈치를 본다.

"더러운 자식!"

"흥 너이가 아무리 꼬장꼬장한 체해야……."

"뭐 이 자식……."

하더니 현은 술을 깨려고 마시던 사이다 컵을 김에게 사이다째 던져버린다. 깨지고 뛰고 하는 것은 유리컵만이 아니다. 기생들이 그리로 쏠린다. 보이들도 들어온다.

"이 자식? 되나 안 되나 우린 우린…… 이래 봬두 우리……."

하고 현의 두리두리해진 눈엔 눈물이 핑— 어리고 만다.

"이런 데서 뭘…… 이 사람 취했네그려, 나가 바람 좀 쐬세."

51) 언즉시야(言則是也) 말인즉 옳음.

하고 박이 부산한 자리에서 현을 이끌어 현은 담배를 하나 집으며 복도로 나왔다.

"이 사람아? 김군 말쯤 고지식하게[52] 탄할 게 뭔가?"

"후……."

"그까짓 무슨 소용이야……."

"내가 취했나 보이…… 내가…… 김군이 미워 그러나?…… 자넨 들어가 보게……."

현은 한참 난간에 의지해 섰다가 슬리퍼를 신은 채 강가로 내려왔다. 강에는 배 하나 지나가지 않는다. 바람은 없으나 등골이 오싹해진다. 강가에 흩어진 나뭇잎들은 서릿발이 끼쳐 은종이처럼 번뜩인다. 번뜩이는 것을 찾아 하나씩 밟아 본다.

"이상견빙지(履霜堅氷至)……."[53]

『주역(周易)』에 있는 말이 생각났다. 서리를 밟거든 그 뒤에 얼음이 올 것을 각오하란 말이다. 현은 술이 확 깨인다. 저고리 섶을 여미나 찬 기운은 품속에 사무친다. 담배를 피우려 하나 성냥이 없다.

"이상견빙지…… 이상견빙지……."

밤 강물은 시체와 같이 차고 고요하다.

52) 고지식하다 성질이 외곬으로 곧아 융통성이 없다.
53) 이상견빙지 『주역』에 나오는 불길한 괘. 서리를 밟게 되면 머지않아 매서운 겨울이 닥칠 것이라는 뜻으로, 위기의 기미를 미리 알아차려야 한다는 의미임.

1 현은 왜 조선의 자연이 슬퍼 보인다고 했을까요?

현은 대동강 주변의 부벽루, 연광정 등을 둘러보며 이조 문물다운 우직한 순정과 유구한 맛을 느낍니다. 한편 차가워진 대동강을 보며 손이 시린 날씨를 생각하고 조선의 자연이 슬퍼 보인다고 생각합니다. 그러나 그렇게 생각한 까닭이 계절의 쓸쓸함 때문만은 아닙니다. 그것은 현이 조선의 자연의 쓸쓸함을 생각하며 떠올린 것이 부여의 낙화암과 백마강의 호젓함이라는 데서 분명히 드러납니다.

낙화암은 백제가 망할 때 의자왕이 거느리던 삼천 궁녀가 백마강에 몸을 던져 순절한 곳 즉, 망국의 슬픔을 간직한 장소입니다. 그런데 현은 그런 낙화암, 백마강과 조선의 자연을 동일시하고 있습니다. 그러니까 조선의 자연이 슬퍼 보인다고 한 것은 조선의 자연이 망국의 슬픔을 담고 있기 때문입니다. 또한 현의 서글픈 감정이 자연에 이입되었기 때문이기도 합니다. 똑같은 풍경일지라도 사랑에 빠진 사람에게는 온통 아름다워 보이고, 이별을 한 사람에게는 온통 슬퍼 보이는 것과 같은 이치이지요. 식민지 백성으로 살아가는 비애를 안고 있는 현에게는 조선의 자연이 슬퍼 보일 수밖에 없습니다.

2 현이 십여 년 만에 평양에 들른 이유는 무엇입니까?

현은 소설에서 평양 장면을 쓰게 될 때마다 평양에 한번 들르겠다고 벼르면서도 한 번도 평양에 가보지 못합니다. 그런 그가 십 년 만에 평양을 찾은 것은 친구 '박'이 보낸 편지 때문입니다. 박은 고등보통학교에서 조선어와 한문을 가르치는 교사입니다. 그런데 일제가 식민지 정책을 강화하면서 조선어를 가르치는 교사를 그만큼 줄이게 됩니다. 박은 편지에서 자신의 조선어 시간이 반이 없어지고 학교에서는 전임에서 물러나 시간강사로나 다녀 주길 바라는 눈치를 주지만 학과가 없어지는 날 아예 퇴직을 하려고 학교에 찌싯찌싯 붙어 있다는 사연을 보냅니다.

사연을 읽은 현은 박의 손이라도 한번 잡아 주려고 훌쩍 평양으로 떠납니다. 손을 잡아 주고 싶다는 것은 위로를 해주고 싶다는 것인데, 이는 단순히 현이 박의 친구라서 그런 것만은 아닙니다. 현은 박에게 같은 처지에 놓인 사람으로서 동병상련의 정을 느끼는 것입니다. 조선어를 가르치는 박이나 조선어로 글을 쓰는 현은 모두 일제 식민지 시대 전체에서 긴치 않게 여기는 '찌싯찌싯 붙어 있는 존재'라는 공통점이 있습니다. 이는 현이 정거장에서 만난 박의 모습에서 자기의 작품들과 자기의 모습을 발견한다는 대목에서 확인할 수 있습니다. 둘 다 식민지 시대에 적극적이고 열정적으로 살아가지 못하고 목숨이나 부지하며 살 수밖에 없는 처지인 것입니다.

3 **십 년 만에 평양을 방문한 현은 달라진 평양의 모습을 보고 어떤 생각을 합니까?**

현은 평양을 독특한 아름다움이 있는 유서 깊은 문화의 고장으로 여겨 왔습니다. 단순하면서도 흰 호접과 같이 살아 보이는 머릿수건과 한 송이 장미처럼 얹힌 댕기를 악센트 명랑한 사투리와 함께 평양 여인들만이 가질 수 있는 독특한 아름다움이라며 사랑하였습니다. 현은 동일관에 가기 전 대동강 일대를 돌아보고 평양의 독특한 아름다움을 즐기고자 합니다.

그러나 현의 기대와 달리 평양에서조차 식민 통치의 흔적이 여기저기서 발견됩니다. 전에 없던 새 빌딩이 늘어서고, 시뻘건 벽돌로 지어진 경찰서가 들어섰으며, 평양 여인들의 머릿수건이 사라졌습니다. 주암산 근처에는 비행장이 생기고, 이를 경계하기 위해 을밀대에는 병정이 배치되었습니다. 평양의 변화된 모습에 자동차 운전수는 이젠 평양도 서울에 지지 않는다며 자랑스러워합니다. 그러나 현에게는 이러한 변화가 '발전'이 아니라, 일제의 군국주의 정책과 식민지 근대화 정책으로 인한 문화적 가치 상실로 인식됩니다.

평양의 문화 유적지로서의 가치와 독특한 아름다움을 사랑하는 현은 변화된 평양의 모습을 보며 서글픔을 느낍니다. 근대화라는 미명하에 고유한 아름다움을 잃고 서울을 닮아 가는 평양은 그에게 분묘나 폐허와 다를 바 없습니다. 즉, 평양 또한 서울처럼 우리 민족의 전통적 삶이 황폐화된 또 하나의 폐허라고 생각합니다.

4 등장인물의 특성을 정리해 봅시다.

현 조선어의 아름다움을 지키며 순수문학을 추구하는 소설가로 가난하지만 예술가로서의 자존심이 강합니다. 옛것에 대한 향수를 지니고 있으며, 물질적 가치보다 문화적 가치를 중시하는 그는 평양 여인들의 머릿수건이 사라진 것에 서글픔을 느끼고, 기생 영월이 댄스를 춘다는 말에 비애를 느낍니다. 물질을 중시하여 실속을 차리고 방향을 전환하라는 김의 충고에 울분을 토하지만 앞으로의 상황이 더 냉혹해질 것을 예감하고 위기 의식에 사로잡힙니다.

박 현의 친구로 고등보통학교에서 조선어와 한문을 가르치는 교사입니다. 일제의 식민지 정책으로 조선어 과목이 축소되어 학교에서 쫓겨날 위기에 처해 있는 인물로, 현과 김 사이에서 중재자 역할을 합니다.

김 현의 친구로 부회의원을 하며 출세한 경세가입니다. 그는 평양에서 땅 투기로 돈을 벌 정도로 잇속에도 밝은 사람입니다. 기생문화나 평양 여인들의 머릿수건 같은 전통문화를 고루한 것으로 생각하고 새로운 서양 문물을 동경합니다. 실리를 추구하는 그는 시대의 흐름에 편승하여 일본어를 구사하고, 현에게도 동경에서 글을 쓰는 작가처럼 일본어로 소설 쓰기를 권유하는 친일적인 인물입니다.

영월 현을 따르던 기생으로, 옛날을 그리워하면서도 세월의 흐름에 따라 서울말을 하고 댄스를 배우는 등 다소 현실적으로 변한 인물입니다.

5 영월을 바라보는 현의 심정 변화를 추측해 봅시다.

영월은 현에게 옛것에 대한 향수를 느끼게 해주는 인물입니다. 그래서 현은 영월을 보고 싶어하지요. 영월이 머리에 물을 들이거나 지진 시쳇애들과 달리 가르마만 약간 옆으로 탄 머리에 흰 저고리 옥색 치마를 입고 나타났을 때 현은 옛 모습을 간직한 영월이 반가웠을 것입니다. 영월의 얼굴에서 세월의 자국을 느꼈을 때는 안쓰러운 마음도 들었겠지요. 하얀 나비 같은 머릿수건을 쓰고 평양 사투리를 또렷또렷하게 했던 영월의 모습을 떠올리며 그가 수건을 쓰지 않고 서울말을 쓰는 것에 아쉬움을 느끼기도 합니다.

현은 기생이 옛날의 풍류를 버리고 재즈에 맞춰 댄스를 추는 것을 경멸합니다. 그리고 영월만은 댄스를 못 할 거라고 자신 있게 말합니다. 문학청년 시절 현을 좋아했던 영월이기에, 현이 순수문학을 추구하듯이 영월도 기생의 풍류를 지키리라 믿었던 것입니다. 그러나 영월조차 손님의 비위를 맞추기 위해 댄스를 춘다는 얘기를 들었을 때 현의 기분은 어땠을까요? 돈을 벌기 위해 댄스를 춰야 하는 현실에서 삶의 비애를 느꼈을 테지요. 그러면서도 영월을 비난하지 못한 것은 현실적으로 영월에게 돈이 필요하다는 것을 인정하기 때문입니다. 이미 사회는 돈이 중요한 자본주의 사회로 변모해 버렸으니까요.

6 "이 자식? 되나 안 되나 우린 우린…… 이래 봬두 우리……"에서 생략된 말은 무엇일까요? 또 이 말에 담긴 현의 심리는 무엇일까요?

현은 가난하고 사회적 지위도 없는 지식인이지만 조선의 언어를 지키며 순수예술을 추구하는 사람입니다. 그런 그에게 '김'이 세상 물정에 어둡다며 방향 전환을 하라고 충고합니다. 김은 동경 가 글 쓰는 사람이 선견이 있다고 생각하는 사람입니다. 그것으로 보아 그가 생각하는 방향 전환이란 일본어로 팔릴 만한 글을 쓰는 것입니다. 김의 말은 문화적·정신적 가치를 존중하지 않고 권력과 금력만을 중시하는 세태를 반영한 것입니다. 현은 이런 사회 풍조 속에서도 예술가로서의 양심과 자존심만은 지키고 싶어합니다. 따라서 "우린 문화적·정신적 가치를 지키는 예술가다"라는 말이 생략되었을 것입니다. 이는 시대의 변화에 편승해 친일 행위를 하여 사욕을 채우는 세속적인 인간이 되지 않겠다는, 물질적 이익 때문에 현실과 타협하지는 않겠다는 다짐입니다. 그러나 이는 너무 무력하여 현실에서는 아무런 힘을 발휘할 수 없기에 자신 있게 말하지 못하고 말끝을 흐립니다. 그리고 전통적 가치가 잊혀져 가는 현실에 대한 울분과 비애로 눈물마저 글썽이고 맙니다.

7 끝 부분에 등장하는 '이상견빙지(履霜堅氷至)'는 무엇을 의미합니까?

'이상견빙지'는 『주역』에 나오는 불길한 괘로, '서리를 밟거든 그 뒤에 얼음이 올 것을 각오하라'는 뜻입니다. 어떤 일의 징후가 보이면 머지않아 큰일이 일어날 것임을 경고하는 것입니다. 이 구절은 소설의 서두에 있는 "대동강은 너무나 차다. 물이 아니라 유리 같은 것이 부벽루에서도 한 뼘처럼 들여다보인다"는 구절과 대구를 이룹니다. 유리같이 차고 단단한 물의 이미지가 서리와 연결되고 다시 얼음의 이미지로 변화하며 얼어붙은 시대, 악화되어 가는 현실을 암시합니다.

전통적인 풍류인 기생 문화를 유행가와 댄스가 대체하고, '김'과 같은 친일 관료가 방향 전환을 충고하는 세태를 보고 '현'은 조선적인 모든 문물이 물질적 이익 앞에서 몰락할 운명에 처해 있음을 느낍니다. 그리고 '이상견빙지'라는 글귀를 떠올리며 지금의 상황이 '서리'라면 앞으로의 상황은 '얼음'일 것임을 예감합니다. 이는 현의 처지와 조선의 현실을 은유적으로 표현한 것으로, 앞으로 일본의 식민지 정책이 더 심화될 것임을 생각하고 현은 술이 확 깹니다. 머지않아 민족 문화를 생각하는 지식인과 예술가들에게 큰 시련이 닥칠 것이고 자존심과 양심을 지키기가 더욱 어려워질 것이기 때문입니다.

8 작가의 상고주의적 경향이 드러난 부분을 찾아보고, 상고주의의 의의를 생각해 봅시다.

— 대동강을 옛 이름인 패강으로 명명함.
— 부벽루에서 낙화암과 백마강의 호젓함을 떠올리는 장면.
— 평양 여인의 머릿수건을 '피양내인'들만이 가질 수 있는 아름다움으로 생각함.
— 평양 여인의 머릿수건을 나비가 아닌 옛 선인들이 시에 자주 사용하였던 호접(胡蝶)으로 비유함.
— 유성기에서 흘러나오는 서양 재즈나 댄스보다 기생의 풍류, 우리 고유의 가락을 좋아함.
— 주역에 나오는 말(이상견빙지)로 '현'의 심정을 표현함.
— '박'이 읊은 신채호의 한시.

현은 옛것과 현재의 것을 대비시켜 옛것은 고전적인 아름다움을 간직한 것으로 인식하는 반면에 현재의 것은 문화적 가치가 죽은 속물적인 것으로 인식합니다. 여기서 옛것에 대한 현의 향수는 단순히 개인적 취미나 교양이라기보다는 현실 비판의 의미가 있습니다. 옛것들이 사라져 가고 있으나 이를 대신하는 현대적인 아름다움이 없음을 보여 줌으로써 정신적 가치보다 물질적 가치가 중시되는 세태를 꼬집는 것이라 할 수 있습니다.
또한 과거의 전통에 정신적 가치를 부여함으로써 고유한 문화를 말살하는 식민지 정책을 비판하는 의미도 있습니다. 영월의 소리를 받아 '박'이 읊은 한시가 신채호가 나라가 망하는 것을 보고 망명할 때 지은 것이라는 점은 의미심장합니다. 신채호는 "내가 죽으면 시체가 왜놈들의 발끝에 차이지 않도록 화장해 재를 바다에 뿌려 달라"는 유언을 남겼을 정도로 항일 의식이 강했던 사학자입니다. 그의 한시를 통해 '박'은 식민지 백성으로서 느끼는 망국의 아픔을 노래함으로써 일제를 우회적으로 비판하고 있습니다.

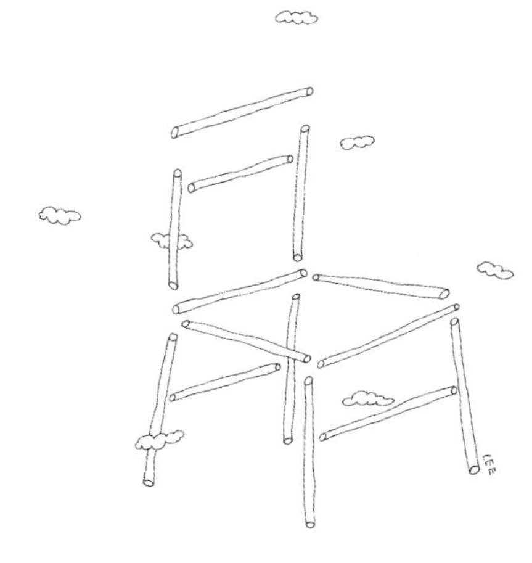

밤길

절망적인 시대 상황과 노동자의 참혹한 삶을
어두운 밤과 파괴적인 비의 이미지를 통해
생생하게 묘사한 작품.

"으흐흐… 이리구 삶 뭘 허는 게여? 목석만두 못한 애비지 뭐여?"

밤길 같은 현실을 살아야 하는 도시 노동자의 비애

「밤길」은 「달밤」에서 보여 주는 서정성과는 사뭇 다른 느낌을 주는 작품입니다. 둘 다 밤을 배경으로 하고 있지만 「달밤」의 아름다운 달밤은 애수를 느끼게 하는 데 비해, 「밤길」의 배경인 비 내리는 밤은 훨씬 비극적이고 절망적인 분위기를 자아냅니다. 이것은 「달밤」이 부정적인 현실에 대해 우회적이고 비유적인 비판을 하고 있는 데 비해 「밤길」에서는 부정적인 현실의 모습이 보다 직접적으로 드러나는 것과 관련이 있습니다. 제목 '밤길'은 1940년대 하층민이 걸어야 할 인생길로, 냉혹하고 절망적인 현실을 상징합니다.

「밤길」은 돈을 벌기 위해 공사판 노동자가 된 황서방이 죽어 가는 아이를 묻으러 가는 과정을 통해 도시 하층민의 암담한 현실을 생생하게 묘사하고 있습니다. 이 과정에서 '밤'과 '비'는 부정적인 상황을 강화하여 황서방의 절망감을 고조시킵니다.

이 작품에서 묘사가 가장 돋보이는 부분은 황서방이 하룻밤을 넘기기 어렵다는 의사의 진단을 받은 갓난아이를 장대비가 퍼붓는 어둠 속을 헤치고 나가 땅에 묻는 장면입니다. 황서방은 백일이 겨우 지난 아들에 대한 애착이 남다름에도 불구하고 죽어 가는 아이를 자기 손으로 묻어야 하는 비운에 처합니다. 작가는 이러한 극한적인 상황을 절제된 어조로 차분하게 묘사하고 있습니다.

어두워진 밤길에 바람마저 세차게 몰아칩니다. 황서방은 우산이 뒤집히지 않게 하려고 애써 보지만 바람은 아이의 얼굴에 빗물을 뿌리고 반대편에서 몰아치는 바람이 급기야 우산을 뒤집고 맙니다. 그리고 두세 번 만에 우산은 갈기갈기 찢어지고 맙니다. 황서방에게 몰아치는 비바람은 현실의 냉혹함을 보여 주는 듯합니다. 비정한 현실에 맞서려는 그의 의지에도 불구하고 먹장같이 암울한 상황이 계속될 뿐입니다. 더구나 그가 비바람을 이기고 가려는 길이 사랑하는 첫아들을 묻으러 가는 길이라는 것은 상황을 더 처절하고 비극적으로 만듭니다.

권서방과 함께 아이를 묻으러 간 황서방은 빗속에서 아이를 묻을 만한 산을 하나 발견하고 고무신 한 짝도 잃어버린 채 물에 잠긴 밭을 겨우 건너가지만 삽으로 판 구덩이에는 자꾸만 물이 철철 고입니다. 이러한 악조건 속에서 아이를 물구덩이에 넣으려는데, 죽은 줄 알았던 아이가 아직 목숨이 붙어 있음을 발견합니다. 아이러니하게도 권서방과 황서방은 그토록 살리고 싶었던 아이의 목숨이 어서 끊어지기를 바랍니다. 세찬 빗줄기가 퍼붓는 밤에 끊어지지 않는 아이의 생명은 분위기를 더욱 처절하게 만듭니다. 결국 죽은 아이를 묻고 황서방은 아내에 대한 증오가 폭발하고 맙니다.

목숨이 채 끊어지지 않은 사랑하는 아들을 묻어야 하는 아비의 마음이나 어미의 젖을 그리다 병들어 죽어 가는 어린것의 처지는 너무나 비참하고 절망적입니다. 그럼에도 불구하고 작가는 소설의 결말을 길 가운데 주저앉는 황서방의 모습과 "하늘은 그저 먹장이요, 빗소리 속에 개구리와 맹꽁이 소리뿐이다"라는 객관적인 배경 묘사로 마무리합니다. 황서방의 슬픔에는 관심도 없는 듯 여전한 하늘의 먹장, 빗소리, 개구리와 맹꽁이 소리를 냉정하게 묘사함으로써 작가는 황서방의 처지를 더 비참한 것으로 만들고 독자로 하여금 한없는 연민을 느끼게 합니다.

하층민의 참혹한 삶의 실상을 객관적 시각으로 묘사한 이 작품은 그 배경이 되는 일제 식민 정책의 비인도적인 측면을 고발하는 것으로 볼 수 있습니다. 이 작품은 1940년에 『문장』에 연재되었던 소설로 1947년에 단행본 『해방 전후』에 함께 수록되었는데, 이태준이 월북한 후 『첫 전투』(1949년)에 실을 때에는 대폭적인 수정이 이루어집니다. 개작된 작품에서는 황서방의 아들이 죽는 원인을 가출한 아내에게 두기보다는 집주인과 의원 등 가진 자들에게 돌리고 있어 적극적인 현실 인식과 계급성을 드러냅니다.

밤길

월미도(月尾島) 끝에 물에다 지어 놓은, 용궁각인가 수궁각인가는 오늘도 운무에 잠겨 보이지 않는다. 벌써 열나흘째 줄곧 그치지 않는 비다. 삼십 간이 넘는 큰 집 역사에 암키와[1]만이라도 덮은 것이 다행이나 목수들이 토역[2]이 끝나기를 기다리고, 미장이[3]들은 겨우 초벽[4]만 쳐놓고 날 들기만 기다린다.

기둥에, 중방, 인방에 시퍼렇게 곰팡이가 돋았다. 기대거나 스치거나 하면 무슨 버러지 터진 것처럼 더럽다. 집주인은 으레 하루 한 번씩 와서 둘러보고, 기둥 하나에 십 원이 더 치었느니, 토역도 끝나기 전에

1) 암키와 지붕의 고랑이 되도록 젖혀 놓은 기와.
2) 토역(土役) 흙일.
3) 미장이 집을 짓거나 고칠 때 벽 따위에 회반죽 등을 바르는 직업을 가진 사람. 토공.
4) 초벽(初壁) 종이나 흙으로 애벌 바른 벽.

만여 원이 들었느니 하고, 황서방과 권서방더러만 조심성이 없어 곰팡이를 문대기고 다녀 집을 더럽힌다고 쭝얼거리다가는 으레 월미도 쪽을 눈살을 찌푸려 내어다보고는, 이놈의 하늘이 영영 물켜져 버릴려나 어쩌려나 하고는 입맛을 다시다 가버린다. 그러면 황서방과 권서방은 입을 비쭉하며 집주인의 뒷모양을 비웃고, 이젠 이 집이 우리 차지라는 듯이, 아직 새벽질[5]도 안 한 안방으로 들어가 파리를 날리고 가마니쪽 위에 눕는다.

날이 들지 않는 것을 탓할 푼수로는 집주인보다, 목수들보다, 미장이들보다, 모군[6]인 황서방과 권서방이 훨씬 윗길[7]이라야 한다.

권서방은 집도 권속[8]도 없이 떠돌아다니는 홀아비지만 황서방은 서울에서 내려왔다. 수표다리께 뉘 집 행랑살이나마 아내도 자식도 있다. 계집애는 큰 게 둘이지만, 아들로는 첫아이를 올에 얻었다. 황서방은 돈을 뫄야겠다는 생각이 딸애들 때와 달리 부쩍 났다. 어떻게 돈 십 원이나 마련되면 가을부터는 군밤 장사라도 해볼 예산으로, 주인 나리한테 사정사정해서 처자식만 맡겨 놓고 인천으로 내려온 것이다.

와서 이틀 만에 이 역사터[9]를 만났다. 한 보름 동안은 재미나게 벌었다. 처음 사날 동안은 품삯을 받는 대로 먹어 없앴다. 처자식 생각이 났으나 눈에 보이지 않으니 우선 내 입에부터 널름널름 집어넣을 수가

5) 새벽질 벽이나 방바닥에 누른빛의 차지고 고운 흙에 모래나 말똥을 섞어서 초벽에 덧바르는 일.

6) 모군(募軍) 공사판에서 삯을 받고 품팔이하는 사람. 모군꾼.

7) 윗길 비교되는 것보다 훨씬 질이 좋은 물품이나 등급.

8) 권속(眷屬) 가족.

9) 역사터(役事—) 토목이나 건축 따위의 공사를 하는 곳.

있다. 서울서는 벼르기만 하던 얼음 넣은 냉면도 밤참으로 사 먹어 보고, 콩국, 순댓국, 호떡, 아수꾸리까지 사 먹어 봤다. 지까다비[10]를 겨우 한 켤레 샀을 때는 벌써 인천 온 지 열흘이 지났다. 아차, 이렇게 벌는 족족 집어 써선 맨날 가야 목돈이 잡힐 것 같지 않다. 정신을 바짝 차려 대엿새째, 오륙십 전씩이라도 남겨 나가니 장마가 시작이다. 그 대엿새의 오륙십 전은, 낮잠만 자며 다 까먹은 지가 벌써 오래다. 집주인한테 구걸하듯 해서, 그것도 꾀를 피우지 않고 힘껏 일을 해왔기 때문에 주인 눈에 들었던 덕으로, 이제 날이 들면 일할 셈치고 선고가로[11] 하루 사십 전씩을 얻어 연명을 하는 판이다.

새벽에 잠만 깨면 귀부터 든다. 부실부실, 빗소리는 어제나 다름없다.

"이거 자빠져두 코가 깨진단 말이 날 두고 헌 말이여!"

"거, 황서방은 그래 화투 하나 칠 줄 모르드람!"

권서방은 또 일어나 앉더니 오간인가 사간인가를 뗀다.

"우리 에펜네허구 같군."

"누가?"

"권서방 말유."

"내가 댁 마누라허구 같긴 뭬 같어?"

"우리 에펜네가 저걸 곧잘 해…… 가끔 날보구 핀잔이지, 헐 줄 모른다구."

"화톨 다 허구 해깔라생[12]인 게로구랴?"

10) 지까다비(じかたび) 작업할 때 신는 신발을 가리키는 일본어.
11) 선고가로 선금조로.
12) 해깔라생 '하이칼라쟁이'의 일어 투. 취향이 새롭거나 서양식 유행을 따르는 사람.

"허긴 남 행랑 구석에나 처너 두긴 아깝지."

"벨 빌어먹을 소리 다 듣겠군! 어떤 녀석은 제 에펜네 남 행랑살이 시키기 좋아 시킨답디까?"

"허기야……."

"이눔의 솔학껍질 하내 어디가 백혔나……."

"젠장 돈두 못 벌구 생홀애비 노릇만 허니 이게 무슨 청승이어!"

"황서방두 마누라 궁둥인 꽤 바치는 게로군."

"궁금헌데…… 내가 편질 부친 게 우리 그저께 밤이지?"

"그렇지 아마."

"어젠 그럼 내 편질 봤겠군! 젠장 돈이나 몇 원 부쳐 줬어야 헐 건데……."

"색씨가 젊우?"

"지금 한참이지."

"그럼 황서방보담 아랜 게로구랴?"

"열네 해나."

"저런! 그럼 삼십 안짝이게?"

"안짝이지."

"거, 황서방 땡이로구려!"

하는데 밖에서 비 맞은 지우산[13] 소리가 난다.

"누구야 저게?"

황서방도 일어났다. 지우산이 접히자 파나마[14]에 금테 안경을 쓴,

13) 지우산(紙雨傘) 대오리로 만든 살에 기름 먹인 종이를 발라 만든 우산.

14) 파나마(panama) 파나마 풀의 섬유로 짜서 만든 여름 모자.

시뿌옇게 살진 양복쟁이다. 황서방의 퀭한 눈이 뚱그래서 뛰어나간다. 뭐라는지 허리를 굽신하고 인사를 하는 눈치인데 저쪽에선 인사를 받기는커녕, 우산을 놓기가 바쁘게 철컥 황서방의 뺨을 붙인다. 까닭 모를 뺨을 맞는 황서방보다 양복쟁이는 더 분한 일이 있는 듯 입은 벌룽거리기만 하면서 이번에는 덥석 황서방의 멱살을 잡는다.

"아니, 나릿님? 무슨 영문인지나……."

"무……뭐시어?"

하더니 또 철썩 귀쌈을 올려붙인다. 권서방이 화닥닥 뛰어 내려왔다. 양복쟁이에게 덤비지는 못하나 황서방더러 버럭 소리를 지른다.

"이 자식이 손을 뒀다 뭣에 쓰자는 거냐? 죽을죌 졌기루서니 말두 듣기 전에 매부터 맞어?"

그제야 양복쟁이는 황서방의 멱살을 놓고 가래를 돋아 뱉더니 마룻널 포개 놓은 데로 가 앉는다. 담배부터 내어 피워 물더니,

"인두껍[15]을 썼음 너두 사람 녀석이지…… 네 계집두 사람 년이구……."

양복쟁이는 황서방네 주인나리였다. 다른 게 아니라, 황서방의 처가 달아난 것이다. 아홉 살짜리, 여섯 살짜리, 두 계집애와 백일 겨우 지낸 아들애까지 내버려 두고 주인집 은수저 네 벌과 풀 먹이라고 내어준 빨래 한 보퉁이까지 가지고 나가선 무소식이란 것이다. 두 큰 계집애가 밤마다 우는 것은 고사하고 질색인 건 젖먹이 때문이었다. 그런데 애비마저 돈 벌러 나간단 녀석이 장마 속에도 돌아오지 않는다.

15) 인두껍 인두겁. 사람의 탈이나 겉모양.

밥만 주면 처먹는 것만도 아니요, 암죽을 쑤어 먹이든지, 우유를 사다 먹이든지 해야 되고, 똥오줌을 받아 내야 하고, 게다가 에미 젖을 못 먹게 되자 설사를 시작한다. 한 열흘 하더니 그 가는 팔다리가 비비 틀린다. 볼 수가 없다. 이게 무슨 팔자에 없는 치닥거리인가? 아씨는 조석[16]으로 화를 내었고 나리님은 집 안에 들어서면 편안할 수가 없다. 잘못하다가는 어린애 송장까지 쳐야 될 모양이다. 경찰서에까지 가서 상의해 보았으나 아이들은 그 애비 되는 자가 돌아올 때까지 권이 보호해 주는 도리밖에 없다는 퉁명스런 부탁만 받고 돌아왔다. 이런 무도한[17] 년놈이 있나? 개돼지만도 못한 것이지 제 새끼를 셋이나, 그것도 겨우 백일 지난 걸 놔두구 달아나는 년이야 워낙 개만도 못한 년이지만, 애비 되는 녀석까지, 아무리 제 여편네가 달아난 줄은 모른다 쳐도, 밤낮 아이만 끼구 앉아 이마때기에 분칠만 하는 년이 안일[18]을 뭘 그리 칠칠히 해내며 또 시킬 일은 무에 그리 있다고 염치 좋게 네 식구씩이나 그냥 먹여 줍쇼 허구 나가선 달포가 되도록 소식이 없는 건가? 이놈이 들어서건 다리옹두릴 꺾어 놔 내쫓아야, 이놈이 사람놈일 수가 있나! 욕밖에 나가는 것이 없다가 황서방의 편지가 온 것이다.

"이눔이 인천 가 자빠졌구나!"

당장에 나리님은 큰 계집애한테 젖먹이를 업히고, 작은 계집애한테는 보퉁이를 들리고, 비 오는 건 아무것도 아니다. 그길로 인천으로 끌고 내려온 것이다.

16) 조석(朝夕) 아침과 저녁을 아울러 이르는 말.
17) 무도하다(無道—) 말이나 행동이 인간으로서 지켜야 할 도리가 어긋나서 막되다.
18) 안일 주로 여자들이 하는 일.

"그래 애들은 어딨세유?"

"정거장에들 앉혀 놨으니 가 인전 맡어. 맨들어만 놈 에미애빈가! 개 같은 것들……."

나리님은 시계를 꺼내 보더니 일어선다. 일어서더니 엥이! 하고 침을 뱉더니 우산을 펴 든다.

황서방은 무슨 꿈인지 모르겠다. 아무튼 나리님 뒤를 따라 정거장으로 나오는 수밖에 없다. 옷 젖기 좋을 만치 내리는 비를 그냥 맞으며.

정거장에는 두 딸년이 오르르 떨고 바깥을 내다보다가 애비를 보자 으아 소리를 내고 울었다. 젖먹이는 울음소리도 없다. 옆에서 다른 사람들이 무심히 들여다보았다가는 엥이! 하고 안 볼 것을 보았다는 듯이 얼굴을 돌린다.

황서방은 가슴이 섬찍하는 것을 참고 받아 안았다. 빈 포대기처럼 무게가 없다. 비린내만 훅 끼친다. 나리님은 어느새 차표를 샀는지, 마지막 선심[19]을 쓴다기보다 들고 가기가 귀찮다는 듯이, 옜다 이년아, 하고 젖은 지우산을 큰 계집애한테 던져 주고는 시원스럽게 차 타러 들어가 버리고 만다.

황서방은 아이들을 끌고, 안고, 저 있던 데로 돌아올 수밖에 없다.

"거, 살긴 틀렸나 부!"

한참이나 앓는 아이를 들여다보던 권서방의 말이다.

"님자부구 곤쳐 내래게 걱정이여?"

"그렇단 말이지."

19) 선심(善心) 선량한 마음.

"글쎄, 웬 걱정이여?"

황서방은 참고 참던, 누구한테 대들어야 할지 모르던 분통이 터진 것이다.

"그럼 잘못됐구려…… 제에길……."

"……."

황서방은 그만 안았던 아이를 털썩 내려놓고 뿌우연 눈을 슴벅거린다.[20]

"무…… 무돈 년…… 제 년이 먼저 급살을 맞지[21] 살 줄 알구……."

"그래두 거 의원을 좀 봬야지 않어?"

"쥐뿔이나 있어?"

권서방도 침만 찍 뱉고 돌아앉았다. 아이는 입을 딱딱 벌리더니 젖을 찾는 듯 주름 잡힌 턱을 옴직거린다. 아무것도 와 닿는 것이 없어 그러는지, 그 옴직거림조차 힘이 들어 그러는지, 이내 다시 잠잠해진다. 죽었나 해서 코에 손을 대어본다. 아비 손에서 담뱃내를 느낀 듯 캑캑 재채기를 한다. 그러더니 그 서슬에 모깃소리만큼 애앵애앵 보채본다. 그러고는 다시 까부라진다.[22]

"병원에 가두 틀렸어, 이전."

남의 말에는 성을 내던 아비의 말이다.

"뭐구, 집쥔이 옴?"

"……."

20) 슴벅거리다 눈꺼풀이 움직이며 눈이 자꾸 감겼다 떠졌다 하다.
21) 급살(急煞)을 맞다 갑자기 죽음. '급살'은 갑자기 닥쳐오는 재액을 뜻함.
22) 까부라지다 생기가 빠져서 몸이 꼬부라지거나 착 늘어지다.

월미도 쪽이 더 새까매지더니 바람까지 치며 빗발이 굵어진다. 황서방은 다리를 치켜 걷었다. 앓는 애를 바투 품 안에 붙이고 나리님이 주고 간 지우산을 받고 나섰다. 허턱 병원을 찾았다. 의사가 왕진[23] 갔다고 받지 않고, 소아과가 아니라고 받지 않고 하여 네 번째 찾아간 병원에서 겨우 진찰을 받았다. 의사는 애 아비를 보더니, 말은 간호부에게만 무어라 지껄이고는 안으로 들어가 버린다.

"안 되겠습죠?"

"아는구려."

하고 간호부는 그냥 안고 나가라고 한다.

"한이나 없게 약을 좀 줍쇼."

"왜 진작 안 데리구 오냐 말요? 어린애 죽는 건 에미애비가 생아일 죽이는 거요. 오늘 밤 못 넹규."

황서방은 다시는 울 줄도 모르는 아이를 안고 어청어청 다시 돌아오는 수밖에 없었다.

밤이 되었다. 권서방에게 있는 돈을 털어다 호떡을 사 왔다. 황서방은 호떡을 질근질근 씹어 침을 모아 앓는 아이 입에 넣어 본다. 처음엔 몇 입 받아 삼키는 모양이나 이내 꼴깍꼴깍 게워 버린다. 황서방은 아이 입에는 고만두고 자기가 먹어 버린다. 종일 굶었다가 호떡이라도 좀 입에 들어가니 우선 정신이 난다. 딸년들에게 아내에게 대한 몇 가지를 물어보았으나 달아났다는 사실을 더욱 똑똑하게 알아차릴 것뿐이다.

"병원에서 헌 말이 맞을랴는 게로군!"

23) 왕진(往診) 의사가 병원 밖에 환자가 있는 곳으로 가서 진찰함.

"뭐랬게?"

"밤을 못 넹기리라더니……."

캄캄해졌다. 초를 사올 돈도 없다. 아이의 얼굴이 희끄무레할 뿐 눈도 똑똑히 보이지 않는다. 빗소리에 실낱 같은 숨소리는 있는지 없는지 분별할 도리가 없다.

"이 사람?"

모기를 때리느라고 연성 종아리를 철썩거리던 권서방이 을리지 않는 점잖은 목소리를 낸다.

"생각허니 말일세…… 집권이 여태 알진 못해두……."

"집권?"

"그랴…… 아무래두 살릴 순 없잖나?"

"애 말이지?"

"글쎄."

"어쩌란 말야?"

"남 새집…… 들기두 전에 안됐지 뭐야?"

"흥! 별년의 소리 다 듣겠네! 자네 오지랖두 정치겐 넓네."

"넓잖음 어쩌나?"

"그럼, 죽는 앨 끌구 이 우중[24]에 어디루 나가야 옳아?"

"글쎄 황서방은 노염부터 날 줄두 알어. 그렇지만 사필귀정[25]으로 남의 일두 생각해 줘야 허느니……."

"자넨 이눔으 집서 뭐 행랑살이나 얻어 헐까구 그리나?"

24) 우중(雨中) 비가 올 때.

25) 사필귀정(事必歸正) 모든 일은 반드시 바른길로 돌아감.

"예에끼 사람! 자네믄 그래 방두 꿔미기 전에 길 닦아 놓니까 뭐부터 지나가더라구 남의 자식부터 죽어 나감 좋겠나? 말은 바른 대루……."

"자넴 또 자네 자식임 그래 이 우중에 끌구 나가겠나?"

하고 황서방은 버럭 소리를 질렀다.

"나면 나가네."

"같은 없는 눔끼리 너무허네."

"없는 눔이라구 이면경계[26]야 몰라?"

"난 이면두 경계두 모르는 눔일세, 웬 걱정이여?"

빗소리뿐, 한참이나 잠잠하다가 황서방이 코를 훌쩍거리는 것이 우는 꼴이다. 권서방은 머리만 긁적거렸다. 한참 만에 황서방은 성냥을 긋는다. 어린애를 들여다보다가는 성냥개비가 다 붙기도 전에 던져 버린다. 권서방은 그만 누워 버리고 말았다.

어느 때나 되었는지 깜박 잠이 들었는데 황서방이 깨운다.

"왜 그려?"

권 서방은 벌떡 일어나며 인젠 어린애가 죽었나 보다 하였다.

"자네 말이 옳으이……."

"뭐?"

"아무래두 죽을 자식인데 남헌테 구진 거 헐 것 뭐 있나!"

하고 한숨을 쉰다. 아직 죽지는 않은 모양이다. 권서방은 후다닥 일어났다. 비는 한결같이 내렸다. 권서방은 먼저 다리를 무릎 위까지 올려 걷었다. 그리고 삽을 찾아 든다.

26) 이면경계(裏面境界) 일의 내용의 옳고 그름.

"그럼, 안구 나가게."

"어딜루?"

"어딘? 아무 데루나 가다가 죽건 문세그려."

"……."

"아무래두 이 밤 못 넹길 거 날 밝으문 괜히 앙징스런 꼴 자꾸 보게만 되지 무슨 소용 있어? 안게 어서."

황서방은 또 키륵키륵 느끼면서 나뭇잎처럼 거뿐한 아이를 싸 품에 안고 일어선다.

"이런 땐 맘 모질게 먹는 게 수여. 밤이길 잘했지……."

"……."

황서방은 딸년들 자는 것을 들여다보고는 성큼 퇴 아래로 내려섰다. 지우산을 펴자 쫘르르 소리가 난다. 쫘르르 소리에 큰딸년이 깨어 일어난다. 황서방은 큰딸년을 미리, 꼼짝 말고 있으라고 윽박지른다.

황서방은 아이를 안고 한 손으로 지우산을 받고 나서고, 그 뒤로 권서방이 헛간을 가렸던 가마니를 떼어 두르고 삽을 메고 나섰다.

허턱 주안(朱安) 쪽을 향해 걷는다. 얼마 안 걸어 시가지는 끝나고 길은 차츰 어두워진다. 길만 어두워지는 것이 아니라 바람이 세차진다. 홱 비를 몰아붙이며 우산을 떠받는다. 황서방은 우산이 뒤집히지 않으려 바람을 따라 빙그르 돌아본다. 그러면 비는 아이 얼굴에 흠뻑 쏟아진다. 그래도 아이는 별로 소리가 없다. 권서방더러 성냥을 그어 대라고 한다. 그어 대면 얼굴은 죽은 것이나 마찬가지나 빗물 흐르는, 비비 틀린 목줄에서는 아직도 발랑거리는 것이 보인다. 바람이 또 친다. 또 빙그르 돌아본다. 바람은 갑자기 반대편에서도 친다. 우산은 그예 뒤집히고 만다. 뒤집힌 지우산은 두 번, 세 번 만에는 갈기갈기 찢어지고 말았다. 또 성냥을 켜보려 한다. 그러나 성냥이 눅어 불이 일지 않는다. 하늘은 그저 먹장[27]이다. 한참 숨을 죽이고 들여다보아야 희끄무레하게 아이 얼굴이 떠오른다.

"이거, 왜 얼른 뒈지지 않어!"

"아마 한 십 리 왔나 보이."

다시 한 오 리 걸었을 때다. 황서방은 살만 남은 지우산을 집어 내던지며 우뚝 섰다.

"왜?"

인젠 죽었느냐 말은 차마 나오지 않는다.

"인전 묻어 버려두 되나 볼세."

"그래?"

권서방은 질—질 끌던 삽을 들어 쩔겅 소리가 나게 자갈길을 한 번 내리쳐 삽을 집고 좌우를 둘러본다. 한편에 소 등어리처럼 거무스름한 산이 나타난다. 권서방은 그리로 향해 큰길을 내려선다. 도랑물이 털버덩 한다. 삽도 집지 못한 황서방은, 겨우 아이만 물에 잠그지 않았다. 오이밭인지 호박밭인지 서슬 센 덩굴이 종아리를 어인다.[28]

"옘병을 헐……."

밭은 넓기도 했다. 밭두덩에 올라서자 돌각담[29]이다. 미끄런 고무신 한 짝이 뱀장어처럼 빠들컹하더니 벗어져 달아난다. 권서방까지 다시

27) 먹장(一帳) 검은 장막을 비유적으로 이르는 말.
28) 어이다 에다. 칼 따위로 도려내듯 베다.
29) 돌각담 밭 가장자리에 돌로 쌓아 올린 담.

와 암만 찾아도 보이지 않는다.

"이거디 더 걷겠나?"

"여기 팝시다."

"여긴 돌 아니여?"

"파믄 흙 나오겠지."

황서방은 돌각담에 아이 시체를 안고 앉았고, 권서방은 삽으로 구덩이를 판다. 떡떡 돌이 두드러지고, 돌을 뽑으면 우물처럼 물이 철철 고인다.

"이런 빌어먹을 눔의 비……."

"물구뎅이지 별수 있어……."

황서방은 권서방이 벗어 놓은 가마니쪽에 아이 시체를 누이고 자기도 구덩이로 왔다. 이내 서너 자 깊이로 들어갔다. 깊어지는 대로 물은 고인다. 다행히 비탈이라 낮은 데로 물꼬[30]를 따놓았다. 물은 철철철 소리를 내며 이내 빠진다. 황서방은,

"으흐흐……."

하고 한 자리 통곡을 한다. 아비 손으로 제 새끼를 이런 물구덩이에 넣을 것이 측은해, 권서방이 아이 시체를 안으러 갔다.

"뭐?"

죽은 줄만 알고 안아 올렸던 권서방은 머리칼이 곤두섰다. 분명히 아이의 입에서 무슨 소리가 난다. 꼴깍꼴깍 아이의 입은 무엇을 토하는 것이다. 비리치근한[31] 냄새가 확 끼친다.

30) 물꼬 논배미에 물이 넘나들게 만들어 놓은 어귀.
31) 비리치근하다 맛이나 냄새가 조금 비리다.

"여보 어디……?"

황서방도 분명히 꼴깍 소리를 들었다. 아이는 아직 목숨이 붙었다. 빗물이 입으로 흘러 들어간 것을 게운 것이다.

"제에길, 파리 새끼만두 못한 게 찔기긴!"

아비가 받았던 아이를 구덩이 둔덕에 털썩 놓아 버린다.

비는 한결같다. 산골짜기에는 물소리뿐 아니라, 개구리, 맹꽁이, 그리고도 무슨 날짐승 소리 같은 것도 난다.

아이는 세 번째 들여다볼 적에는 틀림없이 죽은 것 같았다. 다시 구덩이 바닥에 물을 쳐내었다. 가마니를 한끝을 깔고 아이를 놓고 남은 한끝으로 덮고 흙을 덮었다.

황서방은 아이를 묻고, 고무신 한 짝을 잃어버리고 절름거리며 권서방의 뒤를 따라 한길로 내려왔다. 아직 하늘은 트이려 하지 않는다.

"섰음 뭘 허나?"

황서방은 아이 무덤 쪽을 쳐다보고 멍청히 섰다.

"돌아서세, 어서."

"예가 어디쯤이지."

"그까짓 건…… 고무신 한 짝이 아깝네만……."

"……."

"가세 어서."

황서방은 아이 무덤 쪽에서 돌아서기는 했으나 권서방과는 반대 방향으로 걸어가는 것이다. 권서방이 쫓아와 붙든다.

"내 이년을 그예 찾어 한 구뎅이에 처박구 말 테여."

"허! 이림 뭘 허나?"

"으흐흐…… 이리구 삶 뭘 허는 게여? 목석[32]만두 못한 애비지 뭐여? 저것 원술 누가 갚어…… 이년을, 내 젖통일 썩뚝 짤러다 묻어 줄테다."

"황서방 진정해요."

"놓으래두……."

"아, 딸년들은 또 어떻게 되라구?"

"……."

황서방은 그만 길 가운데 철벅 주저앉아 버린다.

하늘은 그저 먹장이요, 빗소리 속에 개구리와 맹꽁이 소리뿐이다.

32) 목석(木石) 나무와 돌처럼 아무런 감정도 없는 사람을 비유적으로 이르는 말.

1 황서방의 성격을 정리해 봅시다.

황서방은 서울에서 행랑살이를 하다가 돈을 벌어 가을부터는 군밤 장사라도 해볼 생각으로 인천에 온 품팔이 노동자입니다. 그는 처음 사나흘 동안 받은 품삯으로 서울에서는 벼르기만 하던 콩국, 순댓국, 호떡 등을 사 먹습니다. 집에 두고 온 처자식 생각을 하면서도 일단은 자신의 고픈 배부터 채우는 것은 황서방이 이기적이어서가 아니라 그동안 너무 굶주린 탓에 눈에 보이지 않는 처자식을 배려할 만한 여유가 없기 때문입니다.

황서방은 꾀를 피우지 않고 힘껏 일을 해서 주인 눈에 들 정도로 성실한 사람입니다. 첫아들을 보고부터는 잘살아 보겠다는 의욕도 부쩍 생깁니다. 그러나 아내가 가출하고 그의 희망이었던 아들마저 죽게 되는 비운에 처하게 되지요. 그런 절망적인 상황에서도 황서방은 남의 새집에서 아이 시체가 나가게 할 수 없다며 빗속에 아이를 묻으러 가는 선량한 사람입니다.

2 황서방과 황서방의 아이를 대하는 사람들의 태도는 어떠합니까?

서울에서 행랑살이를 하던 집의 주인나리는 황서방네 처가 달아나자 죽어 가는 젖먹이를 큰 계집애에게 업혀서 세 아이들을 빗속에 인천으로 끌고 내려옵니다. 그러고는 황서방의 뺨을 때리며 황서방의 염치 없음을 꾸짖고 시원스럽게 차를 타고 가버립니다. 정거장에 있던 사람들은 울음소리도 내지 않고 포대기에 싸여 있는 아이를 무심히 들여다보다가는 안 볼 것을 보았다는 듯이 얼굴을 돌려버립니다. 누구 하나 황서방의 처지를 자신의 일처럼 안타까워하는 사람이 없습니다.

빗속에 앓는 아이를 안고 찾아간 병원 의사들은 왕진을 갔다는 둥 소아과가 아니라는 둥 이런저런 핑계로 아이를 받지 않고, 마지막 병원에서는 오늘 밤을 넘기기 어렵다는 말만 해줍니다. 한이나 없게 약을 좀 달라는 부탁도 매정하게 거절당하고 황서방은 간호부에게 에미애비가 생아일 죽이는 거라는 핀잔만 듣습니다.

이들은 모두 황서방과 죽어 가는 황서방의 아이에게 작은 온정도 보이지 않습니다. 더구나 '나리님'이나 의사는 가진 자로서 황서방이나 아이를 도와줄 수 있는 처지에 있음에도 불구하고 매정하게 외면합니다. 이들의 비정함은 품팔이를 하며 가난하게 살면서도 돈을 털어다 호떡을 사 오는 권서방의 인정과 대조를 이룹니다.

3 **이태준의 소설 「밤길」과 「장마」는 둘 다 장마철을 배경으로 하고 있습니다. 두 작품에서 나타나는 비는 어떻게 다른지 비교해 봅시다.**

「밤길」과 「장마」에서는 처음부터 끝까지 비가 내립니다. 「장마」에서는 비가 축축하게 대기를 적시며 쉬지 않고 내려 자질구레한 일상과 현실에 대한 회의를 불러일으키고 주인공을 상념에 잠기게 합니다.

이에 비해 「밤길」에서의 비는 격렬하고 파괴적인 모습으로 나타나 황서방이 처한 삶의 실상을 보여 줍니다. 모군인 황서방은 열나흘째 줄곧 그치지 않는 비 때문에 생업을 중단하고 벌었던 돈도 다 까먹고 있는 형편입니다. 날이 들면 일할 셈 치고 선고가로 하루 사십 전씩을 얻어 겨우 연명하고 있는데 빗소리는 여전합니다. 나리님 뒤를 따라 나설 때는 옷이 젖기 좋을 만치 내리던 비는 황서방이 젖먹이를 안고 밤길을 헤맬 때에는 바람까지 치며 빗발이 굵어집니다. 아이를 묻으러 갈 때도 비는 그칠 줄 모르다가 세찬 비바람은 기어이 황서방의 우산을 뒤집고 갈기갈기 찢어 놓습니다. 결국 비는 아이를 묻을 땅마저 물구덩이로 만들어 놓습니다. 사건이 진행될수록 거세지는 빗줄기는 우산 하나 없이 냉혹한 현실과 맞서야 하는 황서방의 비참한 삶을 생생하게 보여 주고 있습니다.

4 황서방이 갓난아이를 잃은 원인은 무엇입니까?

황서방의 아내는 이마빼기에 분칠이나 하고 안일은 잘하지 못하는 사람으로 묘사됩니다. 그리고 황서방의 아이가 앓게 된 원인은 아내의 성격적 결함과 가출이라는 개인적인 이유로 그려집니다. 아내의 가출로 젖을 먹지 못한 아이가 설사를 하다 죽어 가는 것입니다. 그래서 소설의 마지막 장면에서 황서방은 아이의 원수를 갚기 위해 아내의 젖통이를 잘라다 묻어 주겠다는 끔찍한 말을 합니다.

그러나 아내가 가출한 원인을 생각해 봐야 합니다. 아내는 가난을 이기지 못하여 가출을 했을 것입니다. 황서방이 가난한 이유는 「달밤」의 황수건이 가난한 이유와는 다릅니다. 황수건은 못난이라는 개인적 결함 때문에 가난하지만 황서방은 사회 구조 때문에 가난합니다. 황서방은 행랑살이만으로는 가난을 면할 길이 없어 인천의 공사판에 오게 된 것입니다.

또한 에미애비가 생아일 죽였다는 간호부의 말에서 알 수 있듯이 아이의 병은 돈만 있으면 고칠 수 있는 병이었습니다. 집주인이나 의사들이 인정을 베풀었다면 살 수도 있었을 것입니다. 결론적으로 가진 자들의 몰인정함과 가난에서 벗어날 수 없는 사회 구조가 갓난아이를 죽게 만들었다고 할 수 있습니다.

돌다리

의사인 아들과 농부인 아버지의
세대 갈등을 통해 금전적 가치를 중시하는
근대 자본주의의 가치관을 비판한 작품.

감상의 길잡이

“천금이 쏟아진대두 난 땅은 못 팔겠다”

땅을 소중히 하며 천리를 지키고자 하는 아버지의 신념

「돌다리」는 1943년 『국민문학』에 발표한 작품으로, 원제목은 ‘석교(石橋)’이나 단행본 『돌다리』에 실리면서 제목이 바뀌었습니다. 땅을 팔아서 병원을 확장하려는 아들과 땅을 하늘처럼 여기며 소중히 하는 아버지의 갈등을 통해 물질적 · 경제적 가치만을 중시하는 근대 자본주의 사회의 가치관을 비판한 작품입니다. 이 소설에서 아들과 아버지의 가치관 차이는 나무다리와 돌다리의 차이로 형상화됩니다. 나무다리는 면(面)의 보조를 얻어 놓은 것으로 새로운 것, 창섭의 근대적 가치관을 상징합니다. 이에 비해 돌다리는 증조부가 돌아가시고 산소에 상돌을 해 오기 위해 만든 것으로, 가족의 추억이 담긴 옛것이자 아버지의 전통적 가치관을 상징합니다.

창섭의 아버지가 돌다리에 느끼는 애착은 땅에 대한 애착과 일맥상

통합니다. 창섭의 아버지는 땅에 대한 애착이 남다른 사람으로, 선대로부터 물려받은 논과 밭을 더욱 기름지게 하는 일에 힘쓰며 자작(自作)을 하고 있습니다. 그러한 아버지에게 서울 의사인 창섭은 병원 확장을 위해 땅을 모두 팔라고 제안합니다. 그러나 아버지는 땅을 팔지 않겠다는 의지를 단호하게 표명하며 땅에 대한 자신의 신념을 역설합니다. 그는 땅은 힘을 들이는 사람에게는 힘들이는 만큼 반드시 후한 보답을 주는 존재, 보통 사람들이 믿는 하늘보다 더 믿을 만한 존재라 믿으며 땅에 대해 일종의 신앙심을 보여 줍니다.

아버지는 돈 있다고 땅문서만 사들이는 사람이나, 작인들에게 땅을 맡기고 도회지에서 소출이나 받고 퇴비는 주지 않고 화학비료만 주는 지주들의 정성 없음을 비판합니다. 그리고 자기가 죽을 때에는 진정으로 땅을 아낄 줄 아는 농군에게 땅을 팔겠다는 뜻을 밝힙니다. 이처럼 아버지에게 땅은 물질적·금전적 가치를 가진 이해타산의 대상이 아니라 인간처럼 돌보아야 하는 정신적 가치를 가진 우리 민족의 삶의 터전이요, 근본인 것입니다.

아버지는 아들 창섭이 경제적 가치만을 중시하는 근대 자본주의의 가치관에 물들지 않을까 경계하며 매사를 순리에 맞게 하도록 타이릅니다. 창섭은 아버지의 말에 존경심을 느끼면서도 거리감을 느낍니다. 창섭은 이미 근대적 가치를 지향하는 새로운 세대로서 정신적 가치를 중시하는 전통적 세대인 아버지와 세대 차이를 실감합니다. 창섭을 떠나보낸 아버지는 외롭고 허전함을 느낍니다. 아버지 또한 세대 차이를 느끼는 것이겠지요.

그러나 세대 간의 갈등을 다룬 이 소설에서 창섭 부자의 갈등은 「복덕방」의 안초시 부녀의 갈등과 양상이 다릅니다. 「복덕방」에서는 신세대가 이기심과 물욕 때문에 불효를 저지르는 부정적인 인물로 형상화되지만, 「돌다리」에서는 신세대인 창섭이 부정적으로 그려지지 않습니다. 누이가 허무하게 죽은 것에서 자극을 받아 의사가 된 창섭이 병원을 확장하려는 것은 더 많은 환자를 살리기 위한 욕심에서 나온 계획으로, 속물적인 안경화의 욕심과는 다릅니다. 또한 창섭은 아버지의 가치관을 존중하는 모습을 보입니다. 「복덕방」에서는 부정적인 인물인 안경화를 통해, 「돌다리」에서는 옛것에 대한 애착을 가진 긍정적인 인물인 창섭의 아버지를 통해 근대 자본주의 사회의 가치관을 비판하고 있습니다.

다음날 새벽이 되자 아버지는 고쳐 놓은 돌다리로 나가 돌다리를 늘 보살펴야 하는 것이 천리(天理)임을 되새깁니다. 마치 내일 지구의 멸망이 올지라도 오늘 한 그루의 사과나무를 심겠다는 사람처럼요. 이 소설에서 돌다리는 지켜 나가야 할 전통적인 가치, '천리'를 상징한다고 볼 수 있습니다. 돌다리를 보수하는 아버지의 모습에서는 일제 식민지하에서 사라져 가는 민족혼을 지키고자 하는 지사적(志士的) 의지마저 느껴집니다.

돌다리

정거장에서 샘말 십리길을 내려오노라면 반이 될락 말락 한 데서부터 샘말 동네보다는 그 건너편 산기슭에 놓인 공동묘지가 먼저 눈에 뜨인다.

창섭은 잠깐 걸음을 멈추고까지 바라보았다.

봄에 올 때 보면, 진달래가 불붙듯 피어 올라가는 야산[1]이다. 지금은 단풍철도 지나고 누르테테한[2] 가닥나무들만 묘지를 둘러, 듣지 않아도 적막한 버스럭 소리만 울릴 것 같았다. 어느 것이라고 집어낼 수는 없어도, 창옥의 무덤이 어디쯤이라고는 짐작이 된다. 창섭은 마음으로 '창옥아' 불러 보며 묵례[3]를 보냈다.

1) 야산(野山) 들 가까이의 나지막한 산.
2) 누르테테하다 낡고 오래되어 누른빛을 띠면서 탁하고 조금 검다.
3) 묵례(默禮) 말없이 고개만 숙이어 표하는 인사.

다만 오뉘뿐으로 나이가 훨씬 떨어진 누이였었다. 지금도 눈에 선—하다. 자기가 마침 방학으로 와 있던 여름이었다. 창옥은 저녁 먹다 말고 갑자기 복통으로 뒹굴었다. 읍으로 뛰어 들어가 의사를 청해 왔다. 의사는 주사를 놓고 들어갔다. 그러나 밤새도록 열은 내리지 않았고 새벽녘엔 아파하는 것도 더해 갔다. 다시 의사를 데리러 갔으나 의사는 바쁘다고 환자를 데려오라 하였다. 하라는 대로 환자를 데리고 들어갔으나 역시 오진(誤診)[4]을 했었다. 다시 하루를 지나 고름이 터지고 복막(腹膜)[5]이 절망적으로 상해 버린 뒤에야 겨우 맹장염인 것을 알아낸 눈치였다.

그때 창섭은, 자기도 어른이기만 했으면 필시 의사의 멱살을 들었을 것이었다. 이런, 누이의 허무한 죽음에서 창섭은 뜻을 세워, 아버지가 권하는 고농(高農)[6]을 마다하고 의전(醫專)[7]으로 들어갔고, 오늘에 이르러는 맹장 수술로는 서울에서도 정평이 있는 한 권위가 된 것이다.

'창옥아, 기뻐해다구. 이번에 내 병원이 좋은 건물을 만나 커지는 거다. 개인병원으론 제일 완비한[8] 수술실이 실현될 거다. 입원실 부족도 해결될 거다. 네 사진을 크게 확대해 내 새 진찰실에 걸어 노마…….'

창섭은 바람도 쌀쌀할 뿐 아니라, 오후 차로 돌아가야 할 길이라 걸음을 재우쳤다.[9]

4) 오진 병을 그릇되게 진단하는 일.
5) 복막 복강 내의 대부분의 내장과 복벽의 일부를 싸고 있는 얇은 막.
6) 고농 일제 때 '고등농업학교'의 준말.
7) 의전 일제 때 '의학전문학교'의 준말.
8) 완비하다(完備—) 빠짐없이 완벽히 갖추다.
9) 재우치다 빨리 몰아치거나 재촉하다.

길은 그전보다 넓어도 졌고 바닥도 평탄하였다. 비나 오면 진흙에 헤어날 수 없었는데 복판으로는 자갈이 깔리고 어떤 목은 좁아서 소바리[10]가 논으로 미끄러져 들어가기 십상이었는데 바위를 갈라내어서까지 일매지게[11] 넓은 길로 닦아졌다. 창섭은, '이럴 줄 알었드면 정거장에서 자전거라도 빌려 타고 올걸' 하였다.

눈에 익은 정자나무 선 논이며 돌각담을 두른 밭들도 나타났다. 자기 집 논과 밭들이었다. 논둑에 선 정자나무는 그전부터 있은 것이나 밭에 돌각담들은 아버지께서 손수 쌓으신 것이다.

창섭의 아버지는 근검으로 근방에 소문난 영감이다. 그러나 자기 대에 와서는 밭 하루갈이도 늘쿠지는 못한 것으로도 소문난 영감이다. 곡식 값보다는 다른 물가들이 높아졌을 뿐 아니라 전대(前代)[12]에는 모르던 아들의 유학이란 것이 큰 부담인 데다가,

"할아버니와 아버지께서 나를 부자 소린 못 들어도 굶는단 소린 안 듣고 살도록 물려주시구 가셨다. 드럭드럭 탐내 모아선 뭘 허니, 할아버니께서 쇠똥을 맨손으로 움켜다 넣시던 논, 아버니께서 멍덜[13]을 손수 이룩허신 밭을 더 건[14] 논으로 더 기름진 밭이 되도록, 닦달만 해가기에도 내겐 벅찬 일일 게다."

하고, 절용해[15] 쓰고 남는 돈이 있으면 그 돈으로는 품을 몇씩 들여서

10) 소바리 소의 등에 실어 나르는 짐.
11) 일매지다 고르게 가지런하다.
12) 전대 지나간 시대.
13) 멍덜 너덜. 험한 바위나 돌 따위가 삐죽삐죽 나온 곳.
14) 걸다 흙의 영양분이 많다.
15) 절용하다(節用—) 절약하다.

까지 비뚠 논배미[16)]를 바로잡기, 밭에 돌을 추려 바람맞이로 담을 두르기, 개울엔 둑막이하기, 그러다가 아들이 의사가 된 후로는, 아들 학비로 쓰던 몫까지 들여서 동네길들은 물론, 읍길과 정거장길까지 닦아 놓았다. 남을 주면 땅을 버린다고 여간 근실한[17)] 자국이 아니면 소작을 주지 않았고, 소를 두 필이나 매고 일꾼 세 명씩이나 두고 적지 않은 전답을 전부 자농(自農)[18)]으로 버티어 왔다. 실속이 타작(打作)만 못하다는 둥, 일꾼 셋이 저희 농사해 가지고 나간다는 둥 이해만을 따져 비평하는 소리가 많았으나 창섭의 아버지는 땅을 위해서는 자기의 이해만으로 타산하려[19)] 하지 않았다. 이와 같은 임자를 가진 땅들이라 곡식은 거둔 뒤, 그루만 남은 논과 밭이되, 그 바닥들의 고름, 그 언저리들의 바름, 흙의 부드러움이 마치 시루떡 모판이나 대하는 것처럼 누구의 눈에나 탐스럽게 흐뭇해 보였다.

이런 땅을 팔기에는, 아무리 수입은 몇 배 더 나은 병원을 늘쿠기 위해서나 아버지께 미안하지 않을 수 없었다. 그러나 잡히기나 해가지고는 삼만 원 돈을 만들 수가 없었고, 서울서 큰 양관(洋館)[20)]을 손에 넣기란 돈만 있다고도 아무 때나 될 일이 아니었다.

'아버지께선 내년이 환갑이시다! 어머니께선 겨울이면 해마다 기침이 도지신다.[21)] 진작부터 내가 모셔야 했을 거다. 그런데 내가 시굴

16) 논배미 논두렁. 논과 논 사이를 구분해 놓은 곳.
17) 근실하다(勤實—) 부지런하고 진실하다.
18) 자농 자작농. 자기 땅에 직접 짓는 농사.
19) 타산하다(打算—) 자신에게 도움이 되는지를 따져 헤아리다.
20) 양관 서양식으로 지은 건물. 양옥.
21) 도지다 나아지거나 나았던 병이 도로 심해지다.

로 올 순 없고, 천생 부모님이 서울로 가시어야 한다. 한동네서도 땅을 당신만치 못 거둘 사람에겐 소작을 주지 않으셨다. 땅 전부를 소작을 내어맡기고는 서울 가 편안히 계실 날이 하루도 없으실 게다. 아버님의 말년을 편안히 해드리기 위해서도 땅은 전부 없애 버릴 필요가 있는 거다!'

창섭은 샘말에 들어서자 동구[22]에서 이내 아버지를 뵈일 수가 있었다. 아버지는, 가에는 살얼음이 잡힌 찬물에 무릎까지 걷고 들어서서 동네 사람들을 축추겨 돌다리를 고치고 계시었다.

"어떻게 갑재기 오느냐?"

"네. 좀 급히 여쭤 봐야 할 일이 생겼습니다."

"그래? 먼저 들어가 있거라."

동네 사람 수십 명이 쇠고삐 두 기장[23]은 흘러 내려간 다릿돌을 동아줄에 얽어 끌어올리고 있었다. 개울은 동네 복판을 흐르고 있어 아래위로 징검다리는 서너 군데나 놓였으나 하룻밤 비에도 일쑤 넘치어 모두 이 큰 돌다리로 통행하던 것이었다. 창섭은 어려서 아버지께 이 큰 돌다리의 내력을 들은 것이 아직도 기억에 남아 있다.

"너이 증조부님 돌아가시어서다. 산소에 상돌[24]을 해 오시는데 징검다리로야 건네올 수가 있니? 그래 너이 조부님께서 다리부터 이렇게 넓구 튼튼한 돌루 노신 거란다."

그 후 오륙십 년 동안 한 번도 무너진 적이 없었는데 몇 해 전 어느

22) 동구(洞口) 동네 어귀.
23) 기장 길이.
24) 상돌(床―) 무덤 앞에 제물을 차려 놓기 위해 널찍한 돌로 만들어 놓은 상.

장마엔 어찌된 셈인지 가운뎃 제일 큰 장이 내려앉아 떠내려갔던 것이다. 두께가 한 자는 실하고[25] 폭이 여섯 자, 길이는 열 자가 넘는 자연석 그대로라 여간 몇 사람의 힘으로는 손을 댈 염두부터 나지 못하였다. 더구나 불과 수십 보 이내에 면(面)의 보조를 얻어 난간까지 달린 한다한 나무다리가 놓인 뒤엣일이라 이 돌다리는 동네 사람들에게 완전히 잊혀 버린 채 던져져 있던 것이었다.

집에 들어가니, 어머니는 다리 고치는 사람들 점심을 짓노라고, 역시 여러 명의 동네 여편네들과 허둥거리고 계시었다.

"웬일인데 어째 혼자만 오느냐?"

어머니는 손자 아이들부터 보이지 않음을 물으신다.

"오늘루 가야겠어서 아무두 안 다리구 왔습니다."

"오늘루 갈 걸 뭘 허 오누?"

"인전 어머니서껀 서울로 모셔 갈 채빌허러 왔다우."

"서울루! 제발 아이들허구 한데서 살아 봤음 원이 없겠다."
하고 어머니는 땅보다, 조상님들 산소나 사당보다 손자 아이들에게 더 마음이 끌리시는 눈치였다. 그러나 아버지만은 그처럼 단순히 들떠질 마음이 아니었다.

아버지는 아들의 뒤를 쫓아 이내 개울에서 들어왔다. 아들은, 의사인 아들은, 마치 환자에게 치료 방법을 이르듯이, 냉정히 채견채견히[26] 이야기를 시작하였다. 외아들인 자기가 부모님을 진작 모시지 못한 것이 잘못인 것, 한집에 모이려면 자기가 병원을 버리기보다는 부모님이 농

25) 실하다(實—) 든든하고 튼튼하다.
26) 채견채견하다 차근차근하다. 조리 있고 자세하며 찬찬하다.

토를 버리시고 서울로 오시는 것이 순리[27]인 것, 병원은 나날이 환자가 늘어 가나 입원실이 부족되어 오는 환자의 삼분지 일밖에 수용 못 하는 것, 지금 시국[28]에 큰 건물을 새로 짓기란 거의 불가능의 일인 것, 마침 교통 편한 자리에 삼층 양옥이 하나 난 것, 인쇄소였던 집인데 전체가 콘크리트여서 방화[29] 방공[30]으로 가치가 충분한 것, 삼층은 살림집과 직공들의 합숙실로 꾸미었던 것이라 입원실로 변장하기에 용이한 것, 각 층에 수도, 가스가 다 들어온 것, 그러면서도 가격은 염한 것, 염하기는 하나 삼만 이천 원이라, 지금의 병원을 팔면 일만 오천 원쯤은 받겠지만 그것은 새집을 고치는 데와, 수술실의 기계를 완비하는 데 다 들어갈 것이니 집값 삼만 이천 원은 따로 있어야 할 것, 시골에 땅을 둔대야 일 년에 고작 삼천 원의 실리가 떨어질지 말지 하지만 땅을 팔아다 병원만 확장해 놓으면 적어도 일 년에 만 원 하나씩은 이익을 뽑을 자신이 있는 것, 돈만 있으면 땅은 이담에라도, 서울 가까이라도 얼마든지 좋은 것으로 살 수 있는 것…… 아버지는 아들의 의견을 끝까지 잠잠히 들었다. 그리고,

"점심이나 먹어라. 나두 좀 생각해 봐야 대답허겠다."

하고는 다시 개울로 나갔고, 떨어졌던 다릿돌을 올려놓고야 들어와 그도 점심상을 받았다.

점심을 자시면서였다.

27) 순리(順理) 순한 이치나 도리. 또는 도리나 이치에 순종함.
28) 시국(時局) 현재 당면한 국내 및 국제 정세나 대세.
29) 방화(防火) 불이 나는 것을 미리 막음.
30) 방공(防空) 항공기나 미사일에 의한 공중으로부터의 공격을 막음.

"원, 요즘 사람들은 힘두 줄었나 봐! 그 다리 첨 놀 제 내가 어려서 봤는데 불과 여남은이서 거들던 돌인데 장정 수십 명이 한나잘을 씨름을 허다니!"

"나무다리가 있는데 건 왜 고치시나요?"

"너두 그런 소릴 허는구나. 나무가 돌만 허다든? 넌 그 다리서 고기 잡던 생각두 안 나니? 서울로 공부 갈 때 그 다리 건너서 떠나던 생각 안 나니? 시쳇사람들[31]은 모두 인정이란 게 사람헌테만 쓰는 건 줄 알드라! 내 할아버니 산소에 상돌을 그 다리로 건네다 모셨구, 내가 천잘 끼구 그 다리루 글 읽으러 댕겼다. 네 어미두 그 다리루 가말 타구 내 집에 왔어. 나 죽건 그 다리루 건네다 묻어라…… 난 서울 갈 생각 없다."

"네?"

"천금[32]이 쏟아진대두 난 땅은 못 팔겠다. 내 아버님께서 손수 이룩허시는 걸 내 눈으루 본 밭이구, 내 할아버님께서 손수 피땀을 흘려 모신 돈으루 작만[33]허신 논들이야. 돈 있다구 어디가 느르지논 같은 게 있구, 독시장밭 같은 걸 사? 느르지논둑에 선 느티나문 할아버님께서 심으신 거구, 저 사랑 마당엣 은행나무는 아버님께서 심으신 거다. 그 나무 밑에 설 때마다 난 그 어룬들 동상(銅像)이나 다름없이 경건한 마음이 솟아 우러러보군 헌다. 땅이란 걸 어떻게 일시 이해를 따져 사구팔구 허느냐? 땅 없어 봐라, 집이 어딨으며 나라가 어딨는 줄 아니? 땅이란 천지만물의 근거야. 돈 있다구 땅이 뭔지두 모르구 욕심만 내

31) 시쳇사람들 요즘 사람들. '시체'는 그 시대의 풍습이나 유행이라는 뜻.
32) 천금(千金) 많은 돈이나 비싼 값을 비유적으로 이르는 말.
33) 작만(作滿) 장만. '장만'을 한자를 빌려서 쓴 말.

문서쪽으로 사 모기만 하는 사람들, 돈놀이처럼 변리만 생각허구 제 조상들과 그 땅과 어떤 인연이란 건 도시 생각지 않구 헌신짝 버리듯 하는 사람들, 다 내 눈엔 괴이한 사람들루밖엔 뵈지 않드라."

"……."

"네가 뉘 덕으루 오늘 의사가 됐니? 내 덕인 줄만 아느냐? 내가 땅 없이 뭘루? 밭에 가 절하구 논에 가 절해야 쓴다. 자고로 하늘 하늘 허나 하늘의 덕이 땅을 통허지 않군 사람헌테 미치는 줄 아니? 땅을 파는 건 그게 하늘을 파나 다름없는 거다."

"……."

"땅을 밟구 다니니까 땅을 우섭게들 여기지? 땅처럼 응과(應果)가 분명헌 게 무어냐? 하늘은 차라리 못 믿을 때두 많다. 그러나 힘들이는 사람에겐 힘들이는 만큼 땅은 반드시 후헌 보답을 주시는 거다. 세상에 흔해 빠진 지주들, 땅은 작인[34]들헌테나 맡겨 버리구, 떡 도회지에 가 앉어 소출[35]은 팔어다 모다 도회지에 낭비해 버리구, 땅 가꾸는 덴 단돈 일 원을 벌벌 떨구, 땅으루 살며 땅에 야박한 놈은 자식으로 치면 후레자식[36] 셈이야. 땅이 말을 할 줄 알어 봐라? 배가 고프단 땅이 얼마나 많을 테냐? 해마다 걷어만 가구 땅은 자갈밭이 되니 아나? 둑이 떠나가니 아나? 거름 한번을 제대로 넣나? 정 급허게 돼 작인이 우는 소리나 해야 요즘 너이 신의[37]들 주사침 놓듯, 애꾸진 금비(약품

34) 작인(作人) 소작인.
35) 소출(所出) 논밭에서 나는 곡식.
36) 후레자식 배운 데 없이 제풀로 막되게 자라 교양이나 버릇이 없는 사람을 낮잡아 이르는 말.
37) 신의(新醫) '한의(韓醫)'를 '구의(舊醫)'라 하는 것에 빗대어 '양의(洋醫)'를 이르는 말.

비료)만 갖다 털어넣지. 그렇게 땅을 홀댈[38] 허군 인제 죽어서 땅이 무서서 어디루들 갈 텐구!"

창섭은 입이 얼어 버리었다. 손만 부비었다. 자기의 생각은 너무나 자기 본위였던 것을 대뜸 깨달았다. 땅에는 이해를 초월한 일종 종교적 신념을 가진 아버지에게 아들의 이단적인 계획이 용납될 리 만무였다. 아버지는 상을 물리고도 말을 계속하였다.

"너루선 어떤 수단을 쓰든지 병원부터 확장허려는 게 과히 엉뚱헌 욕심은 아닐 줄두 안다. 그러나 욕심을 부련 못쓰는 거다. 의술은 예로부터 인술(仁術)이라지 않니? 매살 순탄허게 진실허게 해라."

"……."

"네가 가업을 이어 나가지 않는다군 탄허지 않겠다. 넌 너루서 발전헐 길을 열었구, 그게 또 모리지배(謀利之輩)[39]의 악업[40]이 아니라 활인(活人)[41]허는 인술이구나! 내가 어떻게 불평을 말허니? 다만 삼사대 집안에서 공들여 이룩해 논 전장[42]을 남의 손에 내맡기게 되는 게 저윽 애석헌[43] 심사가 없달 순 없구……."

"팔지 않으면 그만 아닙니까?"

"나 죽은 뒤에 누가 거두니? 너두 이제두 말했지만 너무 문서쪽만 쥐구 서울 앉어 지주 노릇만 허게? 그따위 지주허구 작인 틈에서 땅들

38) 홀대(忽待) 소홀히 대접함.
39) 모리지배 모리배. 남은 생각지 아니하고 제 이익만을 꾀하거나 탐하는 사람.
40) 악업(惡業) 좋지 못한 짓.
41) 활인 사람의 목숨을 살림.
42) 전장(田莊) 개인이 소유하는 논밭.
43) 애석하다(哀惜―) 슬프고 아깝다.

만 얼말 곯는지 아니? 안 된다. 팔 테다. 나 죽을 림시[44]엔 다 팔 테다. 돈에 팔 줄 아니? 사람헌테 팔 테다. 건너 용문이는 우리 느르지논 같은 건 한 해만 부쳐 보구 죽어두 농군으루 태났던 걸 한허지 않겠다구 했다. 독시장밭을 내논다구 해봐라, 문보나 덕길이 같은 사람은 길바닥에 나앉드라두 집을 팔아 살려구 덤빌 게다. 그런 사람들이 땅 님자 안 되구 누가 돼야 옳으냐? 그러니 아주 말이 난 김에 내 유언이다. 그런 사람들 무슨 돈으로 땅값을 한목[45] 내겠니? 몇몇 해구 그 땅 소출을 팔아 연년이 갚어 나가게 헐 테니 너두 땅값을랑 그렇게 받어 갈 줄 미리 알구 있거라. 그리구 네 모가 먼저 가면 내가 묻을 거구, 내가 먼저 가게 되면 네 모만은 네가 서울루 그때 데려가렴. 난 샘말서 이렇게 야인(野人)[46]으로나 죄 없는 밥을 먹다 야인인 채 묻힐 걸 흡족히 여긴다."

"……."

"자식의 젊은 욕망을 들어 못 주는 게 애비 된 맘으루두 섭섭허다. 그러나 이 늙은이헌테두 그만 신념쯤 지켜 오는 게 있다는 걸 무시하지 말어다구."

아버지는 다시 일어나 담배를 피우며 다리 고치는 데로 나갔다. 옆에 앉았던 어머니는 두 눈에 눈물을 쭈루루 흘리었다.

"너이 아버지가 여간 고집이시냐?"

"아뇨. 아버지가 어떤 어룬이신 건 오늘 제가 더 잘 알었습니다. 우리 아버진 훌륭헌 인물이십니다."

44) 림시(臨時) 임시. 일정한 때에 다다름, 또는 그때.
45) 한목 한꺼번에 몰아서 함을 나타냄.
46) 야인 시골에 사는 사람.

그러나 창섭도 코허리가 찌르르 하였다. 자기의 계획하고 온 일이 실패한 것쯤은 차라리 당연하게 생각되었고, 아버지와 자기와의 세계가 격리되는 일종의 결별의 심사를 체험하는 때문이었다.

아들은 아버지가 고쳐 놓은 돌다리를 건너 저녁차를 타러 가버리었다. 동구 밖으로 사라지는 아들의 뒷모양을 지키고 섰을 때, 아버지의 마음도, 정말 임종에서 유언이나 하고 난 것처럼 외롭고 한편 불안스러운 심사조차 설레였다.

아버지는 종일 개울에서 허덕였으나 저녁에 잠도 달게 오지 않았다. 젊어서 서당에서 읽던 백낙천(白樂天)의 시가 다 생각이 났다. 늙은 제비 한 쌍을 두고 지은 노래였다. 제 뱃속이 고픈 것은 참아 가며 입에 얻어 문 것은 새끼들부터 먹여 길렀으나, 새끼들은 자라서 나래에 힘을 얻자 어디로인지 저희 좋을 대로 다 날아가 버리어, 야위고 늙은 어버이 제비 한 쌍만 가을바람 소슬한[47] 추녀[48] 끝에 쭈크리고 앉았는 광경을 묘사하였고, 나중에는, 그 늙은 어버이 제비들을 가르쳐, 새끼들만 원망하지 말고, 너희들이 새끼 적에 역시 그러했음도 깨달으라는 풍자의 시였다.

'흥!……'

노인은 어두운 천장을 향해 쓴웃음을 짓고 날이 밝기를 기다려 누구보다도 먼저 어제 고쳐 놓은 돌다리를 보러 나왔다.

흙탕이라고는 어느 돌 틈에도 남아 있지 않았다. 첫곬[49]으로도, 가

47) 소슬하다(蕭瑟—) 으스스하고 쓸쓸하다.

48) 추녀 기와집에서 처마 네 귀의 기둥 위에 끝이 위로 들린 큰 서까래. 또는 그 부분의 처마.

운뎃곬으로도 끝엣곬으로도 맑기만 한 소담한[50] 물살이 우쭐우쭐 춤추며 빠져 내려갔다. 가운뎃 장으로 가 쾅 눌러 보았다. 발바닥만 아플 뿐 끄떡이 있을 리 없다. 노인은 쭈르르 집으로 들어와 소금 접시와 낯수건을 가지고 나왔다. 제일 낮은 받침돌에 내려앉아 양치를 하고 세수를 하였다. 나중에는 다시 이가 저린 물을 한입 물어 마시며 일어섰다. 속의 모든 게 씻기는 듯 시원하였다. 그리고 수염의 물을 닦으며 이렇게 생각하였다.

'비가 아무리 쏟아져도 어떤 한정[51]을 넘는 법은 없다. 물이 분수 없이 늘어 떠내려갔던 게 아니라 자갈이 밀려 내려와 물구멍이 좁아졌든지, 그렇지 않으면, 어느 받침돌의 밑이 물살에 궁굴러 쓰러졌던 그런 까닭일 게다. 미리 바닥을 치고 미리 받침돌만 제대로 보살펴 준다면 만 년을 간들 무너질 리 없을 게다. 그저 늘 보살펴야 하는 거다. 사람이란 하늘 밑에 사는 날까진 하로라도 천리(天理)[52]에 방심을 해선 안 되는 거다…….'

49) 곬 한쪽으로 트여 나가는 방향이나 길.
50) 소담하다 생김새가 탐스럽다.
51) 한정(限定) 수량이나 범위 따위를 제한하여 정함. 또는 그런 한도.
52) 천리 천지 자연의 이치. 만물에 통하는 자연의 도리.

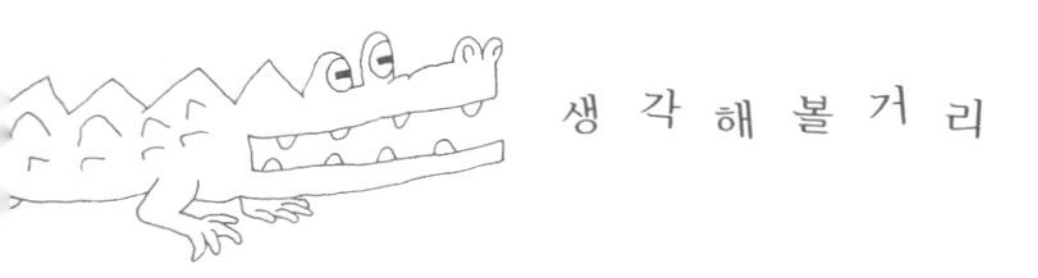

1 불과 수십 보 이내에 난간까지 달린 나무다리가 있는데 왜 아버지는 돌다리를 고칠까요?

돌다리는 창섭의 증조부가 돌아가셨을 때 산소에 상돌을 해 오느라고 놓은 것입니다. 창섭이 그 다리에서 고기를 잡았고 서울로 공부하러 갈 때도 그 다리를 건너서 떠났습니다. 창섭의 아버지가 천자문을 끼고 글 읽으러 다니던 다리이며 창섭의 어머니가 가마 타고 시집오던 다리입니다. 즉, 돌다리는 가족의 추억과 노력이 담긴 삶의 흔적인 것입니다. 아버지는 자신이 죽으면 창섭의 가족사와 함께한 존재인 돌다리를 건너 묻히고 싶어합니다.

돌다리는 아버지의 땅과 고향에 대한 애착을 반영하며 전통적 세계를 상징합니다. 아버지는 전통적 가치가 흔들림 없이 후대에까지 이어지기를 간절히 바라며 다리를 보수하는 것입니다.

2 땅에 대한 창섭의 입장을 정리해 보고 아버지의 관점에서 비판해 봅시다.

창섭은 땅을 금전적 가치의 대상으로 보는데 이는 근대 자본주의 사회의 가치관을 반영한 것입니다. 시골에 땅을 둔대야 일 년에 삼천 원의 실리가 나지만 땅을 팔아 병원을 확장해 놓으면 일 년에 만 원씩은 이익을 뽑을 수 있기 때문에 땅을 팔아 병원에 투자하고 싶어합니다. 그에게 땅은 돈만 있으면 이담에라도 언제든지, 서울 가까이라도 얼마든지 좋은 것으로 살 수 있는 것입니다. 창섭에게 땅은 언제든지 사고팔 수 있는 하나의 상품에 불과합니다. 또한 아버지의 여생을 편안히 하기 위해서라도 없애야 할 힘든 노동의 현장일 뿐입니다. 병원을 확장하면 쉽게 돈을 벌 수 있기 때문에 굳이 땅에 집착할 필요가 없다고 생각합니다.

그러나 실리를 따져 땅을 팔자는 창섭의 생각은 땅에 대해 일종의 종교적 신념을 가진 아버지에게는 받아들여질 수 없는 이단적 생각입니다. 아버지에게는 땅이라고 다 같은 땅이 아니며, 조상과의 인연이 담긴 땅이 더 소중하고 거기에 서면 마음이 경건해지는 것입니다. 그러므로 아버지가 땅을 파는 것은 조상 대대로 내려오는 삶의 터전을 파는 일입니다. 이미 의사로서 성공한 창섭이 병원을 확장하려는 것도 아버지의 눈에는 욕심으로 비쳐집니다. 따라서 아버지의 말년을 편안히 해드리기 위해 땅을 팔아야 한다는 창섭의 생각도 지극히 자기중심적인 생각입니다.

3 아버지는 왜 땅을 팔지 않겠다고 할까요?

창섭의 아버지는 땅에 대해, 일반적으로 농민이 땅을 소중히 여기는 것과는 차원이 다른, 이해를 초월한 종교적 신념을 보입니다. 아버지는 땅을 단순히 농사지어 수확을 내는 수단으로 보지 않고 천지 만물의 근거로 보고 있습니다. 땅이 있어야 집도 있고 나라도 있다는 것입니다. 땅은 힘들이는 사람에게는 힘들이는 만큼 반드시 후한 보답을 주시는, 그래서 하늘보다 더 믿을 만한 종교적 신념의 대상입니다. 땅은 조상과의 인연이 담긴 곳이며 창섭을 대학 공부까지 시켜 준 삶의 터전입니다. 그런 땅을 파는 것은 아버지에게는 하늘을 파는 것과 같이 천리를 어기는 일입니다. 아버지는 천리에 따라 욕심 부리지 않고 샘말에서 농부로서 떳떳한 삶을 살다가 땅으로 돌아가기를 바라기 때문에 서울에 가지 않겠다는 뜻을 분명히 합니다.

4 아버지가 죽을 임시에 땅을 팔려는 이유는 무엇일까요?

창섭은 의사이기 때문에 아버지가 죽게 되면 서울에서 땅문서만 가지고 소작을 주게 될 것입니다. 그런데 아버지는 소작은 땅을 홀대하는 것이라고 생각합니다. 지주와 작인 사이에서 땅만 피폐해지기 때문이지요. 그래서 자신이 죽을 때가 되면 땅을 사랑하는 사람, 땅의 본래적 가치를 중시하는 농군인 용문이, 문보, 덕길이 같은 사람에게 팔고 싶어합니다. 이들은 집을 팔아서라도 기름진 땅에서 농사 한번 지어 보는 것이 소원인 사람들입니다. 이들에게는 땅을 살 돈이 없으니 땅에서 농사지은 소출을 팔아 여러 해 동안 갚도록 해서라도 아버지는 자신이 소중히 가꾼 땅을 보존하려고 합니다.

5 창섭 부자가 서로를 대하는 태도는 어떠합니까?

창섭 부자는 서로를 존중하면서도 각자의 신념을 버리지는 못합니다. 창섭은 땅에 대한 아버지의 신념과 애착을 확인하고 아버지가 훌륭한 인물이라고 생각합니다. 그러나 아버지의 세계를 인정하고 존경심을 느끼면서도 자신도 아버지와 같은 신념을 가지고 살 수는 없다는 것을 느낍니다. 아버지와의 세대 차이를 확인하며 아버지와 자신의 세계가 격리되는 결별의 심사, 즉 거리감을 느끼는 것입니다.

아버지 또한 창섭이 가업인 농사를 짓지 않고 의사가 된 것을 탓하지 않습니다. 의술이 모리배의 악업이 아니라 사람을 살리는 활인술(活人術)이기 때문입니다. 또한 병원을 확장하려는 창섭의 생각을 엉뚱한 욕심으로 치부하지도 않습니다. 오히려 아비로서 외아들의 젊은 욕망을 들어주지 못한 것을 섭섭해합니다. 그럼에도 불구하고 땅을 팔지 않겠다는 자신의 입장을 고수하며, 아들이 욕심부리지 않고 매사에 순탄하고 진실하기를 당부합니다.

6 **이 작품이 식민지 시대에 발표된 것임을 감안하여 작가가 비판하고자 하는 것은 무엇인지 생각해 봅시다.**

이 작품에서 작가는 우리 민족의 현실은 생각하지 않고 개인의 이익만을 추구하는 식민지 시대의 지주들을 비판하고 있습니다. 이러한 작가의 비판 의식은 창섭의 아버지를 통해 드러납니다. 창섭의 아버지는 땅이 없으면 집도 나라도 없다고 생각합니다.

농촌은 순리를 따르며 살아왔던 우리 삶의 근원이자 공동체적 삶을 영위할 수 있는 공간입니다. 그런데 식민지 시대의 지주들이 자식들 교육을 위해 혹은 금전적 가치를 따져 땅을 팔면서 그 땅은 일본인의 손에 넘어갑니다. 그 결과 농촌은 피폐해졌고 이는 곧 우리 민족의 삶이 피폐해짐을 의미합니다. 따라서 우리 땅을 지켜야 한다는 아버지의 신념은 일제 치하의 어려운 현실 속에서도 민족혼을 지키고자 하는 민족 의식의 표현이라고 할 수 있습니다.

해방 전후
—한 작가의 수기

해방 전후의 정국과 문단의 흐름, 그리고
이태준이 순수문학가에서 사회주의자로
변신하기까지의 과정을 그린 자전적 소설.

"혐의는커녕 위험이라도 무릅쓰고 일해야 될 민족의 가장 긴박한 시기라고 생각합니다"

순수문학가에서 사회주의자로의 변신

「해방 전후」는 좌익 계열인 문학가동맹이 주관하는 해방 기념 조선문학상을 수상한 작품으로 1946년 8월 문학가동맹의 기관지였던 『문학』 창간호에 발표되었습니다. 문학가동맹은 수상 결정 이유를 "구문단의 지도적 작가의 한 사람이었던 작가 자신이 새로 문학 운동과 민주주의 운동에 가담하여 투쟁하는 가운데서 체험한바 제(諸) 사실을 기록한 것"이라고 밝히고 있습니다. 수상 결정 이유와 '한 작가의 수기'라는 부제에서 알 수 있듯이 이 작품은 이태준의 분신인 '현'을 내세워 해방 전후 문단 전체의 흐름과 이태준의 이념적 변신 과정을 체험적 수준에서 보여 주는 자전적 소설입니다.

일제는 전쟁에 필요한 인적·물적 자원을 공급받기 위해 조선인의 민족말살정책과 황국신민화정책을 펴게 됩니다. 내선일체를 내세워 신사참배와 창씨개명을 강요하고 조선어 교육을 전면 금지하는 한편 조선문인협회, 문인보국회를 창립하여 문학자들에게 친일문학 강연회, 찬양시 낭독회, 출진학도 격려대회 등의 활동을 통해 친일 사상을 고취하고 태평양전쟁에 협력할 것을 강요하였습니다. 이러한 시대적 상황에서 문인들은 일제에 협조하거나 절필을 해야만 했는데, 이태준도 이때 친일 단체인 황군위문작가단, 조선문인협회에서 활동하게 됩니다. 해방 직후 작가들은 식민지 시대에 대한 반성과 자기 비판의 목소리를 담은 작품들을 많이 발표하였는데, 이태준도 「해방 전후」에서 이데올로기적 전향과 이념적 적극성을 통해 식민지 시대를 반성하고 있습니다.

소설 전반부의 주된 내용은 절필하기도 어려웠던 일제 말기의 상황이며, 후반부의 주된 내용은 '현'의 사상적 변신 과정입니다. 이 소설에서 이태준의 사상적 변신 과정은 현과 김직원의 관계 변화를 통해 드러납니다. 봉건적인 의식을 가진 김직원을 내세워 해방 후에 현이 김직원과 결별하는 것을 보여 줌으로써 자신은 진보적임을 알리는 것입니다. 해방 전 현은 일제의 강압에 못 이겨 친일 행위를 할 수밖에 없었고 스스로 양심의 가책을 느낍니다. 일제에 위축되어 있을 때 현은 김직원 영감의 항일 정신을 기인여옥(其人如玉) 즉, 인품이 옥처럼 깨끗한 사람이라 생각하며 존경합니다. 그러나 해방 후 일제의 강압에서 벗어나게 되자 적극적으로 사회 문제에 뛰어들면서 김직원이 지조나 명분을 내세우며 정세를 제대로 파악하지 못하는 것을 돌과 같은 완고함으로 보고 연민을 보입니다. 현은 해방 전에는 민족주의적인 것으로 생각했던 옛것을, 지양해야 할 고루한 사상으로 보고 새로운 세계를 건설하기 위해서는 적극적인 실천이 필요하다고 주장합니다.

그러나 현이 좌파로 방향을 전환하여 적극적으로 참여하는 이유가 분명히 드러나 있지 않고, 신탁통치 반대 입장에서 신탁통치 지지 입장으로 급변하는 과정에서도 갈등이 드러나지 않습니다. 또한 자신의 변신에 대해 현이 내세우는 논리가 신탁통치를 찬성하며 모스크바 삼상회의의 지지로 돌아선 박헌영 노선의 논리를 그대로 따르고 있어, 작가이기를 멈추고 한갓 운동가로 전락한 증거 혹은 자기합리화라는 비판을 받기도 합니다. 아울러 이태준의 사상적 변모가 일제하에서 낙향하여 소극적이었던 자괴감에 대한 반작용으로 새로운 이념을 선택하고 역사의 전면에 나선 것일 뿐 신중한 선택은 아니라는 평가도 있습니다.

이 작품에서 이태준의 뛰어난 기교를 찾아볼 수는 없지만 일제 말기에 문인들이 느껴야 했던 갈등과 좌절, 그리고 지식인으로서의 자기 성찰과 이데올로기적 선택에 관한 문제를 다루었다는 점에서 의의를 찾을 수 있습니다. 일제 말기에 문학인들이 겪었을 고뇌와 대응 방식, 해방 직후의 이념 선택 과정에 초점을 맞추어 읽어 봅시다.

해방 전후
—한 작가의 수기

호출장[1]이란 것이 너무 자극적이어서 시달서[2]라 이름을 바꾸었다고는 하나, 무슨 이름의 쪽지이든, 그 긴치 않은 심부름이란 듯이 파출소 순사가 거만하게 던지고 간, 본서(本署)[3]에의 출두명령은 한결같이 불쾌한 것이었다. 현(玄) 자신보다도 먼저 얼굴빛이 달라지는 아내에게는 으레껀으로 심상한[4] 체하면서도 속으로는 정도 이상 불안스러워 오라는 것이 내일 아침이지만 이 길로 가 진작 때우고 싶은 것이, 그래서 이날은 아무 일도 손에 잡히지 않고, 밥맛이 없고, 설치는 밤잠에 꿈자리조차 뒤숭숭한 것이 소심한 편인 현으로는 '호출장' 때나 '시달

1) 호출장(呼出狀) 소환장. 날짜를 알려 출석을 명령하는 뜻을 기재한 서류.
2) 시달서(示達書) 상부에서 하부로 명령, 통지 등을 전달하는 글.
3) 본서 주가 되는 관서를 지서, 분서, 파출소에 상대하여 이르는 말.
4) 심상하다(尋常—) 대수롭지 않고 예사롭다.

서' 때나 마찬가지곤 했다.

현은 무슨 사상가도, 주의자도, 무슨 전과자도 아니었다. 시골 청년들이 어떤 사건으로 잡히어서 가택수색을 당할 때, 그의 저서가 한두 가지 나온다든지, 편지 왕래한 것이 한두 장 불거진다든지,[5] 서울 가서 누구를 만나 보았느냐는 심문에 현의 이름이 끌려든다든지 해서, 청년들에게 제법 무슨 사상 지도나 하고 있지 않나 하는 혐의로 가끔 오너라 가너라 하기 시작한 것이 인젠 저들의 수첩에 준(準)요시찰인 정도로는 오른 모양인데 구금[6]을 할 정도라면 당장 데려갈 것이지 호출장이니 시달서니가 아닐 것은 짐작하면서도 번번이 불안스러웠고 더욱 이번에는 은근히 마음 쓰이는 것이 없지도 않았다. 일반지원병제도와 학생특별지원병제도 때문에 뜻 아닌 죽음이기보다, 뜻 아닌 살인, 살인이라도 내 민족에게 유일한 희망을 주고 있는 중국이나 영미나 소련의 우군(友軍)[7]을 죽여야 하는, 그리고 내 몸이 죽되 원수 일본을 위하는 죽음이 되어야 하는, 이 모순된 번민[8]으로 행여나 무슨 해결을 얻을까 해서 더듬고 더듬다가는 한낱 소설가인 현을 찾아와 준 청년도 한둘이 아니었다. 현은 하루 이틀 동안에 극도의 신경쇠약이 된 청년도 보았고 다녀간 지 한 주일 뒤에 자살하는 유서를 보내온 청년도 있었다. 이런 심각한 민족의 번민을 현은 제 몸만이 학병 자신이 아니라 해서 혼자 뒷날을 사려해 가며 같은 불행한 형제로서의 울분을

5) 불거지다 숨겨져 있던 일이 갑자기 드러나거나 생겨나다.
6) 구금(拘禁) 피고인 또는 피의자를 구치소나 교도소 따위에 가둠.
7) 우군 자기와 같은 편인 군대.
8) 번민(煩悶) 마음이 번거롭고 답답하여 괴로워함.

절제할 수는 없었다. 때로는 전혀 초면들이라 저 사람이 내 속을 떠보려는 밀정[9]이나 아닌가 의심하면서도, 그런 의심부터가 용서될 수 없다는 자책으로 현은 아무리 낯선 청년에게라도 일러 주고 싶은 말은 한마디도 굽히거나 남긴 적이 없는 흥분이곤 했다. 그들을 보내고 고요한 서재에서 아직도 상기된 현의 얼굴은 그예 무슨 일을 저지르고만 불안이었고 이왕 불안일 바엔 이왕 저지르는 바엔 이 한 걸음 절박해 오는 민족의 최후에 있어 좀 더 보람 있는 저지름을 하고 싶은 충동도 없지 않았으나 그 자신 아무런 준비도 없었고 너무나 오랜 동안 굳어 버린 성격의 껍데기는 여간 힘으로는 제 자신이 깨트리고 솟아날 수가 없었다. 그의 최근작인 어느 단편 끝에서,

"한 사조(思潮)의 밑에 잠겨 사는 것도 한 물밑에 사는 넋일 것이다. 상전벽해(桑田碧海)[10]라 일러는 오나 모든 게 따로 대세의 운행이 있을 뿐 처음부터 자갈을 날라 메꾸듯 할 수는 없을 것이다."

라고 한 구절을 되뇌면서 자기를 헐가[11]로 규정해 버리는 쓴웃음을 지을 뿐이었다.

"당신은 메칠 안 남았다고 하지만 특공댄[12]지 정신댄[13]지 고 악지[14] 센 것들이 끝까지 일인일함(一人一艦)으로 뻐틴다면 아무리 물자 많은

9) 밀정(密偵) 남몰래 사정을 살핌. 또는 그런 사람.
10) 상전벽해 뽕나무 밭이 변하여 푸른 바다가 된다는 뜻으로, 세상일의 변천이 심함을 비유적으로 이르는 말.
11) 헐가(歇價) 헐값.
12) 특공대(特攻隊) 제2차 세계대전 때에 자살적인 공격을 감행하던 일본 항공 부대.
13) 정신대(挺身隊) 죽기를 각오하고 온 힘을 다할 것을 결심한 사람으로 편성한 부대. 결사대.
14) 악지 잘 안 될 일을 무리하게 해내려는 고집.

미국이라도 일본 병정 수효만치야 군함을 만들 수 없을 거요. 일본이 망하기란 하늘에 별 따기 같은 걸 기다리나 보오!"

현의 아내는 이날도 보송보송해 잠들지 못하는 남편더러 집을 팔고 시골로 가자 하였다. 시골 중에도 관청에서 동뜬 두메로 들어가 자농(自農)이라도 하면서 하루라도 마음 편하고 배불리 살다 죽자 하였다. 그런 생각은 아내가 꼬드기기 전에 현도 미리부터 궁리하던 것이나 지금 외국으로는 나갈 수 없고 어디고 일본 하늘 밑인 바에야 그야말로 민불견리(民不見吏) 야불구폐(夜不狗吠)[15]의 요순(堯舜)[16] 때 농촌이 어느 구석에 남아 있을 것인가? 그런 도원경(桃源境)[17]이 없다 해서 언제까지나 서울서 견딜 수 있느냐 하면 그런 것도 아니고 소위 시국물이나 일문(日文)에의 전향[18]이라면 차라리 붓을 꺾어 버리려는 현으로는 이미 생계에 꿀리는[19] 지 오래며 앞으로 쳐다볼 것은 집밖에 없는데 집을 건드릴 바에는 곶감 꼬치로 없애기보다 시골로 가 다만 몇 마지기라도 땅을 잡아야 한다는 것이 상책이긴 하다. 그러나 성격의 껍데기를 깨치기처럼 생활의 껍데기를 갈아 본다는 것도 그리 쉬운 일이 아니었다.

"좀 더 정세를 봅시다."

15) 민불견리 야불구폐 '백성들은 아전들을 보지 않고, 밤에는 개도 짖지 않는다'는 뜻으로, 관리의 수탈이 없는 태평성대를 가리키는 말.
16) 요순 중국 고대의 요임금과 순임금을 아울러 가리키는 말로, '태평성대'를 비유하여 이르는 말.
17) 도원경 무릉도원처럼 속세를 떠난 아름답고 평화로운 곳.
18) 전향(轉向) 자신의 신념을 바꾼다는 뜻으로, 특히 사회주의자가 자신의 이념을 포기하는 행위를 말함. 여기에서는 일본에 대해 협조적인 태도를 취한다는 뜻.
19) 꿀리다 경제적 형편이 옹색해지다.

이것이 가족들에게 무능하다는 공격을 일 년이나 두고 받아 오는 현의 태도였다.

동대문서 고등계[20]의 현의 담임인 쓰루다 형사는 과히 인상이 험한 사나이는 아니다. 저의 주임만 없으면 먼저 조선말로 "별일은 없습니다만 또 오시래 미안합니다"쯤 인사도 하곤 하는데 이날은 됫박이마에 옴팡눈[21]인 주임이 딱 뻗치고 앉아 있어 쓰루다까지도 현의 한참씩이나 수그리는 인사는 본 체 안 하고 눈짓으로 옆에 놓인 의자만 가리키었다.

현은 모자가 아직 그들과 같은 국방모(國防帽)[22] 아님을 민망히 주무르면서 단정히 앉았다. 형사는 무엇 쓰던 것을 한참 만에야 끝내더니 요즘 무엇을 하느냐 물었다. 별로 하는 일이 없노라 하니 무엇을 할 작정이냐 따진다. 글쎄요 하고 없는 정을 있는 듯이 웃어 보이니 그는 힐끗 저의 주임을 돌려 보았다. 주임은 무엇인지 서류에 도장 찍기에 골독해 있다. 형사는 그제야 무슨 뚜껑 있는 서류를 끄집어내어 뚜껑으로 가리고 저만 들여다보면서 이렇게 물었다.

"시국을 위해 왜 아모것도 안 하십니까?"

"나 같은 사람이 무슨 힘이 있습니까?"

"그러지 말구 뭘 좀 허십시오. 사실인즉 도 경찰부에서 현선생 같으

20) 고등계(高等係) 일제 때 한국민의 정치적·사상적 활동을 감시·통제하던 경찰 부서.
21) 옴팡눈 옴폭하게 들어간 눈.
22) 국방모 일제 때 전쟁 수행과 의복 통제를 위해 민간인들에게 입게 한, 군복 복식의 국민복 모자.

신 몇 분에게, 시국에 협력하는 무슨 일 한 것이 있는가? 또 하면서 있는가? 장차 어떤 방면으로 시국 협력에 가능성이 있는가? 생활비가 어디서 나오는가? 이런 걸 조사해 올리란 긴급 지시가 온 겁니다."

"글쎄올시다."

하고 현은 더욱 민망해 쓰루다의 얼굴만 쳐다보는 수밖에 없었다.

"그래두 뭘 허신다구 보고가 돼야 좋을걸요? 그 허기 쉬운 창씬(創氏)[23] 왜 안 허시나요?"

수속이 힘들어 못 하는 줄로 딱해하는 쓰루다에게 현은 역시 이것에 관해서도 대답할 말이 없었다.

"우리 따위 하층 경관이야 뭘 알겠습니까만 인전 누구 한 사람 방관[24]적 태도는 용서되지 않을 겁니다."

"잘 보신 말씀입니다."

현은 우선 이번의 호출도 그 강압관념에서 불안해하던 구금이 아닌 것만 다행히 알면서 우물쭈물하던 끝에,

"그렇지 않아도 쉬 뭘 한 가지 해보려던 참니다. 좋도록 보고해 주십시오."

하고 물러나왔고, 나오는 길로 그는 어느 출판사로 갔다. 그 출판사의 주문이기보다 그곳 주간(主幹)[25]을 통해 나온 경무국(警務局)[26]의 지시라는, 그뿐만 아니라 문인 시국강연회에서 혼자 조선말로 했고 그나

23) 창씨 1940년에 나온 일제의 민족말살정책의 하나로, 우리나라 사람의 성과 이름을 일본식으로 고치게 한 일. 창씨개명.

24) 방관(傍觀) 어떤 일에 직접 나서서 관여하지 않고 곁에서 보기만 함.

25) 주간 어떤 일을 책임지고 맡아서 처리하는 사람.

26) 경무국 일제 때 조선총독부에 속하여 경찰에 관한 사무를 다루던 관청.

마 마지못해 『춘향전』 한 구절만 읽은 것이 군(軍)에서 말썽이 되니 이것으로라도 얼른 한 가지 성의를 보여야 좋으리라는 『대동아전기(大東亞戰記)』[27]의 번역을 현은 더 망설이지 못하고 맡은 것이다.

심란한 남편의 심정을 동정해 아내는 어느 날보다도 정성 들여 깨끗이 치운 서재에 일본 신문의 기리누끼[28]를 한 뭉텅이 쏟아 놓을 때 현은 일찍 자기 서재에서 이처럼 지저분함을 느껴 본 적이 없었다.

'철 알기 시작하면서부터 굴욕만으로 살아온 인생 사십, 사랑의 열락도 청춘의 영광도 예술의 명예도 우리에겐 없었다. 일본의 패전기라면 몰라 일본에 유리한 전기(戰記)를 내 손으로 주무르는 건 무엇 때문인가?'

현은 정말 살고 싶었다. 살고 싶다기보다 살아 견디어 내고 싶었다. 조국의 적일 뿐 아니라 인류의 적이요 문화의 적인 나치스의 타도를 오직 사회주의에 기대하던 독일의 한 시인은 몰로토프[29]가 히틀러와 악수를 하고 독소중립조약[30]이 성립되는 것을 보고는 그만 단순한 생각에 절망하고 자살하였다 한다.

'그 시인의 판단은 경솔하였던 것이다. 지금 독소는 싸우며 있지 않은가? 미·영·중도 일본과 싸우며 있다. 연합군의 승리를 믿자! 정의와 역사의 법칙을 믿자! 정의와 역사의 법칙이 인류를 배반한다면 그때는 절망하여도 늦지 않을 것이다!'

27) 『대동아전기』 이태준과 이무영이 일제 말(1943)에 번역한 전쟁 다큐멘터리.
28) 기리누끼(きりぬき) 오려내기. 신문 스크랩.
29) 몰로토프(1890~1986) 소련의 정치가.
30) 독소중립조약(獨蘇中立條約) 1939년에 독일과 소련이 모스크바에서 맺은 불가침조약. 1941년 독일군이 기습 침입함으로써 파기되었다.

현은 집을 팔지는 않았다. 구라파[31]에서 제2전선[32]이 아직 전개되지 않았고 태평양에서는 일본군이 아직 라바울[33]을 지킨다고는 하나 멀어야 이삼 년이겠지 하는 심산으로 집을 최대한도로 잡혀만 가지고 서울을 떠난 것이다. 그곳 공의(公醫)[34]를 아는 것이 반연[35]으로 강원도 어느 산읍이었다. 철도에서 팔십 리를 버스로 들어오는 곳이요, 예전엔 현감[36]이 있던 곳이나 지금은 면소와 주재소뿐의 한적한 구읍이다. 어느 시골서나 공의는 관리들과 무관하니 무엇보다 그 덕으로 징용[37]이나 면할까 함이요, 다음으로 잡곡의 소산지니 식량 해결을 위해서요, 그러고는 가까이 임진강 상류가 있어 낚시질로 세월을 기다릴 수 있음도 현이 그곳을 택한 이유의 하나였다.

그러나 와서 실정[38]에 부딪쳐 보니 이 세 가지는 하나도 탐탁한 것은 아니었다. 면사무소엔 상장(賞狀)이 십여 개나 걸려 있는 모범 면장으로 나라에선 상을 타나 백성에겐 그만치 원망을 사는 이 시대의 모순을 이 면장이라고 예외일 리 없어 성미가 강직해 바른말을 잘 쏘는 공의와는 사이가 일찍부터 틀린 데다가, 공의는 육 개월이나 장기간 강습으로 이내 서울 가버리고 말았으니 징용 면할 길이 보장되지

31) 구라파(歐羅巴) '유럽'의 한자음 표기.
32) 제2전선 적을 견제하고, 그 전력의 분산을 꾀하기 위하여 주작전 방면 위에 설치하는 전선.
33) 라바울(Rabaul) 태평양 남서쪽 파푸아뉴기니 뉴브리튼 섬에 있는 항구 도시.
34) 공의 관청의 명에 따라 특별한 의료 시책이 필요하거나 의사가 없는 지역에 배치되는 의사.
35) 반연(絆緣) 얽히어 맺어지는 인연.
36) 현감(縣監) 조선 시대에 둔, 작은 현(縣)의 으뜸 벼슬.
37) 징용(徵用) 전시 등의 비상사태에 국가의 권력으로 국민을 일정한 업무에 강제로 종사시키는 일.
38) 실정(實情) 실제의 사정이나 정세.

못했고 그 외에 아는 사람이라고는 공의의 소개로 처음 지면한[39] 향교 직원(鄕校直員)[40]으로 있는 분인데 일 년에 단 두 번 춘추 제향 때나 고을 사람들의 기억에서 살아나는 '김직원님'으로는 친구네 양식은커녕 자기 식구 때문에도 손이 흰, 현실적으로는 현이나 마찬가지의, 아직도 상투가 있는 구식 노인인 선비였다.

낚시터도 처음 와볼 때에는 지척[41] 같더니 자주 다니기엔 거의 십 리나 되는 고달픈 길일 뿐 아니라 하필 주재소 앞을 지나야 나가게 되었고 부장님이나 순사 나리의 눈을 피하려면 길도 없는 산등성이 하나를 넘어야 되는데 하루는 우편국 모퉁이에서 넌지시 살펴보니 가네무라라는 조선 순사가 눈에 띄었다. 현은 낚시 도구부터 질겁을 해 뒤로 감추며 한 걸음 물러서 바라보니 촌사람들이 무슨 나무껍질 벗겨 온 것을 면서기들과 함께 점검하는 모양이다. 웃통은 속옷 바람이나 다리는 각반[42]을 치고 칼을 차고 회초리를 들고 이 사람 저 사람에게 거드름을 부리고 있었다. 날래 끝날 것 같지 않아 현은 이번도 다시 돌아서 뒷산등을 넘기로 하였다.

길도 없는 가닥숲을 젖히며 비 뒤의 미끄러운 비탈을 한참이나 헤매어서 비로소 펑퍼짐한 중턱에 올라설 때다. 멀지 않은 시야에 곰처럼 시커먼 것이 우뚝 마주 서는 것은 순사부장이다. 현은 산짐승에게보다 더 놀라 들었던 두 손의 낚시 도구를 이번에는 펄썩 놓아 버리었다.

39) 지면하다(知面一) 처음 만나서 서로 알게 되다.
40) 향교 직원 옛날 각 고을에 설치했던 학교인 향교를 관리하던 명예직.
41) 지척(咫尺) 아주 가까운 거리.
42) 각반(脚絆) 걸음을 걸을 때 발목 부분을 가뜬하게 하기 위하여 발목에서부터 무릎 아래까지 돌려 감거나 싸는 띠.

"당신 어데 가오?"

현의 눈에 부장은 눈까지 부릅뜨는 것으로 보였다.

"네, 바람 좀 쏘이러요."

그제야 현은 대팻밥모자를 벗으며 인사를 하였으나 부장은 이미 딴 쪽을 바라보는 때였다. 부장이 바라보는 쪽에는 면장도 서 있었고 자세 보니 남향하여 큰 정구(庭球) 코트만치 장방형으로 새끼줄이 치어져 있는데 부장과 면장의 대화로 보아 신사(神社)[43] 터를 잡는 눈치였다. 현은 말뚝처럼 우뚝이 섰을 뿐 어찌해야 좋을지 몰랐다. 놓아 버린 낚시 도구를 집어 올릴 용기도 없거니와 집어 올린댔자 새끼줄을 두 번이나 넘으면서 신사 터를 지나갈 용기는 더욱 없었다. 게다가 부장도 면장도 무어라고 쑤군거리며 가끔 현을 돌아다본다. 꽃이라도 있으면 한 가지 꺾어 드는 체하겠는데 패랭이꽃 한 송이 눈에 띄지 않는다. 얼마 만에야 부장과 면장이 일시에 딴 쪽을 향하는 틈을 타서 수갑에 채였던 것 같던 현의 손은 날쌔게 그 시국에 태만한 증거물들을 집어 들고 허둥지둥 그만 집으로 내려오고 만 것이다.

"아버지 왜 낚시질 안 가구 도루 오슈?"

현은 아이들에게 대답할 말이 미처 생각나지도 않았거니와 그보다 먼저 현의 뒤를 따라온 듯한 이웃집 아이 한 녀석이,

"너이 아버지 부장한테 들켜서 도루 온단다."

하는 것이었다.

43) 신사 일본에서, 왕실의 조상이나 국가에 공로가 큰 사람 따위를 신으로 모신 사당.

낚시질을 못 가는 날은 현은 책을 보거나 그렇지 않으면 김직원을 찾아갔고 김직원도 현이 강에 나가지 않았음직한 날은 으레 찾아왔다. 상종한다기보다 모시어 볼수록 깨끗한 노인이요, 이 고을에선 엄연히 존경을 받아야 옳을 유일한 인격자요 지사였다. 현은 가끔 기인여옥(其人如玉)[44]이란 이런 이를 가리킴이라 느끼었다. 기미년 삼일운동 때 감옥살이로 서울에 끌려왔었을 뿐, 조선이 망한 이후 한 번도 자의로는 총독부가 생긴 서울엔 오기를 피한 이다. 창씨를 안 하고 견디는 것은 물론, 감옥에서 나오는 날부터 다시 상투요 갓이었다. 현과는 워낙 수십 년 연장(年長)인 데다 현이 한문이 부치어 그분이 지은 시를 알지 못하고 그분이 신문학에 무관심하여 현대 문학을 논담하지[45] 못하는 것엔 서로 유감일 뿐, 불행한 족속으로서 억천 암흑 속에 일루[46]의 광명을 향해 남몰래 더듬는 그 간곡한 심정의 촉수만은 말하지 않아도 서로 굳게 잡히고도 남아 한두 번 만남으로 서로 간담[47]을 비추는 사이가 되었다.

하루 저녁은 주름 잡히었으나 정채[48] 돋는 두 눈에 눈물이 마르지 않은 채 찾아왔다. 현은 아끼는 촛불을 켜고 맞았다.

"내 오늘 다 큰 조카자식을 행길에서 매질을 했소."

김직원은 그저 손이 부들부들 떨며 있었다. 조카 하나가 면서기로 다니는데 그의 매부, 즉 이분의 조카사위 되는 청년이 일본으로 징용

44) 기인여옥 인품이 옥과 같이 맑고 깨끗한 사람.
45) 논담하다(論談―) 사물의 옳고 그름 따위를 논하여 말하다.
46) 일루(一縷) '한 오리의 실'이라는 뜻으로, 몹시 약하여 간신히 유지되는 상태를 말함.
47) 간담(肝膽) 속마음.
48) 정채(精彩) 생기가 넘치는 빛깔.

당해 가던 도중에 도망해 왔다. 몸을 피해 처가에 온 것을 이곳 면장이 알고 그 처남더러 잡아오라 했다. 이 기미를 안 매부 청년은 산으로 뛰어 올라갔다. 처남 청년은 경방단[49]의 응원을 얻어 산을 에워싸고 토끼 잡듯 붙들어다 주재소로 넘기었다는 것이다.

"강박한[50] 처남이로군!"

현도 탄식하였다.

"잡아 오지 못하면 네가 대신 가야 한다고 다짐을 받었답디다만 대신 가기루서 제 집으로 피해 온 명색이 매부 녀석을 경방단들을 끌구 올라가 돌풀매질을 하면서꺼정 붙들어다 함정에 넣어야 옳소? 지금 젊은 놈들은 쓸개가 없습넨다!"

"그러니 지금 세상에 부모기로니 그걸 어떻게 공공연히 책망하십니까?"

"분해 견딜 수가 있소! 면소서 나오는 놈을 노상이면 어떻소. 잠자코 한참 대설대[51]가 끊어져 나가도록 패주었지요. 맞는 제 놈도 까닭을 알 게고 보는 사람들도 아는 놈은 알었겠지만 알면 대사요."

이날은 현도 우울한 일이 있었다. 서울 문인보국회(文人報國會)[52]에서 문인궐기대회가 있으니 올라오라는 전보가 온 것이다. 현에게는 엽서 한 장이 와도 먼저 알고 있는 주재소에서 장문 전보가 온 것을 모를리 없고 일본 제국의 흥망이 절박한 이때 문인들의 궐기대회에 밤낮

49) 경방단(警防團) 일제 말기에 치안을 강화하기 위하여 소방대와 방호단을 통합한 단체.
50) 강박하다(强薄—) 우악스럽고 야박하다.
51) 대설대 담배설대. 담배통과 물부리 사이에 끼워 맞추는 가느다란 대.
52) 문인보국회 1943년 4월에 결성된 친일 문학단체. 정식 명칭은 '조선문인보국회'이다.

낚시질만 다니는 이자가 응하느냐 안 응하느냐는 주재소뿐 아니라 일본인이요 방공 감시 초장[53]인 우편국장까지도 흥미를 가진 듯, 현의 딸아이가 저녁때 편지 부치러 나갔더니, 너의 아버지 내일 서울 가느냐 묻더라는 것이다.

김직원은 처음엔 현더러 문인궐기대회에 가지 말라 하였다. 가지 말라는 말을 들으니 현은 가지 않기가 도리어 겁이 났다. 그랬는데 다음날 두 번째 또 그 다음날 세 번째의 좌우간 답전을 하라는 독촉 전보를 받았다. 이것을 안 김직원은 그날 일찍이 현을 찾아왔다.

"우리 따위 노혼한[54] 것들이야 새 세상을 만난들 무슨 소용이리까만 현공 같은 젊은이는 어떡하든 부지했다가 그예 한몫 맡아 주시오. 그러자면 웬만한 일이건 과히 뻗대지 맙시다. 지용만 면헐 도리를 해요."

그리고 이날은 가네무라 순사가 나타나서, 이틀밖에 안 남았는데 언제 떠나느냐, 떠나면 여행 증명을 해가지고 가야 하지 않느냐, 만일 안 떠나면 참석 안 하는 이유는 무엇이냐, 나중에는, 서울 가면 자기의 회중시계 수선을 좀 부탁하겠다 하고 갔다. 현은 역시,

'살고 싶다!'

또 한 번 비명(悲鳴)을 하고 하루를 앞두고 가네무라 순사의 수선할 시계를 맡아 가지고 궂은비 뿌리는 날 서울 문인보국회로 올라온 것이다.

현에게 전보를 세 번씩이나 친 것은 까닭이 있었다. 얼마 전에 시국협력을 달갑게 여기지 않는 중견층 칠팔 인을 문인보국회 간부급 몇 사람이 정보과장과 하루 저녁의 합석을 알선한 일이 있었는데 그날 저

53) 초장(哨長) 군대에서 초(哨)의 우두머리.
54) 노혼하다(老昏—) 늙어서 정신이 흐리다.

녁에 현만은 참석되지 못했으므로 이번 대회에 특히 순서 하나를 맡기게 되면 현을 위해서도 생색이려니와 그 간부급 몇 사람의 성의도 드러나는 것이었다. 현더러 소설부를 대표해 무슨 진언(進言)[55]을 하라는 것이었다. 현은 얼마 앙탈해 보았으나 나타난 이상 끝까지 뻗대지 못하고 이튿날 대회 회장으로 따라 나왔다. 부민관인 회장의 광경은 어마어마하였다. 모두 국민복에 예장(禮章)을 찼고 총독부 무슨 각하, 조선군 무슨 각하, 예복에, 군복에 서슬이 푸르렀고 일본 작가에 누구, 만주국[56] 작가에 누구, 조선 문단이 생긴 이후 첫 어마어마한 집회였다. 현은 시골서 낚시질 다니던 진흙 묻은 웃저고리에 바지만은 플란넬을 입었으나 국방색도 아니요, 각반도 치지 않아 자기의 복장은 시국 색조에 너무나 무감각했음이 변명할 여지가 없게 되었다. 그러나 갑자기 변장할 도리도 없어 그대로 진행되는 절차를 바라보는 동안 현은 차차 이 대회에 일종 흥미도 없지 않았다. 현이 한동안 시골서 붕어나 보고 꾀꼬리나 듣던 단순해진 눈과 귀가 이 대회에서 다시 한 번 선명하게 느낀 것은 파쇼 국가의 문화행정의 야만성이었다. 어떤 각하짜리는 심지어 히틀러의 말 그대로 문화란 일단 중지했다가도 필요한 때엔 일조일석에 부활시킬 수 있는 것이니 문학이건 예술이건, 전쟁 도구가 못 되는 것은 아낌없이 박멸하여도 좋다 하였고, 문화의 생산자인 시인이며 평론가며 소설가들도 이런 무장각하(武裝閣下)들의 웅변에 박수갈채할 뿐 아니라 다투어 일어서, 쓰러져 가는 문화의 옹호이기보다는 관리와 군인의 저속한 비위를 핥기에만 혓바닥의 침을 말리

55) 진언 윗사람에게 자기의 의견을 말함. 또는 그런 말.
56) 만주국(滿洲國) 1932년 일본이 만주에 세운 괴뢰국.

었다. 그리고 현의 마음을 측은케 한 것은 그 핏기 없고 살 여윈 만주국 작가의 서투른 일본말로의 축사였다. 그 익지 않은 외국어에 부자연하게 움직이는 얼굴은 작고 슬프게만 보였다. 조선 문인들의 일본말은 대개 유창하였다. 서투른 것을 보다 유창한 것을 보니 유쾌해야 할 터인데 도리어 얄미운 것은 무슨 까닭일까? 차라리 제 소리 이외에는 옮길 줄 모르는 개나 도야지가 얼마나 명예스러우랴 싶었다. 약소민족은 강대민족의 말을 배우기 시작하는 것부터가 비극의 감수(甘受)였던 것이다. 그렇다고 해서, 그러면 일본 작가들의 축사나 주장은 자연스럽게 보이고 옳게 생각되었느냐 하면 그것도 아니었다. 현의 생각엔 일본인 작가들의 행동이야말로 이해하기에 곤란하였다. 한때는 유종열(柳宗悅)[57] 같은 사람은 "동포여 군국주의를 버리자. 약한 자를 학대하는 것은 일본의 명예가 아니다. 끝까지 이 인륜(人倫)을 유린할 때는 세계가 일본의 적이 될 것이니 그때는 망하는 것이 조선이 아니라 일본이 아닐 것인가?" 하고 외치었고, 한때는 히틀러가 조국이 없는 유태인들을 축방하고, 진시황(秦始皇)처럼 번문욕례(繁文縟禮)[58]를 빙자해 철학·문학을 불지를 때 이전에 제법 항의를 결의한 문화인들이 일본에도 있지 않았는가? 그들은 지금 무엇을 하고 찍소리도 없는 것인가? 조선인이나 만주인의 경우보다는 그래도 조국이나 저의 동족에의 진정한 사랑과 의견을 외칠 만한 자유와 의무는 남아 있지 않을 것인가? 진정한 문화인의 양심이 아직 일본에 있다면 조선인과 만주인의 불평을 해결은커녕 위로조차 아니라 불평할 줄 아는 그 본능까지

57) 유종열 일본의 민예연구가이자 미술평론가인 야나기 무네요시(1889~1961)를 말함.
58) 번문욕례 번거롭게 형식만 차려서 까다롭게 만든 예문.

마비시키려는 사이비 종교가만이 쏟아져 나오고, 저의 민족 문화의 한 발원지[59]라고도 할 수 있는 조선의 문화나 예술을 보호는 못할망정, 야만적 관료의 앞잡이가 되어 조선어의 말살과 긴치 않은 동조론(同祖論)[60]이나 국민극(國民劇)의 앞잡이 따위로나 나와 돌아다니는 꼴들은 반세기의 일본 문화란 너무나 허무한 것이 아닌가? 물론 그네들도 양심 있는 문화인은 상당한 수난(受難)일 줄은 안다. 그러나 너무나 태평무사하지 않는가? 이런 생각에서 펀뜻 박수 소리에 놀라는 현은, 차츰 자기도 등단해야 될, 그 만주국 작가보다 더 비극적으로 얼굴의 근육을 경련시키면서 내용이 더 구린 일본어를 배설해야 될 것을 깨달을 때, 또 여태껏 일본 문화인들을 비난하며 있던 제 속을 들여다볼 때 '네 자신은 무어냐? 네 자신은 무엇 하러 여기 와 앉아 있는 거냐?' 현은 무서운 꿈속이었다. 뛰어도 뛰어도 그 자리에만 있는 꿈속에서처럼 현은 기를 쓰고 뛰듯 해서 겨우 자리를 일었다. 일어서고 보니 걸음은 꿈과는 달리 옮겨지었다. 모자가 남아 있는 것도 의식 못 하고 현은 모든 시선이 올가미를 던지는 것 같은 회장을 슬그머니 빠져나오고 말았다.

'어찌 될 것인가? 의장 가야마 선생은 곧 내가 나설 순서를 지적할 것이다. 문인보국회 간부들은 그 어마어마한 고급 관리와 고급 군인들의 앞에서 창씨 안 한 내 이름을 외치면서 찾을 것이다!'

위에서 누가 내려오는 소리가 난다. 우선 현은 변소로 들어섰다. 내려오는 사람은 절거덕절거덕 칼 소리가 났다. 바로 이 부민관 식당에서 언젠가 한번 우리 문인들에게, 너희가 황국 신민으로서 충성하지 않을

59) 발원지(發源地) 어떤 사회 현상이나 사상 따위가 맨 처음 생기거나 일어난 곳.
60) 동조론 일본과 조선이 같은 조상이라는 일제 강점기의 그릇된 역사관.

때는 이 칼이 너희 목을 용서하지 않을 것이다 하던 그도 우리 동포인 무슨 중좌인가 그자인지도 모르는데 절거덕 소리는 변소로 들어오는 눈치다. 현은 얼른 대변소 속으로 들어섰다. 한참 만에야 소변을 끝낸 칼 소리의 주인공은 나가 버리었다. 그러나 그 뒤를 이어 이내 다른 구두 소리가 들어선다. 누구이든 이 속을 엿볼 리는 없을 것이나, 현은, 그 시골서 낚시질을 가던 길 산등성이에서 순사부장과 닥뜨리었을 때처럼 꼼짝 못하겠다. 변기는 씻겨 내려가는 식이나, 상당한 무더위와 독하도록 불결한 내다. 현은 담배를 꺼내 피워 물었다. 아무리 유치장이나 감방 속이기로 이다지 좁고 이다지 더러운 공기는 아니리라 싶어 사람이 드나드는 곳치고 용무(用務) 이외에 머무르기 힘든 곳은 변소 속이라 느낄 때, 현은 쓴웃음도 나왔다. 먼 삼층 위에선 박수 소리가 울려 왔다. 그러고는 조용하다. 조용해진 지 얼마 만에야 현은 밖으로 나왔다. 그리고 맨머릿바람인 채, 다시 한 번 될 대로 되어라 하고 시내에서 그중 동뜬 성북동에 있는 친구에게로 달려오고 만 것이다.

어찌 되었든 현이 서울 다녀온 보람은 없지 않았다. 깔끔하여 인사도 제대로 받지 않으려던 가네무라 순사가 시계를 고쳐다 준 이후로는 제법 상냥해졌고, 우편국장·순사부장·면장 들이 문인대회에서 전보를 세 번씩이나 쳐서 불러간 현을 그전보다는 약간 평가를 높이 하는 듯, 저의 편에서도 자진해 인사를 보내게쯤 되어 이제는 그들이 보는 데도 낚싯대를 어엿이 들고 지나다니게끔 되었다.

낚시질은, 현이 사용하는 도구나 방법이 동양 것이어서 그런지는 몰라도 역시 동양적인 소견법(消遣法)[61]의 하나 같았다. 곤드레가 그린 듯이 소식 없기를 오랄 때에는 그대로 강 속에 마음을 둔 채 조을고도 싶었고, 때로는 거친 목소리나마 한 가락 노래도 흥얼거리고 싶은 것인데 이런 때는 신시(新詩)보다는 시조나 한시(漢詩)를 읊는 것이 제격이었다.

小縣依山脚 官樓似鐘懸(소현의산각 관루사종현)
觀書啼鳥裏 聽訴落花前(관서제조리 청소낙화전)
俸薄稱貧吏 身閑號散仙(봉박칭빈리 신한호산선)
新衾釣魚社 月半在江邊(신참조어사 월반재강변)[62]

현이 이곳에 와서 무엇이고 군소리 내고 싶은 때 즐겨 읊조리는 한시다. 한번은 김직원과 글씨 이야기를 하다가 고비(古碑)[63] 이야기가 나오고 나중에는 심심하니 동구에 늘어선 현감비(縣監碑)들이나 구경 가자고 나섰다. 거기서 현은 가장 첫머리에 대산(對山) 강진(姜瑨)[64]의 비를 그제야 처음 보았고 이조 말 사가시(四家詩)[65]의 계승자라고 하는

61) 소견법 그럭저럭 마음을 붙여 세월을 보내는 방법.
62) 소현의산각 관루사종현 조그만 고을 산자락에 기대 있으니 관청이라고 경쇠를 매단 듯/관서제조리 청소낙화전 새 지저귀는 속에서 책을 읽고 꽃 지는 앞에서 송사를 듣는다./봉박칭빈리 신한호산선 봉급이 얄팍하여 가난한 관리라 일컫겠으나 몸은 한가로우니 신선이라 하겠구려./신참조어사 월반재강변 새로 낚시 모임에 참여하니 한 달에 반이나 강가에 나가 있다네. 『대산시집초(對山詩集鈔)』 권2의 제43장에 수록된 대산(對山) 강진(姜瑨)의 한시. 제목은 「협현(峽縣)」으로 '산골짝 고을'이라는 뜻이다.
63) 고비 옛 비석.
64) 대산 강진(1807~1858) 조선 후기 때 사람으로 철종 때 안협 현감을 지냈다.
65) 사가시 조선 정조 때의 사대 시가로서 이덕무·박제가·유득공·이서구 네 사람의 한시를 말한다.

시인 대산이 한때 이곳 현감으로 왔던 사적을 반겨 놀라지 않을 수 없었다. 그길로 김직원 댁으로 가서 두 권으로 된 이 『대산집(對山集)』을 빌리어다 보니 중견작은 거의가 이 산읍에 와서 지은 것이며 현이 가끔 올라가는 만경산(萬景山)이며 낚시질 오는 용구소(龍九沼)며 여조 유신(麗朝遺臣) 허모(許某)가 은둔해 있던 곳이라는 두문동(杜門洞)이며 진작 이 시인 현감의 시제(詩題)에 오르지 않은 구석이 별로 없다. 그는 일찍부터 '출재산수향(出宰山水鄕) 독서송계림(讀書松桂林)'[66]의 한퇴지(韓退之)[67]의 유풍을 사모하여 이런 산수향에 수령 되어 왔음을 매우 만족해한 듯하다. 새 우짖는 소리 속에 책을 읽고 꽃 흩는 나무 앞에서 백성의 시비를 가리는 것이라든지, 녹은 적으나 몸 한가한 것만 신선이어서 새로 낚시꾼들에게 끼여 한 달이면 반은 강변에서 지내는 것을 스스로 호강스러워 예찬한 노래다. 벼슬살이가 이러할진댄 도연명(陶淵明)[68]인들 굳이 팽택령(彭澤令)을 버렸을 리 없을 것이다. 몸이야 관직에 매였더라도 음풍영월(吟風咏月)[69]만 할 수 있으면 문학이었고 굳이 관대를 끄르고 전원(田園)에 돌아갔으되 역시 음풍영월만이 문학이긴 마찬가지였다.

'관서제조리, 청소낙화전! 이런 운치의 정치를 못 가져 봄은 현대

66) 출재산수향 독서송계림 중국 당(唐)의 문인 한유(韓愈, 768~824)가 지방의 수령으로 나간 사람에게 지어 준 시로, '산수 좋은 고장에 고을살이 나가니/송·계의 숲(소나무·계수나무의 숲)에서 책을 읽으리'라는 뜻이다.
67) 한퇴지 '한유'를 가리킴. '퇴지'는 그의 자(字).
68) 도연명(365~427) 중국 진나라의 시인. 405년에 팽택의 수령이 되었으나 80여 일 후에 「귀거래사」를 남기고 귀향했다. 자연 풍경을 아름답게 읊은 시가 많다.
69) 음풍영월 맑은 바람과 밝은 달을 대상으로 시를 짓고 흥취를 자아내어 즐겁게 놂.

정치인의 불행이라 할 수 있을 것이다. 그러나 다시 이런 운치 정치로 살 수 있는 세상이 올 수 있을 것인가? 음풍영월만으로 소견 못 하는 것이 현대 문인의 불행이기도 할 것이다. 그러나 마찬가지로 음풍영월이 문학일 수 있는 세상이 다시 올 수 있을 것인가? 아니 그런 세상이 올 필요나 있으며 또 그런 것이 현대 정치가나 예술가의 과연 흠모하는 생활이며 명예일 수 있을 것인가?'

현은 무시로 대산의 시를 입버릇처럼 읊조리면서도 그것은 한낱 왕조 시대의 고완품(古翫品)[70]을 애무하는 것 같은 취미요 그것이 곧 오늘 자기 문학 생활에 관련성을 가진 것이라고는 생각되지 않았다.

'그렇다고 나 자신이 걸어온 문학의 길은 어떠하였는가? 봉건 시대의 소견문학과 얼마만한 차이를 가졌는가?'

현은 이것을 붓을 멈추고 자기를 전망할 수 있는 이 피난처에 와서야, 또는 강대산 같은 전 세대(前世代) 시인의 작품을 읽고야 비로소 반성하는 것은 아니었다. 현의 아직까지의 작품 세계는 대개 신변적인 것이 많았다. 신변적인 것에 즐기어 한계를 둔 것은 아니나 계급보다 민족의 비애에 더 솔직했던 그는 계급에 편향했던[71] 좌익엔 차라리 반감이었고 그렇다고 일제의 조선민족정책에 정면 충돌로 나서기에는 현만이 아니라 조선 문학의 진용[72] 전체가 너무나 미약했고 너무나 국제적으로 고립해 있었다. 가끔 품속에 서린 현실자로서의 고민이 불끈거리지 않았음은 아니나 가혹한 검열제도 밑에서는 오직 인종하지[73] 않

70) 고완품 취미로 즐기는 옛 물건.
71) 편향하다(偏向—) 한쪽으로 치우치다.
72) 진용(陣容) 한 단체가 집단을 이루고 있는 짜임새.

을 수 없었고 따라서 체관[74]의 세계로밖에는 열릴 길이 없었던 것이다.

'자, 이젠 무엇을 어떻게 쓸 것인가? 일본이 망할 것은 정한 이치다. 미리 준비를 하자! 만일 일본이 망하지 않는다면? 조선은 문학이니 문화니가 문제가 아니다. 조선말은 그예 우리 민족에게서 떠나고 말 것이니 그때는 말만이 아니라 민족 자체가 성격적으로 완전히 파산되고 마는 최후인 것이다. 이런 끔찍한 일본 군국주의의 음모를 역사는 과연 일본에게 허락할 것인가?'

현은 아내에게나 김직원에게는 멀어야 이제부터 일 년이란 것을 누누이 역설하면서도 정작 저 혼자 따져 생각할 때는 너무나 정보에 어두워 있으므로 막연하고 불안하였다. 그러나 파시즘의 국가들이 이기기나 하면 어쩌나 하는 불안은 이내 사라졌다. 무솔리니의 실각, 제2전선의 전개, 사이판의 함락, 일본 신문이 전하는 것만으로도 전쟁의 대세는 이미 결정되어 있었다.

그렇다고 현은 붓을 들 수는 없었다. 자기가 쓰기는커녕 남의 것을 읽는 것조차 마음은 여유를 주지 않았다. 강가에 앉아 '관서제조리 청소낙화전'은 읊조릴망정, 태서[75] 대가들의 역작·명편은 도무지 머릿속에 들어오지 않아, 다시 읽는 『전쟁과 평화』를 일 년이 걸리어도 하권은 그예 못다 읽고 말았다. 집엔 들어서기만 하면 쌀 걱정, 나무 걱정, 방바닥 뚫어진 것, 부엌 불편한 것, 신발 없는 것, 옷감 없는 것, 약 없는 것, 나중엔 삼 년은 견딜 줄 예산한 집 잡힌 돈이 일 년이 못다 되

73) 인종하다(忍從—) 묵묵히 참고 따르다.
74) 체관(諦觀) 사물의 본체를 충분히 꿰뚫어 봄. 또는 단념. 여기서는 '단념'을 의미함.
75) 태서(泰西) 서양.

어 바닥이 났다. 징용도 아직 보장이 되지 못하였는데 남자 육십 세까지의 국민의용대[76] 법령이 나왔다. 하루는 주재소에서 불렀다. 여기는 시달서도 없이 소사[77]가 와서 이르는 것이나 불안하고 불쾌하긴 마찬가지다. 다만 그 불안을 서울서처럼 궁금한 채 내일까지 기다리는 것이 아니라 그길로 달려가 즉시 결과를 알 수 있는 것만 다행이었다.

주재소에는 들어설 수 없게 문간에까지 촌사람들로 가득하였다. 현은 자기를 부른 일과 무슨 관계가 있나 해서 가만히 눈치부터 살피었다. 농사진 밀 · 보리는 종자도 남기지 않고 모조리 걷어 들여오고 이름만 농가라고 배급은 주지 않으니 무얼 먹고 살라느냐, 밤낮 증산[78]이니, 무슨 공출[79]이니 하지만 먹어야 농사도 짓고 먹어야 머루 덤불도, 관솔도, 참나무 껍질도 해다 바치지 않느냐, 면에다 양식 배급을 주도록 말해 달라고 진정하러들[80] 온 것이었다. 실실 웃기만 하고 앉았던 부장이 현을 보더니 갑자기 얼굴에 위엄을 갖추며 밖으로 나왔다.

"오늘은 낚시질 안 갔소?"

"안 갔습니다."

"당신을 경방단에도, 방공 감시에도 뽑지 않은 것은 나라를 위해서 글을 쓰라고 그냥 둔 것인데 자꾸 낚시질만 다니니까 소문이 나쁘게 나는 것이오. 내가 어제 본서에 들어갔더니, 거긴, 어떤 한가한 사람이 있

76) 국민의용대(國民義勇隊) 1945년 7월 8일 결성된 친일 조직.
77) 소사(小使) 관청 · 학교의 잡일이나 심부름을 담당하는 사람.
78) 증산(增産) 생산이 늚. 또는 생산을 늘림.
79) 공출(供出) 국민이 국가의 수요에 따라 농업 생산물이나 기물 따위를 의무적으로 정부에 내어 놓음.
80) 진정하다(陣情—) 실정이나 사정을 진술하다.

어 버스에서 보면 늘 낚시질을 하니, 그게 누구냐고 단단히 말을 합디다. 인전 우리 일본 제국이 완전히 이길 때까지 낚시질은 그만둡시다."

현은,

"그렇습니까? 미안합니다."

하는 수밖에 없었다.

"그리고 당신은, 출정[81] 군인이 있을 때마다 여기서 장행회[82]가 있는데 한 번도 나오지 않지 않었소?"

"미안합니다. 앞으론 나오겠습니다."

현은 몹시 우울했다.

첫 장마가 지난 후, 고기들이 살도 올랐고 떼 지어 활발히 이동하는 것도 이제부터다. 일 년 중 강물과 제일 즐길 수 있는 당절[83]에 그만 금족[84]을 당하는 것이었다. 낚시 도구는 꾸려 선반에 얹어 두고, 자연 김직원과나 자주 만나는 것이 일이 되었다. 만나면 자연 시국 이야기요, 시국 이야기면 이미 독일도 결딴났고 일본도 벌써 적을 오끼나와까지 맞아들인 때라 자연히 낙관적 관찰로서 조선 독립의 날을 꿈꾸는 것이었다.

"국호(國號)가 고려국이라고 그러셨나?"

현이 서울서 듣고 온 것을 한번 김직원에게 이야기한 적이 있다.

"고려민국이랍디다."

81) 출정(出征) 싸움터에 나아감.
82) 장행회(壯行會) 출정을 격려하는 대회.
83) 당절(當節) 꼭 알맞은 시절.
84) 금족(禁足) 일정한 곳에 머무르게 하고 외출을 못 하게 함.

"어째 고려라고 했으리까?"

"외국에는 조선이나 대한보다는 고려로 더 알려졌기 때문인가 봅니다. 직원님께서 무어라 했으면 좋겠습니까?"

"그까짓 국호야 뭐래든 얼른 독립이나 됐으면 좋겠소. 그래도 이왕이면 우리넨 대한이랬으면 좋을 것 같어."

"대한! 그것도 이조 말에 와서 망할 무렵에 잠시 정했던 이름 아닙니까?"

"그렇지요. 신라나 고려나처럼 한때 그 조정이 정했던 이름이죠."

"그렇다면 지금 다시 이왕 시대(李王時代)가 아닐 바엔 대한이란 거야 무의미하지 않습니까? 잠시 생겼다 망했다 한 나라 이름들을 말씀대로 그때그때 조정이나 임금 마음대로 갈었지만 애초부터 우리 민족의 이름은 조선이 아닙니까?"

"참, 그러리다. 『사기』에도 고조선이니 위만조선(衛滿朝鮮)이니 허구 조선이란 이름이야 흠뻑 오라죠. 그런데 나는 말이야……."

하고 김직원은 누워서 피우던 담뱃대를 놓고 일어나며,

"난 그전대로 국호도 대한, 임금도 영친왕을 모셔 내다 장가나 조선부인으루 다시 듭시게 해서 전주 이씨 왕조를 다시 한 번 모셔 보구 싶어."

하였다.

"전조(前朝)[85]가 그다지 그리우십니까?"

"그립다뿐이겠소. 우리 따위 필부[86]가 무슨 불사이군(不事二君)[87]이

85) 전조 바로 전대의 왕조.

86) 필부(匹夫) 신분이 낮고 보잘것없는 사내.

래서보다도 왜놈들 보는 데 대한 그대로 광복(光復)을 해가지고 이번엔 고놈들을 한번 앙갚음을 해야 허지 않겠소?"

"김직원께서 이제 일본으로 총독 노릇을 한번 가보시렵니까?"

하고 둘이는 유쾌히 웃었다.

"고려민국이건 무어건 그래 군대도 있구 연합국 간엔 승인도 받었으리까?"

"진가는 몰라도 일본에 선전포고꺼정 허구 군대가 김일성 부하, 김원봉 부하, 이청천 부하 모다 삼십만은 넘는다는 말이 있습니다."

"삼십만! 제법 대군이로구려! 옛날엔 십만이라두 대병인데! 거 인제 독립이 돼가지구 우리 정부가 환국할[88] 땐 참 장관이겠소! 오래 산 보람 있으려나 보!"

하고 김직원은 다시 담배를 피워 물었다. 그리고 그 피어오르는 연기 속에서 삼십만 대병으로 호위된 우리 정부의 복식 찬란한 헌헌장부[89]들의 환상(幻像)을 그려 보는 것이었다. 나중에는 감격에 가슴이 벅찬 듯 후 한숨을 쉬는 김직원의 눈은 눈물까지 글썽해 있었다.

그 후 얼마 안 있어서다. 하루는 김직원이 주재소에 불려 갔다. 별일은 아니라 읍에서 군수가 경비 전화를 통해 김직원을 군청으로 들어오라는 기별이었다. 김직원은 이튿날 버스로 칠십 리나 들어가는 군청으로 갔다. 군수는 반가이 맞아 자기 관사에서 저녁을 차리고, 김직원에게 이런 말을 하였다.

87) 불사이군 한 사람이 두 임금을 섬기지 아니함.
88) 환국하다(還國—) 귀국하다.
89) 헌헌장부(軒軒丈夫) 외모가 준수하고 풍채가 당당한 남자.

"왜 지난달 춘천(春川)서 열린 도유생대회(道儒生大會)엔 참석하지 않었습니까?"

"그것 때문에 부르셨소?"

"아니올시다. 더 드릴 말씀이 있습니다."

"다 허시지요."

"이왕 지나간 대회 이야기보다도…… 인전 시국이 정말 국민에게 한 사람이라도 방관할 여율 안 준다는 건 나뿐 아니라 김직원께서도 잘 아실 겁니다. 노인께 이런 말씀 드리는 건 미안합니다만 너무 고루하신 것 같은데 성인도 시속[90]을 따르랬다고 대세가 그렇지 않습니다."

"그래서요?"

"이번에 전국유도대회(全國儒道大會)를 앞두고 군(郡)에서 미리 국어(國語)와 황국 정신(皇國精神)에 대한 강습이 있습니다. 그러니 강습에 오시는데 미안합니다만 머리를 인전 깎으시고 대회에 가실 때도 필요할 게니 국민복도 한 벌 장만하십시오."

"그 말씀뿐이오?"

"그렇습니다."

"나 유생인 건 사또께서 잘 아시리다. 신체발부(身體髮膚)는 수지부모(受之父母)[91]란 성현의 말씀을 지키지 않구 유생은 무슨 유생이며 유도대회는 무슨 유도대회겠소. 나 향교 직원 명예로 허는 것 아니오. 제향[92] 절차 하나 제대로 살필 위인이 없으니까 그곳 사는 후학(後

90) 시속(時俗) 그 시대의 풍속.

91) 신체발부는 수지부모 '신체와 터럭과 살갗은 부모에게서 받은 것이다'라는 뜻으로, 부모에게서 물려받은 몸을 소중히 여기는 것을 말함.

學)[93]으로서 성현께 대한 도리로 맡어 온 것이오. 이제 머리를 깎어라, 낙치(落齒)[94]가 다 된 것더러 일본말을 배워라, 복색을 갈어라, 나 직원 내노란 말씀이니까 잘 알아들었소이다."

하고 나와 버린 것인데, 사흘이 못 되어 다시 주재소에서 불렀다. 또 읍에서 나온 전화 때문인데, 이번에는 경찰서에서 들어오라는 것이다. 김직원은 그길로 현을 찾아왔다.

"현공? 저놈들이 필시 나한테 강압 수단을 쓸랴나 보."

"글쎄올시다. 아모튼 메칠 안 남은 발악이니 충돌은 마시고 잘 모면[95]만 하십시오."

"불러도 안 들어가면 어떠리까?"

"그건 안 됩니다. 지금 핑계가 없어서 구속을 못 하는데 관명[96] 거역이라고 유치나 시켜 놓고 머리를 깎이면 그건 기미년 때처럼 꼼짝 못 허구 당허십니다."

"옳소. 현공 말이 옳소."

하고 김직원은 그 이튿날 또 읍으로 갔는데 사흘이 되어도 나오지 않았고 나흘째 되던 날이 바로 '8월 15일'인 것이었다.

그러나 현은 라디오는커녕 신문도 이삼 일이나 늦는 이곳에서라 이 역사적 '8월 15일'을 아무것도 모르는 채 지나 버리었고, 그 이튿날 아침에야 서울 친구의 다만 '급히 상경하라'는 전보로 비로소 제 육감

92) 제향(祭享) 제사.
93) 후학 학문에서의 후배.
94) 낙치 늙어서 이가 빠짐.
95) 모면(謀免) 어떤 일이나 책임을 꾀를 써서 벗어남.
96) 관명(官命) 관청에서 내린 명령.

이 없지는 않았으나 그러나 여행 증명도 얻을 겸 눈치를 보러 주재소로 갔으되, 순사도 부장도 아무런 이상이 없었을 뿐 아니라 가네무라 순사에게 넌지시, 김직원이 어찌 되어 나오지 못하느냐 물었더니,

"그런 고집불통 영감은 한참 그런 데서 땀 좀 내야죠!"

한다.

"그럼 구금이 되셨단 말이오?"

"뭐 잘은 모릅니다. 괜히 소문내지 마슈."

하고 말을 끊는데, 모두가 변한 것이 조금도 없다.

'급히 상경하라. 무슨 때문인가?'

현은 궁금한 채 버스를 기다리는데 이날은 버스가 정각 전에 일찍 나왔다. 이 차에도 김직원이 나타나는 것을 보지 못하고 현은 떠나고 말았다.

버스 속엔 아는 사람도 하나 없다. 대부분이 국민복들인데 한 사람도 그럴듯한 기색은 보이지 않는다. 한 사십 리 나와 저쪽에서 들어오는 버스와 마주치게 되었다. 이쪽 운전수가 팔을 내밀어 저쪽 차를 같이 세운다.

"어떻게 된 거야?"

"무에 어떻게 돼?"

"철원은 신문이 왔겠지?"

"어제 방송대루지 뭐."

"잡음 때문에 자세들 못 들었어. 그런데 무조건 정전[97]이라지?"

97) 정전(停戰) 전쟁을 중단하는 일.

두 운전수의 문답이 이에 이를 때, 누구보다도 현은 좁은 틈에서 벌떡 일어섰다.

"그게 무슨 소리들이오?"

"전쟁이 끝났답니다."

"뭐요? 전쟁이?"

"인전 끝이 났어요."

"끝! 어떻게요?"

"글쎄 그걸 잘 몰라 묻습니다."

하는데 저쪽 운전대에서,

"결국 일본이 지구 만 거죠. 철원 가면 신문을 보십니다."

하고 차를 달려 버린다. 이쪽 차도 갑자기 구르는 바람에 현은 펄썩 주저앉았다.

'옳구나! 올 것이 왔구나! 그 지리하던 것이……'

현은 코허리가 찌르르해 눈을 슴벅거리며 좌우를 둘러보았다. 확실히 일본 사람은 아닌 얼굴들인데 하나같이 무심들 하다.

"여러분은 인제 운전수들의 대활 못 들었습니까?"

서로 두리번거릴 뿐, 한 사람도 응하지 않는다.

"일본이 지고 말었다면 우리 조선이 어떻게 될 걸 짐작들 허시겠지요?"

그제야 그것도 조선옷 입은 영감 한 분이,

"어떻게든 되는 거야 어디 가겠소? 어떤 세상이라고 똑똑히 모르는 걸 입을 놀리겠소?"

한다. 아까는 다소 흥미를 가지고 지껄이던 운전수까지,

"그렇지요. 정말인지 물어보기만도 무시무시헌걸요."
하고 그 피곤한 주름살, 그 움푹 들어간 눈으로 운전하는 표정뿐이다.

현은 고개를 푹 수그렸다. 조선이 독립된다는 감격보다도 이 불행한 동포들의 얼빠진 꼴이 우선 울고 싶게 슬펐다.

'이게 나 혼자 꿈이나 아닌가?'

현은 철원에 와서야 꿈 아닌 〈경성일보〉[98]를 보았고, 찾을 만한 사람들을 만나 굳은 악수와 소리 나는 울음을 울었다. 하늘은 맑아 박꽃 같은 구름송이, 땅에는 무럭무럭 자라는 곡식들, 우거진 녹음들, 어느 것이고 우러러 절하고 소리 지르고 날뛰고 싶었다.

현은 17일 날 새벽, 뚜껑 없는 모래차에 모래 실리듯 한 사람 틈에 끼여 대통령에 누구, 육군 대신에 누구, 그러다가 한 정거장을 지날 때마다 목이 터지게 독립 만세를 부르며 이날 아침 열시에 열린다는 건국대회에 미치지 못할까 보아 초조하면서 태극기가 휘날리는 열광의 정거장들을 지나 서울로 올라왔다.

청량리 정거장을 나서니 웬일일까. 기대와는 달리 서울은 사람들도 냉정하고 태극기조차 보기 드물다. 시내에 들어서니 독 오른 일본 군인들이 일촉즉발(一觸卽發)[99]의 예리한 무장으로 거리마다 목을 지키고 〈경성일보〉가 의연히 태연자약한[100] 논조다.

현은 전보 쳐준 친구에게로 달려왔다. 손을 잡기가 바쁘게 건국대회

98) 경성일보(京城日報) 통감부와 총독부의 기관지로 친일적인 색채를 띰.
99) 일촉즉발 한 번 건드리기만 해도 폭발할 것같이 몹시 위급한 상태.
100) 태연자약하다(泰然自若―) 움직임이 없이 천연스럽다.

가 어디서 열리느냐 하니, 모른다 한다. 정부 요인들이 비행기로 들어왔는데 어디들 계시냐 하니, 그것도 모른다 한다. 현은 대체 일본 항복이 사실이긴 하냐 하니, 그것만은 사실이라 한다. 현은 전신에 피곤을 느끼며 걸상에 주저앉아 그제야 여러 시간 만에 처음 정신을 가다듬었다. 그리고 이 친구로부터 8월 15일 이후 이틀 동안의 서울 정황[101]을 대강 들었다.

현은 서울 정황에 불쾌하였다. 총독부와 일본 군대가 여전히 조선 민족을 명령하고 앉았는 것과 해외에서 임시정부가 오늘 아침에 들어왔다, 혹은 오늘 저녁에 들어온다 하는 이때 그새를 못 참아 건국(建國)에 독단적[102]인 계획들을 발전시키며 있는 것과, 문화면에 있어서도, 현 자신은 그저 꿈인가 생시인가도 구별되지 않는 이 현혹한 찰나에, 또 문화인들의 대부분이 아직 지방으로부터 모이기도 전에, 무슨 이권이나처럼 재빨리 간판부터 내걸고 서두르는 것들이 도시 불순하고 경망해 보였던 것이다. 현이 더욱 걱정되는 것은 벌써부터 기치[103]를 올리고 부서를 짜고 덤비는 축들이, 전날 좌익 작가들의 대부분임을 알게 될 때, 문단 그 사회보다도, 나라 전체에 좌익이 발호[104]할 수 있는 때요, 좌익이 제멋대로 발호하는 날은, 민족 상쟁 자멸[105]의 파탄을 일으키지 않을까 하는 위험성이었다. 현은 저 자신의 이런 걱정이 진정일진댄, 이러고만 앉았을 때가 아니라 생각되어 그 '조선문화건설

101) 정황(情況) 일의 사정과 상황.
102) 독단적(獨斷的) 남과 상의하지 않고 혼자서 판단하거나 결정하는.
103) 기치(旗幟) 일정한 목적을 위하여 내세우는 태도나 주장.
104) 발호하다(跋扈—) 권세나 세력을 제멋대로 부리며 마음대로 날뛰다.
105) 자멸(自滅) 스스로 자신을 망치거나 멸망하게 함.

중앙협의회'[106]란 데를 찾아갔다. 전날 구인회(九人會) 시대, 『문장(文章)』 시대에 자별하게 지내던 친구도 몇 있었으나 아닌 게 아니라 전날 좌익이었던 작가와 평론가가 중심이었다. 마침 기초된 선언문을 수정하면서들 있었다. 현은 마음속으로 든든히 그들을 경계하면서 그들이 초안한[107] 선언문을 읽어 보았다. 두 번 세 번 읽어 보았다. 그리고 그들의 표정과 행동에 혹시라도 위선적인 데나 없나 엿보기를 게을리 하지 않으며 저으기 속으로 이상하게 생각하지 않을 수 없었다.

'이들에게 이만큼 조선 사정에 진실한 정신적 준비가 있었던가?'

현은 그들의 태도와 주장에 알고 보니 한 군데도 이의(異意)[108]를 품을 데가 없었다. "장래 성립할 우리 정부의 문화·예술 정책이 서고, 그 기관이 탄생되어 이 모든 임무를 수행할 때까지, 우선, 현 단계의 문화 영역의 통일적 연락과 각 부문의 질서화를 위하여"였고 "조선 문화의 해방, 조선 문화의 건설, 문화전선의 통일" 이것이 전진구호(前進口號)였던 것이다. 좌우를 막론하고 민족이 나아갈 노선에서 행동 통일부터 원칙을 삼아야 할 것을 현은 무엇보다 긴급으로 생각한 것이요, 좌익 작가들이 이것을 교란할까 보아 걱정한 것이며 미리부터 일종의 증오를 품었던 것인데 사실인즉 알아볼수록 그것은 현 자신의 기우(杞憂)[109]였었다. 아직 이 이상 구체안이 있을 수도 없는 때이나 이들로서 계급혁명의 선수를 걸지 않는 것만은 이들로는 주저나 자중[110]이 아니

106) 조선문화건설중앙협의회 광복 직후에 결성된 좌익 계열의 문화 단체.
107) 초안하다(草案—) 애벌로 안을 잡다.
108) 이의 다른 의견이나 의사.
109) 기우 앞일에 대해 쓸데없는 걱정을 함. 또는 그 걱정.
110) 자중(自重) 말이나 행동, 몸가짐을 신중히 함.

라, 상당한 자기비판과 국제 노선과 조선 민족의 관계를 심사숙고한[111] 연후가 아니고는, 이처럼 일견 단순해 보이는 태도나 원칙만에 만족할 리가 없을 것이었다. 현은 다행한 일이라 생각하고 즐겨 그 선언에 서명을 같이하였다.

그러나 도시[112] 마음이 놓이지는 않았다. "모든 권력은 인민에게로" 이런 깃발과 노래만 이들의 회관에서 거리를 향해 나부끼고 울려 나왔다. 그것이 진리이긴 하나 아직 민중의 귀에만은 이른 것이었다. 바다 위로 신기루[113]같이 황홀하게 떠들어 올 나라나, 대한이나, 정부나, 영웅들을 고대하는 민중들은, 저희 차례에 갈 권리도 거부하면서까지 화려한 환성과 감격에 더 사무쳐 있는 때이기 때문이다. 현 자신까지도 "모든 권력은 인민에게로"가 이들이 민주주의자로서가 아니라 그전 공산주의자로서의 습성에서 외침으로만 보여질 때가 한두 번 아니었고, 위고[114] 같은 이는 이미 전 세대(前世代)에 있어 "국민보다 인민에게"를 부르짖은 것을 생각할 때, 오늘 우리의 이 시대, 이 처지에서 "인민에게"란 말이 그다지 새롭거나 위험스럽게 들릴 것도 아무것도 아닌 줄 알면서도, 현은 역시 조심스러웠고, 또 현을 진실로 아끼는 친구나 선배의 대부분이, 현이 이들의 진영 속에 섞인 것을 은근히 염려하는 것이었다. 그런 데다 객관적 정세는 날로 복잡다단해졌다. 임시

111) 심사숙고하다(深思熟考—) 깊이 잘 생각하다.
112) 도시(都是) 도무지.
113) 신기루(蜃氣樓) 대기 속에서 빛의 굴절 현상에 의하여 공중이나 땅 위에 무엇이 있는 것처럼 보이는 현상.
114) 위고(Victor-Marie Hugo, 1802~1885) 프랑스의 시인·극작가·소설가. 대표작으로 『레미제라블』이 있다.

정부는 민중이 꿈꾸는 것 같은 위용[115]은커녕 개인들로라도 쉽사리 나타나 주지 않았고, 북쪽에서는 소련군이 일본군을 여지없이 무찌르며 조선인의 골수에 사무친 원한을 충분히 이해해서 왜적에 대한 철저한 소탕[116]을 개시한 듯 들리나, 미국군은 조선 민중의 기대는 모른 척하고 일본인들에게 관대한 삐라[117]부터를 뿌리어, 아직도 총독부와 일본 군대가 조선 민중에게 "보아라 미국은 아직 일본과 상대이지 너희 따위 민족은 문제가 아니다" 하는 자세를 부리기 좋게 하였고, 우리 민족 자체에서는 '인민공화국'이란, 장래 해외 세력과 대립의 예감을 주는 조직이 나타났고, '조선문화건설중앙협의회'와 선명히 대립하여 '프롤레타리아예술연맹'[118]이란, 좌익 문학인들만으로 문화운동 단체가 기어이 일어나고 말았다.

이 '프로예맹'이 대두함에 있어, 현은 물론, '문협'에서들은, 겉으로는 "역사나 시대는 그네들의 존재 이유를 따로 허락지 않을 것이다" 하고 비웃어 버리려 하나 속으로는 '문화전선 통일'에 성실하면 성실한 만큼 무엇보다 먼저 해결하지 않으면 안 될 당면 과제의 하나였다. 현이 더욱 불쾌한 것은 '프로예맹' 선언 강령이 '문협' 것과 별로 다를 것이 없는 점이요, 그렇다면 과거에 좌익 작가들이, 과거에 자기들과 대립 존재였던 현을 책임자로 한 '문학건설본부'에 들어 있기 싫다는 표시로도 생각할 수 있는 점이다. 하루는 우익측 몇 친구가 '프로예

115) 위용(偉容) 훌륭하고 뛰어난 용모나 모양.
116) 소탕(掃蕩) 휩쓸어 죄다 없애 버림.
117) 삐라 전단지.
118) 프롤레타리아예술연맹 카프를 계승하여 한설야·이기영 등을 중심으로 만든 문학 단체.

맹'의 출현을 기다리었다는 듯이 곧 현을 조용한 자리에 이끌었다.

"당신의 진의는 우리도 모르지 않소. 그러나 급기야 당신이 거기서 못 배겨 나리다. 수포[119]에 돌아가리다. 결국 모모(某某)들은 당신 편이기보단 프로예맹 편인 것이오. 나중에 당신만 지붕 쳐다보는 꼴이 될 것이니 진작 나와 우리끼리 따로 모입시다. 뭣 허러 서로 어성버성한[120] 속에서 챙피만 보고 계시오?"

현은 그들에게 이 기회에 신중히 생각할 여지가 있다는 것만은 수긍하고 헤어졌다. 바로 그 다음날이다. 좌익 대중단체 주최의 데모가 종로를 지나게 되었다. 연합국기 중에도 맨 붉은 기뿐이요, 행렬에서 부르는 노래도 〈적기가(赤旗歌)〉[121]다. 거리에 섰는 군중들은 모두 이 데모에 냉정하다. 그런데 '문협' 회관에서만은 열광적 박수와 환호로 이 데모에 응할 뿐 아니라, 이제 연합군 입성 환영 때 쓸 연합국기들을 다량으로 준비해 두었는데, '문협'의 상당한 책임자의 하나가 묶어 놓은 연합국기 중에서 소련 것만을 끄르더니 한 아름 안고 가 사층 위로부터 행렬 위에 뿌리는 것이다. 거리가 온통 시뻘개진다. 현은 대뜸 뛰어가 그것을 막았다. 다시 집으러 가는 것을 또 막았다.

"침착합시다."

"침착할 이유가 어디 있소?"

양편이 다같이 예리한 시선의 충돌이었다. 뿐만 아니라 옆에 섰던 젊은 작가들은 하나같이 현에게 모멸[122]의 시선을 던지며 적기를 못

119) 수포(水泡) 물거품.
120) 어성버성하다 어색하고 부자연스럽게 행동하다.
121) 적기가 북한의 혁명 가요.

뿌리는 대신, 발까지 구르며 박수와 환호로 좌익 데모를 응원하였다. 데모가 지나간 후, 현의 주위에는 한 사람도 가까이 오지 않았다. 현은 회관을 나설 때 몹시 외로웠다. 이들과 헤어지더라도 이들 수효만 못지않은, 문학 단체건, 문화 단체건 만들 수 있다는 자신도 솟았다.

'그러나……

그러나…….'

현은 밤새도록 궁리했다. 그 이튿날은 회관에 나오지 않았다.

'마음이 맞는 친구끼리만? 그런 구심적(求心的)[123]인 행동이 이 거대한 새 현실에서 어떤 결과를 가져올 것인가? 새 조선의 자유와 독립은 대중의 자유와 독립이라야 한다. 그들이 대중운동에 그처럼 열성인 것을 나는 몰이해는커녕 도리어 그것을 배우고 그것을 추진시키는 데 티끌만치라도 이바지하려는 것이 내 양심이다. 다만 적기만 뿌리는 것이 이 순간 조선의 대중운동이 아니며 적기 편에 선 것만이 대중의 전부가 아니란, 그것을 나는 지적하려는 것이다. 이런 내 심정을 몰라 준다면, 이걸 단순히 반동[124]으로밖에 해석할 줄 몰라 준다면 어떻게 그들과 함께 일할 수 있는 것인가?'

다음날도 현은 회관으로 나가고 싶지 않아 방에서 혼자 어정거리고 있을 때다. 그날 창밖에 데모를 향해 적기를 뿌리던 그 친구가 찾아왔다.

"현형, 그저껜 불쾌했지요?"

"불쾌했소."

122) 모멸(侮蔑) 업신여기고 얕잡아 봄.
123) 구심적 핵심을 찾아 깊이 파고들려고 하는. 또는 그런 것.
124) 반동(反動) 진보적이거나 발전적인 움직임을 반대하여 강압적으로 가로막음.

"현형? 내 솔직한 고백이오. 적색 데모란 우리가 얼마나 두고 몽매간[125]에 그리던 환상이리까? 그걸 현실로 볼 때, 나는 이성을 잃고 광분했던 거요. 부끄럽소. 내 열 번 경솔이었소. 그날 현형이 아니었드면 우리 경솔은 훨씬 범위가 커졌을 거요. 우리에겐 열 사람의 우리와 똑같은 사람보다 한 사람의 현형이 절대로 필요한 거요."

그는 확실히 말끝을 떨었다. 둘이는 묵묵히 담배 한 대씩을 피우고 묵묵히 일어나 다시 회관으로 나왔다.

그 적색 데모가 있은 후로 민중은, 학생이거나 시민이거나 지식층이거나 확실히 좌우 양파로 갈리는 것 같았다. 저녁이면 현을 또 조용한 자리에 이끄는 친구들이 있었다. 현은 '문협'에서 탈퇴하기를 결단하라는 간곡한 충고를 재삼 받았으나, '문협'의 성격이 결코 그대들이 생각하는 것처럼 어느 한쪽에 편향한 것이 아니란 것을 극구 변명하였는데, 그 이튿날 회관으로 나오니, 어제 이 친구들로부터 전화가 걸려 왔다.

"자네가 말한 건 자네 거짓말이거나, 그렇지 않으면 우리가 본 대로 자네는 저들에게 이용당하고 있는 걸세. 그 증거는, 그 회관에 오늘 아침 새로 내걸은 대서특서[126]한 드림[127]을 보면 알 걸세."

하고 이쪽 말은 듣지도 않고 불쾌히 전화를 끊어 버리는 것이었다. 현은 옆엣사람들에게 묻지도 않았다. 쭈르르 밑엣층으로 내려가 행길에서 사층인 회관의 전면을 쳐다보았다. 놀라지 않을 수 없었다. 아까 현

125) 몽매간(夢寐間) 꿈을 꾸는 동안.
126) 대서특서(大書特書) 특별히 두드러지게 보이도록 글자를 크게 쓴다는 뜻으로, 신문 따위의 출판물에서 어떤 기사에 큰 비중을 두어 다룸을 이르는 말.
127) 드림 '기드림'의 준말. 매달아서 길게 늘이는 물건을 통틀어 이르는 말.

은 미처 보지 못하고 들어왔는데 옥상에서부터 이 이층까지 드리운, 광목[128] 전폭에다가 "조선인민공화국 절대 지지"란, 아직까지 어떤 표어나 구호보다 그야말로 대서특필한 것이었다. 안전지대에 그득한 사람들, 화신 앞에 들끓는 군중들, 모두 목을 젖히고 쳐다보는 것이다. 모두가 의아하고 불안한 표정들이다. 현은 회관 사층을 십 분이나 걸려 올라왔다. 현은 다시 한 번 배신을 당하는 심각한 우울이었다. 회관에서는 '문협'의 의장도 서기장도 아직 나타나지 않았다. '문학건설본부'의 서기장만이 뒤를 따라 들어서기에 현은 그의 손을 이끌고 옥상으로 올라왔다.

"이건 누가 써 내걸었소?"

"뭔데?"

부슬비가 내리는 때라 그도 쳐다보지 않고 들어왔고, 또 그런 것을 내어걸 계획에도 참례하지 못한 눈치였다.

"당신도 정말 몰랐소?"

"정말 몰랐는데! 이게 대체 누구 짓일까."

"나도 몰라, 당신도 몰라, 한 회관에 있는 우리가 몰랐을 땐, 나오지 않는 의원(議員)들은 더 많이 몰랐을 것이오. 이건 독재요. 이러고 문화 전선의 통일 운운은 거짓말이오. 나는 그 사람들 말 더 믿구 싶지 않소. 인전 물러가니 그리 아시오."

하고 돌아서는 현을, 서기장은 당황해 앞을 막았다.

"진상을 알구 봅시다."

128) 광목(廣木) 무명실로 서양목처럼 넓게 짠 베.

"알아보나 마나요."

"그건 속단이오."

"속단해 버려도 좋을 사람들이오. 이들이 대중운동을 이처럼 경솔히 하는 줄은 정말 뜻밖이오."

"그래도 가만 있소. 우리가 오늘 갈리는 건 우리 문화인의 자살이오!"

"왜 자살 행동을 하시오?"

하고 현은 자연 언성이 높아졌다.

"정말이오. 나도 몰랐소. 그렇지만 이런 걸 밝히고 잘못 쏠리는 걸 바로잡는 것도 우리가 할 일 아니고 누가 할 일이란 말이오?"

하고 서기장은 눈물이 핑 도는 것이다. 그리고 그 드림 드리운 데로 달려가 광목 한 통이 비까지 맞아 무겁게 늘어진 것을 한 걸음 끌어 올리고 반걸음 끌려 내려가면서 닻줄을 감듯 전력을 들여 끌어올리고 있는 것이었다. 현도 이내 눈물을 머금었다.

'그렇다! 나 하나 등신이라거나 이용을 당한다거나 그런 조소[129]를 받는 것이 문제가 아니다. 그런 것에나 신경을 쓰는 건 나 자신 불성실한 표다!'

현은 뛰어가 서기장과 힘을 합치어 그 무거운 드림을 끌어올리었다.

나중에 알고 보니 '문협'의 의장도 서기장도 다 모르는 일이었다. 다만 서기국원 하나가, 조선이 어떤 이름이 되든 인민의 공화국이어야 한다는 여론이 이 회관 내에 있어 옴을 알던 차, '인민공화국'이 발표되었고, 마침 미술부 선전대에서 또 무엇 그릴 것이 없느냐 주문이 있

129) 조소(嘲笑) 비웃음.

기에, 그런 드림이 으레 필요하려니 지레짐작하고 제 마음대로 원고를 써 보낸 것이요, 선전대에서는 문구는 간단하나 내용이 중요한 것이라 광목 전폭에다 내려썼고, 쓴 것이 마르면 으레 선전대에서 가지고 와 달아까지 주는 것이 그들의 책임이라 식전 일찍이 와서 달아 놓고 간 것이었다. 아침 여덟시부터 열한시까지 세 시간 동안 걸린 이 간단한 드림은 석 달 이상을 두고 변명해 오는 것이며, 그것 때문에 '문협' 조직체가 적지 않은 타격을 받은 것도 사실인 것이다.

그러나 이것을 계기로 전원은 아직도 여지가 있는 자기비판과 정세판단과 '프로예맹'과의 합동운동을 더 진실한 태도로 착수하기 시작한 것이다.

이미 미국 군대가 들어와 일본 군대의 총부리는 우리에게서 물러섰으나 삐라가 주던 예감과 마찬가지로 미국은 그들의 군정(軍政)[130]을 포고하였다. 정당(政黨)은 누구든지 나타나란 바람에 하룻밤 사이에 오륙십의 정당이 꾸미어졌고, 이승만 박사가 민족의 미칠 듯한 환호 속에 나타나 무엇보다 조선 민족이기만 하면 우선 한데 뭉치고 보자는 주장에 그 속에 틈이 있음을 엿본 민족 반역자들과 모리배들이 다시 활동을 일으키어 뭉치는 것은 박사의 진의와는 반대의 효과로 일제 시대 비행기 회사 사장이 새로 된 것이라는 국립항공회사에도 부사장으로 나타나는 것 같은 일례로, 민심은 집중이 아니라 이산이요, 신념이기보다 회의(懷疑)의 편이 되고 말았다. 민중은 애초부터 자기 자신들

130) 군정 군부가 국가의 실권을 장악하고 행하는 정치.

의 모든 권익을 내어던지면서까지 사모하고 환상하던 임시정부라 이제야 비록 자격은 개인으로 들어왔더라도 그 후의 기대와 신망은 그리로 쏠릴 길밖에 없었다. 그러나 개인이나 단체나 습관이란 이처럼 숙명적인 것일까? 해외에서 다년간 민중을 가져 보지 못한 임시정부는 해내[131]에 들어와서도, 화신 앞 같은 데서 석유 상자를 놓고 올라서 민중과 이야기할 필요는 조금도 느끼지 않고 있었다. 인공(人共)[132]과의 대립만이 예각화(鋭角化)[133]되고, 삼팔선은 날로 조선의 허리를 졸라만 가고, 느는 건 강도요, 올라가는 건 물가요, 민족의 장기간 흥분하였던 신경은 쇠약할 대로 쇠약해만 가는 차에 탁치(託治)[134] 문제가 터진 것이다.

누구나 할 것 없이 그만 냉정을 잃고 말았다. 여기저기서 탁치 반대의 아우성이 일어났다. 현도 몇 친구와 함께 반탁 강연에 나갔고 그의 강연 원고는 어느 신문에 게재도 되었다.

그러나 현은, 아니 현만이 아니라 적어도 그날 현과 함께 반탁 강연에 나갔던 친구들은 하나같이 어정쩡했고, 이내 후회하지 않을 수 없었다. 탁치 문제란 그렇게 간단히 규정할 것이 아님을 차츰 깨닫게 되었는데, 이것을 제일 먼저 지적한 것이 조선공산당[135]으로, 그들의 치밀한 관찰과 정확한 정세 판단에는 감사하나, 삼상회담[136] 지지가 공

131) 해내(海內) 국내.
132) 인공 '인민공화국'을 줄여 이르는 말.
133) 예각화 '예각'은 직각보다 작은 각으로, 여기서는 '날카로워진다'는 뜻.
134) 탁치 신탁통치. 국제연합의 신탁을 받은 나라가, 국제연합의 감독 아래 일정한 지역을 통치하는 일.
135) 조선공산당 1945년 8 · 15 광복을 맞아 박헌영을 중심으로 여운형 · 김원봉 등이 함께 재건한 공산주의 단체.

산당에서 나왔기 때문에 일부의 오해를 더 사고 나아가선 정권 싸움의 재료로까지 악용당하는 것은 불행 중 거듭 불행이었다.

"탁치 문제에 우린 너머 경솔했소!"

"적지 않은 과오[137]야!"

"과오? 그러나 지금 조선 민족의 심리론 그닥 큰 과오라군 헐 수 없지. 또 민족적 자존심을 이만침은 표현하는 것도 좋고."

"글쎄, 내용을 알고 자존심만 표현하는 것과 내용을 모르고 허턱 날뛰는 것관 방법이 다를 거 아니냐 말이야."

"그렇지! 조선 민족에게 단기(短氣)[138]만 있고 정치적 통찰력이 부족하다는 게 드러나니 자존심인들 무슨 자존심이냐 말이지."

"과오 없이 어떻게 일하오? 레닌 같은 사람도 과오 없인 일 못 한다고 했고 과오가 전혀 없는 사람은 일 안 하는 사람이라 한 거요. 우리 자신이 깨달은 이상 이 미묘한 국제 노선을 가장 효과적이게 계몽에 힘쓸 것뿐이오."

현서껀 회관에서 이런 이야기들을 하고 앉았을 때다. 이런 데는 올리지 않는 웬 갓 쓴 노인이 들어선 것이다.

"오!"

현은 뛰어 마주 나갔다. 해방 이후, 현의 뜻 속에 있어 무시로 생각나던 김직원의 상경이었다.

136) 삼상회담(三相會談) '모스크바 삼국 외상회의'를 뜻함. 1945년에 모스크바에서 미국, 영국, 소련 삼국이 모여 우리나라의 신탁통치를 결정한 외상회의.

137) 과오(過誤) 과실.

138) 단기 조급한 성질.

"직원님!"

"현선생!"

"근력 좋으셨습니까?"

"좋아서 이렇게 서울 구경 왔소이다."

그러나 삼팔 이북에서라 보행과 화물 자동차에 시달리어 그런지 몹시 피로하고 쇠약해 보였다.

"언제 오셨습니까?"

"어제 왔지요."

"어디서 유허셨습니까?"

"참, 오는 길에 철원 들러, 댁에서들 무고허신 것 뵈왔지요. 매우 오시구 싶어들 합디다."

현의 가족들은 그간 철원으로 나왔을 뿐, 아직 서울엔 돌아오지 못하고 있는 것이었다.

"잘들 있으면 그만이죠."

"현공이 그저 객지시게 다른 데 유헐 곳부터 정하고 오늘 찾어왔지요. 그래 얼마나들 수고허시오?"

"저희야 무슨 수고랄 게 있습니까? 이번에 누구보다도 직원님께서 얼마나 기쁘실까 허구 늘 한번 뵙구 싶었습니다. 그리구 그때 읍에 가셔선 과히 욕보시지나 않으셨습니까?"

"하마트면 상투가 잘릴 뻔했는데 다행히 모면했소이다."

"참 반갑습니다."

마침 점심때도 되고 조용히 서로 술회[139]도 하고 싶어, 현은 김직원을 모시고 어느 구석진 음식점으로 나왔다.

"현공, 그간 많이 변하셨다구요?"

"제가요?"

"소문이 매우 변허셨다구들."

"글쎄요……."

현은 약간 우울했다. 현은 벌써 이런 경험이 한두 번째 아니기 때문이다. 해방 이전에는 막역한[140] 지기(知己)여서 일조 유사한 때는 물을 것도 없이 동지일 것 같던 사람들이 해방 후, 특히 정치적 동향이 보수적인 것과 진보적인 것이 뚜렷이 갈리면서부터는, 말 한두 마디에 벌써 딴사람처럼 서로 경원(敬遠)[141]이 생기고 그것이 대뜸 우정에까지 거리감을 자아내는 것을 이미 누차 맛보는 것이었다.

"현공?"

"네?"

"조선 민족이 대한 독립을 얼마나 갈망했소? 임시정부 들어서길 얼마나 연연절절히 고대했소?"

"잘 압니다."

"그런데 어쩌자구 우리 현공은 공산당으로 가셨소?"

"제가 공산당으로 갔다고들 그럽니까?"

"자자합디다. 현공이 아모래도 이용당허는 거라구."

"직원님께서도 절 그렇게 생각허십니까?"

"현공이 자진해 변했을는진 몰라, 그래두 남헌테 넘어갈 양반 아닌

139) 술회(述懷) 마음속에 품고 있는 여러 가지 생각을 말함. 또는 그런 말.

140) 막역하다(莫逆—) 허물이 없이 아주 친하다.

141) 경원 겉으로는 공경하는 체하면서 실제로는 꺼리어 멀리함.

건 난 알지요."

"감사헙니다. 또 변했단 것도 그렇습니다. 지금 내가 변했느니, 안 변했느니 하리만치 해방 전에 내가 제법 무슨 뚜렷한 태도를 가졌던 것도 아니구요, 원인은 해방 전엔 내 친구가 대부분이 소극적인 처세가들인 때문입니다. 나는 해방 후에도 의연히 처세만 하고 일하지 않는 덴 반댑니다."

"해방 후라고 사람의 도리야 어디 가겠소? 군자는 불처혐의간(不處嫌疑間)[142]입넨다."

"전 그렇진 않습니다. 지금 이 시대에선 이하(李下)[143]에서라고 삐뚤어진 갓[冠]을 바로잡지 못하는 것은 현명이기보단 어리석음입니다. 처세주의는 저 하나만 생각하는 태돕니다. 혐의는커녕 위험이라도 무릅쓰고 일해야 될 민족의 가장 긴박한 시기라고 생각합니다."

"아모튼 사람이란 명분을 지켜야 헙니다. 우리가 무슨 공뢰 있소. 해외에서 일생을 우리 민족 위해 혈투해 온 그분들께 그냥 순종해 틀릴게 조곰도 없습넨다."

"직원님 의향 잘 알겠습니다. 그리고 저도 그분들께 감사하고 감격하는 건 누구헌테 지지 않습니다. 그러나 지금 조선 형편은 대외·대내가 다 그렇게 단순치가 않답니다. 명분을 말씀허시니 말이지, 광해조(光海朝) 때 일을 생각해 보십시오. 임진란(壬辰亂) 때 명(明)의 구원을 받었지만, 명이 청 태조(淸太祖)에게 시달리게 될 때, 이번엔 명이

142) 불처혐의간 '의심받을 자리에는 가지 않는다' 라는 뜻.
143) 이하 자두나무 아래. '자두나무 아래서는 갓을 고쳐 쓰지 않는다' 는 말은, 의심받을 행동을 하지 말라는 의미.

조선에 구원군을 요구허지 않었습니까?"

"그게 바루 우리 조선서 대의명분론이 일어난 시초요구려."

"임진란 직후라 조선은 명을 도와 참전할 실력은 전혀 없는데 신하들은 대의명분상, 조선이 명과 함께 망해 버리는 한이라도 그냥 있을 순 없다는 것이 명분파요, 나라는 망하고, 임군[144] 노릇은 그만두드라도 여지껏 왜적에게 시달린 백성을 숨도 돌릴 새 없이 되짚어 도탄에 빠트릴 순 없다는 것이 택민파(澤民派)요, 택민론의 주창으로 몸소 폐위(廢位)[145]까지 한 것이 광해군 아닙니까? 나라들과 임군들 노릅에 불쌍한 백성들만 시달려선 안 된다고 자기가 왕위를 폐리[146]같이 버리면서까지 택민론을 주장한 광해군이, 나는, 백성들은 어찌 됐든지 지배자들의 명분만 찾던 그 신하들보다 몇 배 훌륭했고, 정말 옳은 지도자였다고 생각합니다. 그리고 또 의리와 명분이라 하드라도 꼭 해외에서 온 이들에게만 편향하는 이유는 어디 있습니까?"

"거야 멀리 해외에서 다년간 조국 광복을 위해 싸웠고 이십칠팔 년이나 지켜온 고절(孤節)[147]이 있지 않소?"

"저는 그분들의 풍상을 굳이 헐하게 알려는 것도 결코 아닙니다. 지역은 해외든 해내든, 진심으로 우리를 위해 꾸준히 싸워 온 이면 모두가 다같이 우리 민족의 공경을 받어 옳을 것이고, 풍상이라 혈투라 하나, 제 생각엔 실상 악형에 피가 흐르고, 추위에 손발이 얼어 빠지고

144) 임군 임금.
145) 폐위 왕이나 왕비 등의 자리를 폐함.
146) 폐리(幣履) 헌 신발.
147) 고절 홀로 깨끗하게 지키는 절개.

한 것은 오히려 해내에서 유치장으로 감방으로 끌려 다니며 싸워 온 분들이 몇 배 더했으리라고 생각합니다. 육체적 고초뿐이 아니었습니다. 정신적으로 매수하는[148] 가지가지 유인과 협박도 한두 번이 아니어서, 해내에서 열 번을 찍히어도 넘어가지 않고 싸워 낸 투사라면 나는 그런 어른이 제일 용타고 생각합니다."

"현공은 그저 공산파만 두둔하시는군!"

"해내엔 어디 공산파만 있었었습니까? 그리고 이번에 공산당이 무산계급 혁명으로가 아니라 민족의 자본주의적 민주혁명으로 이미 노선을 밝혀 논 것은 무엇보다 현명했고, 그랬기 때문에 좌우익의 극단적 대립이 원칙상 용허[149]되지 않아서 동포의 분열과 상쟁을 최소한으로 제지할 수 있은 것은 조선 민족을 위해 무엇보다 다행한 일이라고 저는 생각합니다."

"난 그게 무슨 말씀인지 잘 못 알아듣겠소만 그저 공산당 잘못입넨다."

"어서 약주나 드십시다."

"우리야 늙은 게 뭘 아오만……."

김직원은 술이 약한 편이었다. 이내 얼굴이 취기가 돌며,

"어째 우리 같은 늙은 거기로 꿈이 없었겠소? 공산파만 가만있어 주면 곧 독립이 될 거구, 임시정부 요인들이 다 고생허신 보람 있게 제자리에 턱턱 앉어 좀 잘 다스려 주겠소? 공연히 서로 싸우는 바람에 신탁통치 문제가 생긴 것이오. 안 그렇고 무어요?"

하고 저으기 노기를 띤다. 김직원은, 밖에서는 소련이, 안에서는 공산

148) 매수하다(買收―) 금품이나 그 밖의 수단으로 남의 마음을 사서 자기편으로 만들다.

149) 용허(容許) 허락하여 너그럽게 받아들임.

당이 조선 독립을 방해하는 것이라 하였다. 이렇게 역사적 또는 국제적인 견해가 없이 단순하게, 독립전쟁을 해 얻은 해방으로 착각하는 사람에겐 여간 기술로는 계몽이 불가능하고, 현 자신에겐 그런 기술이 없음을 깨닫자 그저 웃는 낯으로 음식을 권했을 뿐이다.

김직원은 그 이튿날도 현을 찾아왔고 현도 그 다음날은 그의 숙소로 찾아갔다. 현이 찾아간 날은,

"어째 당신넨 탁치 받기를 즐기시오?"

하였다.

"즐기는 게 아닙니다."

"그러면 즐겁지 않은 것도 임정(臨政)에서 반탁을 허니 임정에서 허는 건 덮어놓고 반대하기 위해서 나중엔 탁치꺼지를 지지헌단 말이지요?"

"직원님께서도 상당히 과격허십니다그려."

"아니, 다 산 목숨이 그러면 삼국 외상한테 매수돼서 탁치 지지에 잠자코 끌려가야 옳소?"

"건 좀 과허신 말씀이구! 저는 그럼, 장래가 많어서 무엇에 팔려서 삼상회담을 지지허는 걸로 보십니까?"

그 말에는 대답이 없으나 김직원은 현의 태도에 그저 못마땅한 눈치만은 노골화하면서[150] 있었다. 현은 되도록 흥분을 피하며, 우리 민족의 해방은 우리 힘으로가 아니라 국제 사정의 영향으로 되는 것이니까 조선 독립은 국제성(國際性)의 지배를 벗어날 수 없는 것, 삼상회담의

150) 노골화하다(露骨化—) 숨김없이 있는 그대로 드러내다.

지지는 탁치 자청이나 만족이 아니라 하나는 자본주의 국가요 하나는 사회주의 국가인 미국과 소련이 그 세력의 선봉들을 맞댄 데가 조선이라 국제 간에 공개적으로 조선의 독립과 중립성이 보장되어야지, 급히 이름만 좋은 독립을 주어 놓고 소련은 소련대로 미국은 미국대로 중국은 중국대로 정치·경제 모두가 미약한 조선에 지하 외교를 시작하는 날은, 아마 이조 말의 아관파천(俄館播遷)[151] 식의 골육상쟁[152]과 멸망의 길밖에 없다는 것, 그러니까 모처럼 얻은 자유를 완전 독립에까지 국제적으로 보장되는 길을 택할 수밖에 없다는 것, 이왕조(李王朝)의 대한이 독립전쟁을 해서 이긴 것이 아닌 이상, '대한' '대한' 하고 전제제국(專制帝國) 시대의 회고감으로 민중을 현혹시키는 것은 조선 민족을 현실적으로 행복되게 지도하는 태도가 아니라는 것, 지금 조선을 남북으로 갈라 진주해 있는 미국과 소련은 무엇으로 보나 세계에서 가장 실제적인 국가들인만치 조선 민족은 비실제적인 환상이나 감상으로가 아니라 가장 과학적이요 세계사적인 확실한 견해와 준비가 없이는 그들에게 적정한 응수를 할 수 없다는 것, 현은 재주껏 역설해 보았으나 해방 이전에는, 현 자신이 기인여옥이라 예찬한 김직원은, 지금에 와서는 돌과 같은 완강한 머리로 조금도 현의 말을 이해하려 하지 않고, 다만 같은 조선 사람인데 '대한'을 비판하는 것만 탐탁지 않았고, 그것은 반드시 공산주의의 농간[153]이라 자가류(自家流)의 해석을

151) 아관파천 1896년에 친러 세력에 의하여 고종과 세자가 러시아 공사관으로 옮겨서 거처한 사건.
152) 골육상쟁(骨肉相爭) 가까운 혈족끼리 서로 싸움.
153) 농간(弄奸) 남을 속이거나 남의 일을 그르치게 하려는 간사한 꾀.

고집할 뿐이었다.

그 후 한동안 김직원은 현에게 나타나지 않았다. 현도 바쁘기도 했지만 더 김직원에게 성의도 나지 않아 다시는 찾아가지도 못하였다.

탁치 문제는 조선 민족에게 정치적 시련으로 너무 심각한 것이었다. 오늘 '반탁' 시위가 있으면 내일 '삼상회담 지지' 시위가 일어났다. 그만 군중은 충돌하고, 지도자들 가운데는 이것을 미끼로 정권 싸움이 악랄해 갔다. 결국, 해방 전에 있어 민족 수난의 십자가를 졌던 학병(學兵)들이, 요행 죽지 않고 살아온 그들 속에서, 이번에도 이 불행한 민족 시련의 십자가를 지고 말았다.

이런 우울한 하루였다. 현의 회관으로 김직원이 나타났다. 오늘 시골로 떠난다는 것이었다. 점심이나 같이 자시러 나가자 하니 그는 전과 달리 굳게 사양하였고, 아래층까지 따라 내려오는 것도 굳게 막았다. 전날 정리로 보아 작별만은 하러 들렀을 뿐, 현의 대접이나 인사는 긴치 않게 여기는 듯하였다.

"언제 서울 또 오시렵니까?"

"이런 서울 오고 싶지 않소이다. 시굴 가서도 그 두문동 구석으로나 들어가겠소."

하고 뒤도 돌아다보지 않고 분연히[154] 층계를 내려가고 마는 것이었다. 현은 잠깐 멍청히 섰다가 바람도 쏘일 겸 옥상으로 올라왔다. 미국군의 찝이 물매미 떼처럼 서물거리는 사이에 김직원의 흰 두루마기와

154) 분연하다(憤然—) 성을 벌컥 내며 분해하다.

검은 갓은 그 영자(影子)[155] 너무 표표함[156]이 있었다. 현은 문득 청조말(淸朝末)의 학자 왕국유(王國維)[157]의 생각이 났다. 그가 일본에 와서 명곡(名曲)에 대한 강연이 있을 때, 현도 들으러 간 일이 있는데, 그는 청나라식으로 도야지 꼬리 같은 편발(辮髮)[158]을 그냥 드리우고 있었다. 일본 학생들은 킬킬 웃었으나, 그의 전조(前朝)에 대한 충의를 생각하고 나라 없는 현은 눈물이 날 지경으로 왕국유의 인격을 우러러보았다. 그 뒤에 들으니, 왕국유는 상해로 갔다가 북경으로 갔다가, 아무리 헤매어도 자기가 그리는 청조의 그림자는 스러만 갈 뿐이므로, "녹수청산부증개 우세창태석수간(綠水靑山不曾改 雨洗蒼苔石獸間)"[159]을 읊조리고는 편발 그대로 곤명호(昆明湖)[160]에 빠져 죽었다는 것이었다. 이제 생각하면, 청나라를 깨트린 것은 외적(外敵)이 아니라 저희 민족 저희 인민의 행복과 진리를 위한 혁명으로였다. 한 사람 군주에게 연연히 바치는 뜻갈[161]도 갸륵한 바 없지 않으나 왕국유가 그 정성, 그 목숨을 혁명을 위해 돌리었던들, 그것은 더 큰 인생의 뜻이요, 더 큰 진리의 존엄한 목숨일 수 있었을 것 아닌가? 일제 시대에 그처럼 구박과 멸시를 받으면서도 끝내 부지해 온 상투 그대로, '대한'을 찾아 삼팔선을 모험해 한양성(漢陽城)에 올라왔다가 오늘, 이 세계사

155) 영자 그림자.
156) 표표하다(表表―) 사람의 생김새나 풍채, 옷차림 따위가 눈에 띄게 두드러지다.
157) 왕국유(1877~1927) 왕궈웨이. 중국 근대의 학자이자 문학가.
158) 편발 변발. 머리를 뒷부분만 남기고 나머지 부분을 깎아 뒤로 길게 땋아 늘인 머리.
159) 녹수청산부증개 우세창태석수간 '푸른 산 푸른 물은 옛 그대로 변하지 않고/비는 석수상의 이끼를 씻는구나'라는 뜻으로, 세상은 변했으되 변하지 않는 것이 있다는 의미.
160) 곤명호 중국 베이징의 이화원 안에 있는 호수.
161) 뜻갈 뜻〔志〕과 갈〔論〕.

의 대사조(大思潮) 속에 한 조각 티끌처럼 아득히 가라앉아 가는 김직원의 표표한 뒷모양을 바라볼 때, 현은 왕국유의 애틋한 최후를 연상하지 않을 수 없었다.

바람이 아직 차나 어딘지 부드러운 벌써 봄바람이다. 현은 담배를 한 대 피우고 회관으로 내려왔다. 친구들은 '프로예맹'과 합동도 끝나고 이번엔 '전국문학자대회' 준비로 바쁘고들 있었다.

생각해볼거리

1 현은 왜 낙향을 결심했을까요?

소위 시국물이나 일문(日文)으로 전향할 바에는 차라리 붓을 꺾어 버리려는 현은 생계에 어려움을 겪으면서도 일본의 패망이 얼마 남지 않았다고 생각하여 서울에서 버팁니다. 그러나 고등계 형사에게 시국에 협력할 것을 강요받아 마지못해 경무국의 지시라는 『대동아전기』의 번역을 맡게 되지요. 현은 이 일을 계기로 서울에 남아 있으면서 문학가로서 지조와 양심을 지키기는 어렵다는 것을 깨닫습니다. 그래서 강원도의 어느 산읍에 들어가 징용을 면하고 식량도 해결하며 일본이 패망할 때까지 낚시질로 소일하며 기다리고자 합니다.

현은 일제의 강압에 적극적으로 저항하기 힘든 상황에서 정신적 지조를 지키기 위해 자신이 할 수 있는 최선의 방책이 시국의 혼란을 피해 낙향하여 절필하는 것이라고 판단한 것입니다.

2 현은 『대동아전기』의 번역을 맡았을 때와 문인보국회에서 주최하는 문인궐기대회 참석을 결정할 때 '살고 싶다'고 말합니다. '살고 싶다'는 의미는 무엇일까요?

정의와 역사의 법칙에 기대를 걸고 연합군의 승리를 믿는 현은 어떻게든 일제가 물러가고 새로운 세상이 올 때까지만 견디고자 합니다. 그래서 창씨를 하지 않고 일본어로 글을 쓰지 않는 등의 소극적인 저항만을 합니다. 그러나 점점 심해지는 일제의 강압 아래에서 시국에 협력하는 것을 거부하기가 어려워집니다. 결국 문인 시국강연회에서 조선말로 『춘향전』 한 구절만 읽은 것에 대한 책임을 면하기 위해 『대동아전기』의 번역을 맡으며 '살고 싶다'고 합니다.

시국의 혼란을 피해 서울을 떠난 현은 시골에서조차, 문인보국회에서 하는 문인궐기대회에 참석하라는 전보를 받게 됩니다. 일제는 낙향한 현이 절필하고 낚시나 하며 소일하도록 허용하지 않고 현의 참석 여부를 예의주시합니다. 현은 일제의 강압 속에서 고뇌하다가 고매한 선비의 지조를 가진 김직원이 젊은이는 해방 조국에서 제 역할을 감당해야 하니 징용만 면할 도리를 하라고 말하자 '살고 싶다'는 솔직한 자기 고백을 합니다.

즉, '살고 싶다'는 것은 생명에 위협을 느끼는 상황에서 목숨을 보전하기 위해 어쩔 수 없이 일제에게 협력을 하겠다는 의미와 함께 살아 견디어서 해방 조국에서 제 역할을 하겠다는 의미가 있습니다.

3 현이 자신의 문학 세계를 어떻게 반성하고 있습니까? 그 내용에 대해 평가해 봅시다.

현은 대산(對山)의 시를 왕조 시대의 고완품을 애무하듯이 읊조리면서도 음풍영월하는 소견문학은 오늘 자신의 문학 생활과 관련이 없다고 생각합니다. 그러면서도 자신이 걸어온 문학의 길이 봉건 시대의 소견문학과 다를 바 없다는 생각을 하지요. 왜냐하면 그때까지 현의 작품 세계는 대개 신변적인 것이 많았기 때문입니다.

현은 신변잡기적인 것을 즐겨 쓰며 계급과 같은 이념 문제나 일제의 조선민족정책과 같은 현실 문제에 대해 비판하지 못하고 인종과 체념, 관조의 세계에 머물러 있었음을 반성합니다. 주목할 만한 것은 현이 옛것을 즐기는 것을 단순한 회고 취향으로 치부하고 현재와의 관련성을 부인하고 있다는 점입니다. 이태준의 작품 속에는 부정적인 현실과 대립된, 지향해야 할 긍정적인 가치로서 옛것이 등장하는 경우가 많았는데, 현이 옛것의 가치를 과거에만 한정하는 것은 이태준의 사상적 변모를 예감하게 합니다. 또한 자신의 문학 세계를 반성하며 자신이 현실 문제에 적극적으로 대응하지 못한 이유로 좌익에 대한 반감, 조선 문학의 미약했던 진용과 국제적 고립, 가혹한 검열제도를 들고 있는데, 이는 자기반성이라기보다는 주변 여건의 열악함을 탓하는 변명에 가깝습니다. 같은 상황하에서 일제에 저항했던 문학가도 있었음을 생각한다면 문학가로서의 사명을 다했는지 좀 더 냉정하고 엄격한 자기반성과 비판이 필요한 부분입니다.

4 조선문화건설중앙협의회에 대한 현의 심리 변화를 정리해 봅시다.

— 문화인들 대부분이 채 모이기도 전에 무슨 이권이나 되는 것처럼 재빨리 간판부터 내걸고 서두르는 모습을 보고 불순하고 경박다고 생각합니다. 또한 벌써부터 기치를 올리고 부서를 짜고 덤비는 축들이 대부분 전날의 좌익 작가들임을 알고 좌익이 발호하여 민족 상쟁 자멸의 파탄을 일으키지 않을까 걱정합니다.

— 조선 문화의 해방, 조선 문화의 건설, 문화전선의 통일을 전진구호로 내세운 조선문화건설중앙협의회의 선언문 초안을 읽고 기꺼이 서명합니다. 민족이 나아갈 노선에 있어 좌우를 막론하고 행동통일부터 원칙을 삼는 것이 무엇보다 긴급하다고 생각했고, 이들이 계급혁명을 먼저 내세우지 않는 것을 상당한 자기 비판과, 국제 노선과 조선 민족의 관계를 심사숙고한 결과라고 여겼기 때문입니다.

— 회관에서 "모든 권력을 인민에게로"라는 깃발이 나부끼고 노래가 울려 나오자 민주주의자로서가 아닌 공산주의자로서의 습성에서 나온 외침으로 생각합니다. 또 절친한 친구나 선배들이 현이 이들의 진영에 섞인 것을 염려하자 갈등하게 됩니다.

— 좌익 대중단체가 주최한 데모 때 〈적기가〉를 부르며 붉은 기를 뿌리는 것을 만류하는 현을 반동으로 취급하는 것 같아 갈등합니다.

— '인민공화국' 드림 사건으로 배신감을 느껴 그만두려 했으나 그들의 실수임을 알고, 자기비판과 정세 판단과 '프로예맹'과의 합동운동을 더 진실한 태도로 착수합니다.

5 현은 해방 후 자신이 공산주의자로 변모했다는 말에 대해 어떻게 생각합니까?

현은 해방 전에 친구가 대부분 소극적인 처세가들이기 때문에 자신도 뚜렷한 태도를 가지지 않았지만 해방 후에도 의연히 처세만 하고 일하지 않는 것은 반대합니다. 지금은 혐의는커녕 위험이라도 무릅쓰고 일해야 할, 민족에게 가장 긴박한 시기이므로 자두나무 아래에서라고 삐뚤어진 갓을 바로잡지 못하는 것은 어리석음이며, 처세주의는 저 하나만 생각하는 태도라고 생각합니다. 더구나 이번에 공산당이 무산계급혁명이 아닌 민족의 자본주의적 민주혁명으로 노선을 밝혔기 때문에 좌우익의 극단적 대립 없이 동포의 분열과 상쟁을 최소한으로 제지할 수 있는 것은 조선 민족을 위해 무엇보다 다행한 일이라고 생각합니다.

현은 공산주의 계열의 문화단체에 소속되어 있으면서도 자신은 민족의 단결을 위해 몸담고 있을 뿐이라고 생각합니다. 즉, 자신의 입장은 좌나 우에 치우치지 않고 예전과 같은데 공산당의 노선이 바뀐 것으로 이해하고 있습니다. 다만 해방 후 위험을 무릅쓰고라도 일해야 할 긴박한 시기를 맞아 해방 전의 소극적인 자세를 버리고 민족의 자본주의적 민주혁명을 위해 지식인으로서의 사명을 다하려는 적극적인 자세로 변모했을 뿐이라고 생각합니다.

6 김직원에 대한 현의 인식은 해방 전과 후에 어떻게 달라지나요?

해방 전 김직원은 3·1운동 때 감옥살이를 한 노인으로 창씨도 하지 않은 채 한복에 상투와 갓을 쓰고 시골 향교를 지키고 있습니다. 시국에 대해 자신보다 한층 저항적인 김직원에 대해 현은 모시어 볼수록 깨끗한 노인이요, 이 고을에서는 엄연히 존경을 받아야 옳을 유일한 인격자요 지사이며, 기인여옥이라고 생각합니다.

해방 후 현은 김직원의 지조를 '돌과 같이 완강한 머리' 혹은 '이 세계사의 대사조 속에 한 조각 티끌처럼 아득히 가라앉아 가는' 모습으로 인식합니다. 위험을 무릅쓰고 일해야 할 시기임에도 조국의 변화된 현실에 적응하지 못하고 시대적 흐름에 뒤처져 사라지는 김직원의 모습에 연민을 느낍니다.

7 **김직원에 대한 현의 태도가 변한 이유는 무엇이며, 이러한 변화가 의미하는 것은 무엇일까요?**

일제 말기에 현은 불행한 식민지 백성으로서 광복을 바라는 간곡한 심정이 서로 일치하여 김직원에게 마음을 터놓고 사귀며 그의 지조를 존중하였습니다. 더구나 김직원은 시국에 대해 현보다 한층 더 저항적인 태도를 보였기 때문에 존경심마저 갖습니다. 다만 김직원과 현대 문학을 논담하지 못하는 것이 서로 유감이었을 뿐입니다.

그러나 해방이 되자, 해방 조국의 미래에 대한 견해 차이가 현격히 드러납니다. 김직원은 민족적 감정이나 지조, 명분을 내세워 중경 임시정부 요인에 의한 정부 수립을 주장하며, 공산파만 제거하면 독립 국가를 세울 수 있다고 생각합니다. 반면, 현은 공산파를 인정하고 좌우익의 대립은 민족 분열과 상쟁을 초래하므로 좌우익의 합작이 필요하다고 생각합니다. 또한 우리의 독립은 자력으로 이루어진 것이 아니므로 국제 정세에 대한 이해를 바탕으로 대처해야 완전한 독립에 이를 수 있다고 생각합니다. 결국 현은 김직원을 설득하지 못하고 김직원과 결별을 하게 되지요.

일제 말기 김직원은 작가의 분신이라고 할 수 있을 만큼 작가와 유사한 세계관을 보여 줍니다. 그러나 해방 이후에도 변함없는 김직원의 세계관을 작가는 시대착오적인 봉건적 가치관으로 치부합니다. 이는 해방 이후에도 김직원이 기존의 가치관을 고수하는 것과는 달리 현은 진보적인 가치관으로 변모하였다는 것을 강조하는 것입니다. 결국 해방 정국에 대한 견해 차이로 현이 김직원과 결별하는 것은 작가가 과거의 자신과 결별하고 새로운 세계를 모색한다는 의미를 지닙니다.

8 현은 미국군의 지프 사이로 사라지는 김직원의 두루마기와 검은 갓의 표표함을 보고 왕국유를 생각합니다. 그 이유는 무엇입니까?

현은 김직원과 왕국유를 동일시하고 있습니다. 김직원과 왕국유는 모두 왕조에 대한 충절을 지킬 뿐 인민을 위한 혁명에는 가담하지 않았다는 공통점이 있습니다. 왕국유는 청조 말의 학자로, 돼지꼬리 같은 변발을 그대로 드리우고 전(前) 왕조에 대한 숭의를 지킵니다. 그러나 상해로 갔다가 북경으로 갔다가 아무리 헤매도 자신이 그리는 청조의 그림자가 스러져만 가는 상황을 보고는 곤명호에 빠져 죽습니다.

현은 한 군주에게 충성을 바친 왕국유의 지조에 대해서는 경의를 표합니다. 그러면서도 자기 민족과 인민의 행복을 위한 혁명에 가담하지 않은 것을 비판합니다. 그가 혁명을 위해 목숨을 바쳤다면 뜻깊은 인생, 존엄한 죽음이 되었을 것이라고 생각합니다. 마찬가지로 김직원의 지조를 높이 평가하면서도, 격변하는 시대 속에서 여전히 봉건적 세계관에서 벗어나지 못하고 시대 변화에 적응하지 못하는 모습에서 김직원 역시 왕국유처럼 역사의 그늘 속으로 아득히 사라질 것을 예감합니다.

9 **「패강랭」의 현과 「해방 전후」의 현의 태도를 비교해 봅시다.**

「패강랭」의 현과 「해방 전후」의 현은 모두 일제 식민지 치하에서 일제에 협력하지 않고 지식인으로서의 양심과 지조를 지키고 싶어 하면서도 억압적인 현실 앞에서 무기력한 모습을 보인다는 점에서 동일합니다. 그러나 「패강랭」의 현은 일제의 강압에 대한 울분을 부회의원인 김에게 터뜨려 개인적인 분노에 그치고 있는 반면, 「해방 전후」에서의 현은 해방 이후에, 소극적이었던 자신의 태도를 반성하고 적극적인 이념적 실천을 한다는 점에서 차이를 보입니다.

 참고

해방 직후의 시대적 배경

해방이 되자 미국과 소련이 삼팔선을 경계로 한반도를 분할 점령합니다. 북한에서는 김일성이 인민위원회를 조직하여 건국 준비를 서두르고, 남한에서는 여운형이 1945년 8월 15일에 조선건국준비위원회를 발족하여 총독부로부터 치안권을 넘겨받습니다. 건국준비위원회는 완전한 자주독립 국가 건설, 민주주의 정권 수립, 국내 질서의 자주적 유지 등의 강령을 내세우고, 1945년 9월 6일 조선인민공화국을 선포합니다. 그러나 미군정은 조선인민공화국과 임시정부 모두 인정하지 않아 임시정부 요인들은 이승만이 8월에, 김구는 11월에야 개인 자격으로 입국하게 됩니다.

일본인 소유의 재산 분배, 친일파 청산, 정부 수립 방법 등 구체적인 사안에 대한 견해 차이로 어수선한 가운데서도 우리 민족은 자주적인 민주공화국 수립을 희망한다는 점에서는 공통적이었습니다. 그러나 우리 민족의 희망과는 달리 1945년 12월 모스크바 삼상회의에서 신탁통치가 결정되기에 이릅니다. 이에 김구와 이승만 등의 우익은 식민지배의 연장으로 보아 신탁통치 결사 반대를 외칩니다. 한편 박헌영 등의 좌익은 처음엔 반대 입장이었다가 모스크바 삼상회의의 결정을 임시정부 수립에 중점을 둔 것으로 이해하면서 임시정부 수립이 시급하다는 판단하에 모스크바 삼상회의 지지로 입장을 바꾸었습니다. 모스크바 삼상회의는 우익과 좌익을 분열시켜 이후 통일 독립국가 건설에 결정적인 장애물이 되었습니다.

해방 직후 문단의 현실

해방 직후 문단의 과제는 식민지 문화의 청산과 민족 문학의 재정립이었습니다. 그러나 해방된 조국에서는 문학마저 정치적 소용돌이에 휩쓸려 이념적인 대립과 갈등으로 어수선한 가운데 좌익 계열은 문화운동을 통해 정치적 이념을 실현하고자 합니다. 해방되고 가장 먼저 조직된 문학단체는 좌익 계열의 조선문학건설본부였습니다. 조선문학건설본부는 과거 카프(KAPF, 조선프롤레타리아예술가동맹)의 핵심 인물인 임화와 김남천을 중심으로 1945년 8월 16일 조직되어 1945년 8월 18일 조선문화건설중앙협의회라는 문화단체로 확대되었습니다. 임화는 일제 잔재 청산과 근대적인 민족 문학의 건설을 주장하였고 계급보다는 민족을 앞세웠습니다. 때문에 조선문학건설본부는 이념을 달리하는 문인을 포함한 좌우 합작의 범문단적인 조직이 되었고 이태준도 여기에 참여합니다.

우익에서는 이들에게 반발하여 민족주의 진영이 조선문화협회(1945. 9. 8.), 전조선문필가협회(1946. 3. 13.), 조선청년문학가협회(1945. 4. 4.)를 결성하여 이에 대응하고 문학의 독자성과 자율성을 추구하였습니다.

한편 좌익 계열에서도 조선문학건설본부의 계급적 색채가 뚜렷하지 않은 것에 불만을 품고 송영과 이기영 등 일부 카프 문인들이 카프의 정통 계승을 내세우며 조선프롤레타리아문학동맹을 조직하여 프롤레타리아 문화 건설의 기치를 올립니다. 1945년 9월 30일에는 조선프롤레타리아예술동맹(프로예맹)으로 확대 개편하여 조선문학건설본부와 맞섭니다.

조선문학건설본부와 조선프롤레타리아예술동맹은 박헌영이 이끄는 조선공산당의 지시로 1945년 12월 13일 조선문학동맹으로 전선적 통합을 이룹니다. 그리고 1946년 2월 9일 조선문학자대회를 개최하고 조선문학가동맹으로 정식 승인을 받는데 이때 이태준은 문학가 동맹의 부위원장을 맡습니다.

나중에 미군정 당국이 공산당을 불법화하자 일부 문인들이 월북을 하여 1946년 3월 25일에 북한 지역 문인들과 함께 북조선문학예술총동맹을 구성합니다. 이태준은 1946년 칠팔월경에 월북하여 북조선문학예술 총동맹의 부위원장직을 맡습니다. 이후 문단은 남북 분단으로 인해 한국 문학과 조선 문학으로 분열되기에 이릅니다.

근대 단편소설의 기법과 문장을 완성시킨 기교의 작가

변화하는 사회에 적응하지 못하고 소외된 인물의 고난을 서정적으로 그려 낸 스타일리스트

상허(尙虛) 이태준(李泰俊)은 1925년 「오몽녀」로 등단한 후부터 1956년 북한에서 숙청되기 전까지 약 30년에 걸쳐 단편 60여 편과 중 · 장편 18편을 발표하고 시, 동화, 희곡, 수필, 평론 등 문학의 전 갈래에 걸쳐 왕성한 활동을 한 한국 현대소설사의 대표적인 작가입니다. 그는 1930년대 구인회(九人會)를 주도하고 『문장(文章)』지의 편집자로 활약하여 순수문학의 기수로 인정받지만 월북 작가라는 굴레 때문에 그동안 남북한의 문학사에서 제대로 평가가 이루어지지 않은 작가이기도 합니다.

문학사에서 이태준에 대한 평가는 식민지 조국의 현실에 대한 고민이 부족하다는 평가에서부터 정치적 행동으로 문학의 순수성을 왜곡했다는 평가까지 다양합니다. 그러나 그가 김동인, 현진건에 이어 근대 단편소설의 기법과 문장을 완성시킨 기교의 작가로서 '근대적인 단편소설의 한 완성자'라는 점에는 이견이 없는 듯합니다.

이태준이 근대적인 순수문학을 추구한 모더니스트이면서도 문학에 고전적 세계를 수용하는 상고주의적 경향을 보이는 등 소재와 주제 면에서 다양성을 보이는 것은 그의 삶과 밀접한 관련이 있습니다.

천애의 고아, 문학 청년이 되다

이태준은 1904년 11월 4일 강원도 철원에서 아버지 이문규(李文奎)와 그의 소실이었던 어머니 순흥 안씨 사이에서 1남 2녀 중 장남으로 태어났습니다. 이태준의 아버지는 보통학교 교관과 감리서 주사를 지낸 개화파 지식인으로, 개혁을 도모하다 1909년 블라디보스토크로 망명하지만, 그해 8월 병으로 사망합니다. 여섯 살에 아버지를 여읜 이태준은 어머니와 함께 귀국길에 오르던 중 여동생의 출생으로 인해 도중에 함경북도 이진에 정착합니다. 그곳에서 서당에 다니며 한문을 수학하고 당시(唐詩)를 배우며 문학에 눈을 뜨게 됩니다.

아홉 살에 어머니마저 돌아가시고 고아가 된 이태준은 고향인 철원군 용담의 친척집으로 옮겨 갑니다. 그러나 양반 가문의 서자인 그에게 보내는 친척들의 시선은 곱지 않았고, 더구나 고아로서 겪는 고충은 어린 이태준이 감당하기에는 너무나 힘든 것이었습니다. 하지만 친척집을 전전하던 그의 고아 체험은 대상과의 거리감을 형성하는 서술기법이나 인물의 형상화 등 그의 소설에 많은 영향을 줍니다. 또한 이태준의 소설 속에 자주 등장하는, 속악한 현실에 굴복하지 않으려는 기개를 보이는 인물들은 아버지의 민족주의와 선비 정신의 영향을 받은 결과로 볼 수 있습니다.

이태준은 1918년 봉명학교를 우등으로 졸업할 만큼 공부도 잘하고 자존심도 강한 아이였습니다. 봉명학교 졸업 후 간이농업학교에 진학했으나 한 달 만에 그만두고, 자신의 삶을 개척하기 위해 고향을 떠나 여러 곳을 방황하다가 원산의 객줏집에 심부름꾼으로 들어갑니다. 그리고 가출 소식을 듣고 찾아온 외할머니의 보살핌을 받으며 문학 서적을 탐독하기 시작합니다. 이후 유학을 하고자 먼 일가친척을 찾아 중국 안동현으로 갔으나 뜻을 이루지 못하고 1920년에 서울로 돌아옵니다.

1920년 4월 배재학당에 응시해서 합격했으나 입학금이 없어 등록을 포기하고 야학에 다니다 이듬해 4월 휘문고보에 입학합니다. 재학 시절 이태준은 월사금을 내지 못할 정도로 경제적 어려움을 겪었지만, 교지(校紙)『휘문』에 많은 글을 발표하며 학예부장으로 활약하는 등 문학에 관심을 보입니다. 그러나 1924년 6월 13일 동맹휴교 사건의 주모자로 지목되어 졸업을 1년 남기고 4학년 때 퇴학을 당합니다. 그해 가을, 친구 김연만의 도움으로 일본으로 건너간 그는 1925년 도쿄에서 투고한 단편「오몽녀」가 『조선문단』에 입선작으로 당선되며 작가로서의 첫발을 내딛습니다. 1926년 도쿄의 조치대학〔上智大學〕 예과에 입학하여 신문, 우유 배달을 하며 고학을 하던 이태준은 이듬해 11월에 학교를 중퇴하고 서울로 돌아옵니다. 그리고 모교인 휘문고보와 신문사에서 일자리를 구해 보지만 모두 거절당하고 방황하게 됩니다.

드디어 1929년『개벽』사에 입사하고 이듬해 이화여전 음악과 졸업생인 이순옥과 결혼하여 안정을 찾으며「행복」(1929),「기생 산월이」(1930),「어떤 날 새벽」(1930) 등을 발표합니다. 1931년에는〈중외일보(中外日報)〉기자로 근무하다가 폐간되자〈조선중앙일보〉의 학예부장으로 일하는 한편, 이화여전 등의 학교에 강사로 출강하면서 주로 작문을 가르칩니다. 이 시기에 이태준은 훗날 대표작으로 평가되는 여러 단편과 많은 장편 소설을 씁니다. 1931년 첫 장편소설인 「구원의 여상(女像)」을 『신여성』에 연재한 것을 시작으로 여러 신문사의 청탁을 받아 「제2의 운명」(1933~1934, 조선중앙일보), 「불멸의 함성」(1934~1935, 조선중앙일보), 「성모(聖母)」(1935~1936, 조선중앙일보), 「화관(花冠)」(1937, 조선일보), 「청춘무성(青春茂盛)」(1940, 조선일보), 「사상(思想)의 월야(月夜)」(1941, 매일신보) 등의 장편소설을 연재하기에 이릅니다. 자전적 성격이 강한 성장소설 「사상의 월야」를 제외한 대부분의 장편소설은 애정 갈등의 삼각구도 속에 계몽 의식을 담아낸 통속소설로 당대에 인기를 누리게 됩니다. 그러나 이태준은 경제적인 이유 때문에 저널리즘과 타협하여 억지로 써야 하는 장편소설보다는 쓰고 싶은 것을, 쓰고 싶은 때에, 쓰고 싶은 대로 순수하게 쓴 단편소설에 애착을 보입니다.

이 시기에 발표한 단편소설은 현실 속에서 지식인이 겪게 되는 좌절을 그리고 있는데, 교육 사업에 헌신적이었던 윤선생이 강도로 전락한다는 「어떤 날 새벽」, 조국을 위해 헌신하겠다는 포부를 갖고 귀국한 동경 유학생 윤건이 속물화된 식민지 조국의 현실에 좌절하는 「고향」(1931), 계몽주의적 의식을 가졌다가 신문의 상업성에 물든 K기자의 자기 비판을 담은 「아무 일도 없소」(1931), 계몽적 지사 송선생의 몰락을 담은 「불우선생(不遇先生)」(1932), 동경 유학생이 근대 문명에 물들지 않은 낙원을 꿈꾸지만 주재소 소장에 의해 좌절한다는 「실낙원 이야기」(1932) 등이 그 예입니다.

구인회를 주도하며 순수문학의 기수가 되다

1933년 8월, 이태준은 이효석, 박태원 등과 함께 '구인회'를 조직합니다. 구인회는 문단 및 예술계의 작가 아홉 명이 만든 문학 친목단체로 1920년대 중반 이후 문단을 주도했던 카프 문학의 이념성과 도식성에 반발하여 순수문학을 추구합니다. 이태준은 구인회 결성에서 활동에 이르기까지 주도적인 역할을 하며 문단의 전면에 나서서 근대문학을 발전시키는 데 기여합니다. 그러나 도시 취향의 모더니즘 작가와 달리 이태준은 근대적인 기법을 추구하면서도 현실 인식의 측면에서는 도시화·산업화에 반발하고 옛것에 애착을 보이는 등 반근대적 특성을 드러냅니다.

그는 문학은 사실의 모방인 기록을 뛰어넘어 '표현'과 '창조'의 경지에 이르러야 한다고 생각하여 소설의 내용보다는 기법을 중시하였습니다. 또한 소설이란 문장과 마찬가지로 철저하게 '만들어지는 것'이라고 생각하여 하나의 단편을 완성한 뒤에도 끊임없이 고치고 다듬기를 반복했습니다.

그는 근대 소설의 특징이 개성에 있다고 생각하여 사건과 상황을 녹여 내어 그것들을 가장 인상적으로 드러낼 수 있는 문학적 장치로서 인물 묘사에 주목하고 개성적인 인물을 형상화해냅니다. 그가 그린 인물들은 주로 기생, 노인, 퇴락한 지식인, 소외된 도시 빈민층, 부유하는 농민 등 소외된 인물입니다. 현실에 적응하지 못하는 나약한 인물을 주인공으로 삼아 하층민의 고난을 형상화하고, 현실의 부정적인 측면을 그리면서도 서정적인 분위기로 담아냅니다.

당대의 평론가 최재서(1908~1964)는 이태준 단편소설의 이러한 특징을 '하잘것없는 인물들의 평범한 생활 가운데 흐르고 있는 유머와 페이소스, 그것을 포착하여 놓은 작자의 명확한 수법, 사상적 고민이나 생활적 의욕은 없지만 선명한 인간상이 나타난다는 점'이라고 지적하였습니다. 이후 이태준은 개성적인 인물, 서정적인 분위기, 유려한 문장, 치밀한 구성 등으로 근대적 단편소설의 완성자라는 평가를 받습니다.

이러한 특징이 잘 드러난 작품들이 「꽃나무는 심어 놓고」(1933), 「달밤」(1933), 「촌뜨기」(1934), 「손거부(孫巨富)」(1935)입니다. 「달밤」은 이태준이 습작기의 미숙함에서 완전히 벗어났다는 평가를 받는 작품으로 '황수건'이라는 개성적 인물을 아름다운 달밤의 정경과 함께 묘사하여 인정이 메말라 가는 세태를 우회적으로 비판하고 있는 작품입니다. 「꽃나무는 심어 놓고」 「촌뜨기」는 농촌에서는 생계 유지가 힘들어 도시로 이주를 결행하지만 도시에서마저도 소외되는 이농민의 현실을 서정적으로 그리고 있습니다. 「손거부」는 부유한 삶에 대한 바람을 담은 '거부(巨富)' '대성(大成)' '복성(福成)' '녹성(祿成)'이라는 이름의 인물들이 실제로는 상반된 삶을 사는 아이러니를 그리고 있는데, 순박한 인물들이 소외될 수밖에 없는 모순된 근대화와 불합리한 식민지 정책에 대한 우회적인 비판이 드러나 있습니다.

1935년에 〈조선중앙일보〉를 퇴사하고 창작에만 몰두하던 이태준은 1936년에 유미주의적 색채가 강한 「까마귀」라는 작품을 발표하여 탁월한 분위기 소설이라는 평가를 받으면서 작품 세계의 다양한 폭을 보여 줍니다.

그의 작품은 현실 인식이 결여되어 있다는 비판을 받기도 하는데,

1936년에 발표한 「장마」에서 일상성에 파묻혀 살아가는 작가의 내면적 고뇌를 그린 것을 시작으로 현실의 문제를 보다 구체적으로 작품에 수용하게 됩니다. 1937년에 발표한 「복덕방」은 노인이 등장하는 이태준의 대표적 소설로, 일제의 식민지 지배로 인해 현실에서 소외되어 복덕방에서 소일하는 세 노인을 통해 근대 자본주의의 타락상을 구체적으로 그리고 있으며 신구(新舊) 세대의 갈등을 통해 신세대의 속물성을 비판하고 있습니다.

『문장』의 편집자로 활약하며 상고주의로

1937년 중일전쟁이 발발하고 일제의 식민 통치가 극한 상황으로 치달아 객관적인 사정이 점차 어려워지자 이태준은 자신의 작품 세계에 대해서 심한 갈등을 보이고 1938년에는 새로운 문학적 변신을 도모하기 위해 만주 지역을 여행합니다. 그리하여 「농군」(1939)과 같은 현실 인식이 투철한 작품을 쓰기도 합니다. 「농군」은 1931년에 만주 '장자워프(姜家窩棚)'에서 일어난 완바오 산(만보산) 사건을 소재로 한 작품으로, 만주로 이주한 조선 농민의 삶에 대한 강인한 의지와 저항정신을 그리고 있습니다.

이후 이태준은 옛것에 대한 애착을 드러내는 상고주의를 통해 제국주의 사조와 근대화의 도도한 흐름에 저항하고자 합니다. 1938년에 발표한 단편소설 「패강랭」은 그의 상고주의적 경향이 가장 잘 드러난 작품으로 상고 취향을 지닌 소설가 '현'을 통해 조선적 가치를 훼손하는 일본식 근대화에 대한 울분과 경계를 표현하고 있습니다.

1939년 2월 민족주의적 색채가 강한 『문장』이 창간되자 편집자 겸

소설 추천 심사위원으로 활약하면서 최태응, 임옥인, 곽하신 등의 신인 작가들을 문단에 배출합니다. 또 자신의 문장관과 글쓰기 방법론을 9회에 걸쳐 연재하여 1940년에는 이를 묶어 『문장강화』를 출판합니다.

이 시기에 발표된 소설은 현실에 적극적으로 대처하는 의지적인 인물을 형상화하거나 궁핍한 현실을 그리고 있어 광복 직후 이태준의 변신을 암시해 줍니다.

「영월영감」(1939)에서는 노령에도 불구하고 일하기 위해서는 힘이 있어야 한다며 사회를 위해 쓰여질 노다지를 찾아 나서는 영월영감의 의지적인 삶과 좌절을 그리고 있습니다. 「농군」에서는 만주로 이주해 간 '창권' 일가와 '황채심'이 조선 사람들이 모여 사는 장자워프에 정착하기 위한 처절한 투쟁의 과정을 서정적으로 묘사하여 이태준의 문학적 변신을 보여 주는 작품으로 평가받습니다. 1940년에 발표한 「밤길」에서는 건축 공사장의 막노동꾼인 '황서방'을 주인공으로 궁핍한 하층민의 절망적 상황을 생생하게 묘사하여 투철한 현실 인식과 함께 탁월한 문장가로서의 면모를 과시합니다. 「밤길」은 해방 후 작가가 월북한 뒤 대폭 개작되는데 개작된 작품은 발표 당시보다 계급성을 강하게 드러냅니다.

순응과 낙향

일제의 탄압이 심해지자 이태준은 저항하지 않은 채 황군위문작가단, 조선문인 협회 등의 단체 활동에 참가하고 1941년에는 주식회사 '모던 일본사'가 제정한 제2회 조선예술상을 받습니다.

1941년 4월 『문장』이 폐간되자 이태준은 소설 쓰기에만 전념하는

데, 현실 상황에 눌려 있는 지식인의 체관적(諦觀的)인 자세와 삶의 서글픔이 드러난 「토끼 이야기」(1941), 「석양」(1942), 「사냥」(1942), 「무연(無緣)」(1942) 등을 발표합니다. 1943년에는 「돌다리」 「뒷방마님」 등을 발표하는데 「돌다리」에서는 땅에 대한 애착이 강한 아버지와 의사인 아들의 갈등을 통해 전통을 지키려는 신념을 그렸습니다. 그러나 일제의 강압에 못 이겨 『대동아전기(大東亞戰記)』(1943)를 번역하고 괴로워하던 그는 1943년 붓을 꺾고 강원도 철원 안협으로 낙향하여 칩거하다 해방을 맞습니다.

월북과 함께 한국 현대문학사의 미아가 되다

해방이 되자 상경한 이태준은 조선문학건설본부에 참가하면서 순수문학가에서 관념적 사회주의자로 이념적 변신을 시도하여 조선문학가동맹의 부위원장을 맡습니다. 1946년 8월에는 해방 전후에 겪은 이태준의 사상적 갈등과 변신의 과정을 담은 자전적소설 「해방 전후」를 발표하여 조선문학가동맹이 제정한 제1회 해방 기념 조선문학상을 수상합니다. 그의 변신을 두고 민족주의 진영에서는 일제 시대 때의 친일 행위에 대한 보상책이라고 비판하기도 하지만 이태준은 「해방 전후」에서 공산주의 사상가로서의 변신이라기보다는 시대적 상황의 변화에 따라 문학가의 사명을 실천한 것임을 주장합니다.

1946년 칠팔월경 홍명희와 함께 월북한 뒤, 방소문화사절단으로 소련을 여행하고 쓴 기행문 「소련기행」(1947)을 비롯해서 북조선 토지개혁의 과정을 그린 『농토』(1948), 투쟁적이고 선동적인 주제가 생경하게 제시된 단편집 『첫 전투』(1949), 『고향길』(1952)을 출간하며, 그의 기교로서의 문학은 더 이상 볼 수 없게 됩니다.

1948년에는 그의 문장론을 담은 『문장강화』(증정본)를 남에서 출판하고 북조선문학예술총동맹의 부위원장직을 역임합니다. 한국전쟁 때에는 종군작가단에 가담하였고 1950년 9·28 수복 때 이북으로 갑니다. 평양에서 한국군에게 귀순 의사를 표현하여 최태응, 선우휘가 구출을 시도했으나 실패하고, 1956년 남로당이 숙청됨에 따라 이태준도 구인회 활동과 친일 활동 등 사상 추궁을 당하여 숙청됩니다. 노동자로 전락하였다가 잠시 복귀했다는 설이 있으나, 숙청 이후의 행적에 대해서는 생사조차 확인되지 않으며 한국문학사에서 영원히 사라지게 됩니다.

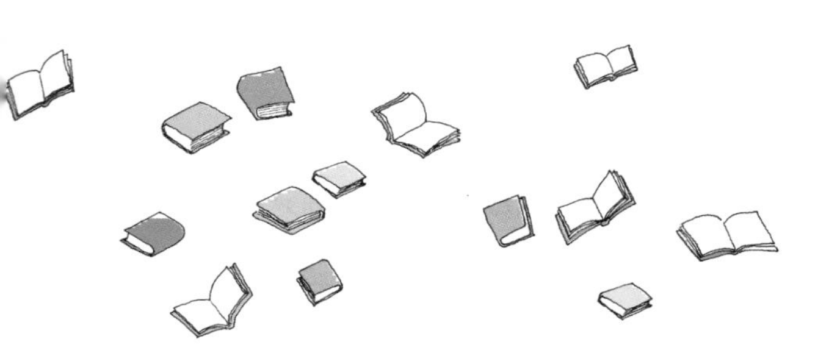

| 논술 | 인간은 죽음에 대한 두려움을 극복할 수 있는가?

1. 주제 파악

생물학적으로 죽음은 생명 활동이 정지된 상태를 말합니다. 생명이 있는 것은 다 죽게 마련이며 인간도 결국에는 죽음을 맞이합니다. 인간은 언제 찾아올지 모르는 죽음이라는 미지의 사건 앞에서 한없는 두려움을 느끼고 이를 피하고자 노력해 왔습니다. 그러나 죽음을 피하려는 인간의 모든 노력은 수포로 돌아갔고 영원한 생명을 얻기 위해 불로초를 찾았던 진시황도 결국 죽고 말았습니다. 인간의 유한성을 잊기 위해 부와 명예를 쌓아 가는 사람들도 있지만 죽음은 누구에게나 공평하게 찾아옵니다. 죽음이 이렇게 피할 수 없는 운명이라면 우리는 죽음을 좀 더 의연히 맞아야 하지 않을까요?

죽음의 절대성 앞에서 두려움을 극복한다면 좀 더 편안하고 자유롭게 죽음을 맞이할 수 있을 텐데요. 과연 인간은 죽음에 대한 두려움을 극복할 수 있을까요?

2. 논술 문제

인간은 누구나 죽을 운명에 처해 있다. 죽음 앞에서 대부분의 인간은 두려움을 느낀다. 제시문 (가), (나), (다)에서 시한부 인생을 살아가는 인물들이 죽음을 대하는 태도를 분석하고 죽음에 대한 두려움을 극복하기 위해 인간이 갖추어야 할 태도가 무엇인지 논하시오.

(가)

"저처럼 죽음에 대면해 있는 처녀를 작품 속에서 생각해 보신 적 계서요, 선생님?"

"없습니다! 그리구 그만 정도에 왜 죽음은 생각허십니까?"

"그래도 자꾸 생각하게 되어요."

하고 여자는 보일 듯 말 듯한 웃음으로 천장을 쳐다보았다. 한참 침묵 뒤에,

"전 병을 퍽 행복스럽다 했어요. 처음엔……."

"……."

"모두 날 위해 주고 친구들이 꽃을 가지고 찾아와 주고 그리고 건강했을 때보다 여간 희망이 많지 않아요. 인제 병이 나으면 누구헌테 제일 먼저 편지를 쓰겠다, 누구헌테 전에 잘못한 걸 사과하리

라…… 참 별별 희망이 다 끓어올랐예요…… 병든 걸 참 감사했어요. 그땐…….”

“지금은요?……”

“무서와졌예요. 죽음도 첨에는 퍽 아름다운 걸로 알았더랬예요. 언제든지 살다 귀찮으면 꽃밭에 뛰어들듯 언제나 아름다운 죽음에 뛰어들 수 있는 걸 기뻐했어요. 그런데 이렇게 닥뜨리고 보니 겁이 자꾸 나요. 꿈을 꿔두…….”

하는데 까악까악 하는 소리가 바로 그 전나무 썩정 가지에서인 듯, 언제나 똑같은 거리에서 울려 왔다.

“여기 나와선 까마귀가 내 친굽니다.”

하고 그는 억지로 그 불길스러운 소리를 웃음으로 덮어 버리려 하였다.

“선생님은 친구라구꺼정! 전 이 동네가 모두 좋은데 저게 싫어요. 죽음을 잊어버리면 안 된다구 자꾸 깨쳐 주는 것 같아요.”

“건 괜한 관념일 줄 압니다. 흰 새가 있듯 검은 새도 있는 거요, 소리 맑은 새가 있듯 소리 탁한 새도 있는 거죠. 취미에 따란 까마귀도 사랑할 수 있는 샌 줄 압니다.”

“건 죽음을 아직 남의 걸로만 아는 건강한 사람들의 두개골을 사랑하는 것 같은 악취미겠지요. 지금 저헌텐 무서운 짐승이에요. 무슨 음모를 가지구 복면하고 내 뒤를 쫓아다니는 무슨 음흉한 사내같이 소름이 끼쳐요. 아마 내가 죽으면 저 새가 덥석 날아와 앞을 설 것만 같이…….”

“…….”

"죽음이 아름답게 생각될 때 죽는 것처럼 행복은 없을 것 같아요."
하고 여자는 너무 길게 지껄였다는 듯이 수건으로 입을 코까지 싸서 막고 멀거니 어두워 들어오는 미닫이를 바라보았다.

(중략)

"앓으시는 병을 조금도 싫어하지 않고 정말 운명을 같이 따라하려는 사람만 있다면……?"

"그럼 그건 아마 사람이 아니겠지요. 저한테 사랑하는 사람이 있긴 있어요……. 절 열렬히 사랑해 주어요. 요즘도 자주 저한테 나와요."

"……."

"그는 정말 날 사랑하는 표로, 내가 이런, 모두 싫어허는 병이 걸린 걸 자기만은 싫어허지 않는단 표로 하루는 내 가슴에서 나온 피를 반 컵이나 되는 걸 먹기까지 한 사람이에요. 그렇지만 그게 내게 위로가 되는 줄 아세요?

"……."

그는 우울할 뿐이었다.

"내 피까지 먹고 나허고 그렇게 가깝게 해도 그는 저대로 건강하고 저대로 살아가야 할 준비를 하니까요. 머리가 좋으면 이발소에 가구, 신이 해지면 새 구둘 맞추고, 날마다 대학도서관에 다니면서 학위 받을 연구만 하고 있어요. 그러니 얼마나 저하곤 길이 달라요? 전 머릿속에 상여, 무덤 그런 생각뿐인데……."

—이태준, 「까마귀」 중에서

(나)

앤은 열일곱 살에 너바나의 마지막 콘서트에서 만난 첫사랑과 결혼해 딸 둘을 낳고 친정 마당에 있는 트레일러에서 가난하게 살고 있다. 그녀의 남편은 착하고 앤을 사랑해 주지만 실직 상태라 앤은 남편 대신 대학에서 야간에 청소부를 하며 생계를 꾸려 나가고 있다. 그녀는 교도소에 수감된 아버지, 사이가 좋지 않은 어머니로 인해 불우한 성장기를 보냈다. 그러나 힘겨운 생활이 계속됨에도 사랑스러운 딸들, 남편과 함께 일상의 작은 행복에 만족해하며 살아간다.

어느 날 아침 설거지를 하던 앤은 복통으로 쓰러지고, 셋째 아이를 기대하고 갔던 병원에서 뜻밖에 자궁암 말기 진단을 받게 된다. 남아 있는 시간은 고작 두세 달. 앤은 심한 충격을 받지만 치료를 거부하고 자신의 운명을 받아들인다. 그녀는 가족에게도 자신이 시한부 인생임을 알리지 않고 남은 시간 동안 자신의 삶을 정리하기로 결심한다. 그녀는 먼저, 죽기 전에 하고 싶은 열 가지 일을 정리하고 이를 실행에 옮긴다. 그녀는 아이들이 열여덟 살이 될 때까지의 생일 축하 메시지를 미리 녹음하고, 감옥에 계신 아버지에게 면회를 가고, 아이를 좋아하고 남편에게 어울릴 만한 새 아내를 찾아 주는 등 가족이 자신의 빈자리로 인해 받을 고통을 최소화한다. 그리고 자신이 하고 싶었지만 하지 못했던 일들을 해나가며 슬프지만 담담히 죽음을 맞이한다.

—영화 〈나 없는 내 인생〉의 줄거리

(다)

이곳 모리 선생님의 방에서는 귀중한 하루의 삶이 계속되었다. 이

제 가까이 앉은 우리 곁에 새로운 존재가 들어서 있었다. 그것은 이동 가능하며 무릎 높이쯤 되는 작은 기계, 바로 산소호흡기였다. 선생님이 밤에 숨을 제대로 쉬지 못하면, 사람들은 긴 플라스틱 튜브를 거머리처럼 그의 콧구멍에 쑤셔 넣었다. 나는 선생님이 어떤 종류의 기계든 기계에 연결된다는 것이 마음에 들지 않아서, 그와 말할 때 산소호흡기를 쳐다보지 않으려 애썼다.

그는 반복해서 말했다.

"죽게 되리란 사실은 누구나 알지만, 자기가 죽는다고는 아무도 믿지 않지. 만약 그렇게 믿는다면, 우리는 다른 사람이 될 텐데."

"자기는 안 죽을 거라며 자신을 속이지요."

"그래. 하지만 죽음에 대해 좀 더 긍정적으로 접근해 보자고. 죽으리란 걸 안다면, 언제든 죽을 수 있도록 준비를 해둘 수 있네. 그게 더 나아. 그렇게 되면, 사는 동안 자기 삶에 더 적극적으로 참여하며 살 수 있거든."

"죽을 준비를 어떻게 하나요?"

"불교도들이 하는 것처럼 하게. 매일 어깨 위에 작은 새를 올려 놓는 거야. 그리곤 새에게 '오늘이 그날인가? 나는 준비가 되었나? 나는 해야 할 일들을 다 제대로 하고 있나? 내가 원하는 그런 사람으로 살고 있나?' 라고 묻지."

(중략)

"하지만 아는 사람을 저세상으로 떠나보낸 경험은 누구나 있잖아요. 그런데 자기 죽음에 대해 생각하기가 왜 그리 어려울까요?"

내가 물었다.

"다들 잠든 채 걸어 다니는 것처럼 사니까. 우린 세상을 충분히 경험하지 못하지. 왜냐면 해야 한다고 생각되는 일을 기계적으로 하면서 반쯤 졸면서 살고 있으니까."

"그러면 죽음과 직면하면 모든 게 변하나요?"

"그럼. 모든 것을 다 벗기고, 결국 핵심에 초점을 맞추게 되지. 자기가 죽게 되리라는 사실을 깨달으면 매사가 아주 다르게 보이네."

선생님은 한숨지었다.

"어떻게 죽어야 좋을지 배우게. 그러면 어떻게 살아야 할지도 배우게 되니까."

나는 그가 손을 움직일 때 떠는 것을 알아차렸다. 선생님은 목에 걸려 있던 안경을 집어 쓰려 했지만, 안경은 관자놀이에서 미끄러졌다. 어둠 속에서 딴 사람에게 안경을 씌워 주는 것 같았다. 나는 귀에 안경 거는 것을 도와주었다.

(중략)

"솔직히 말해, 어깨 위에 있는 새의 소리에 귀를 기울이면—즉 '언제든 죽을 수 있다는 사실을 인정하면'—지금처럼 야망이 넘치지 않게 될 테니까."

나는 억지로 조금 웃었다.

"그렇게 많은 시간을 투자하는 일들—자네가 하는 모든 작업—이 그다지 중요하게 여겨지지 않을 테니까. 영혼과 관계된 것이 파고들 공간을 더 많이 마련해야 될지도 모르지."

"영혼과 관계된 것들요?"

"자넨 그 말을 싫어하지, 안 그런가? '영혼'. 감상적인 말이라고 생각하지."

"글쎄요."

선생님은 윙크를 하려 했지만, 제대로 되지 않았다. 나는 '쿡' 하고 웃음을 터뜨렸다.

그도 따라 웃으며 말했다.

"미치, 나도 '영혼을 개발하는 것'이 진짜 무엇을 의미하는지 모른다네. 하지만 우리가 어떤 면으로 참 부족하다는 점은 잘 알지. 우린 물질적인 것에 지나치게 관계되어 있으면서도, 거기서조차 만족을 얻지 못하네. 사랑하는 관계, 우리를 둘러싼 우주…… 우린 그런 것을 너무 당연하게 받아들인다고."

그는 해가 드는 창을 고개로 가리켰다.

"저거 보이나? 자네는 저 밖에 나갈 수 있지. 언제든 밖으로 나갈 수 있어. 이 동네에서 저 동네로 마구 달려갈 수 있어. 나는 그러지 못하네. 나갈 수 없어. 물론 달리는 것은 더더욱 불가능하네. 밖으로 나가면 병이 심해질까 두렵지. 하지만 자네, 아나? 자네보다 내가 저 창을 더 제대로 감상한다는 것을."

"창을 제대로 감상해요?"

"그래. 매일 저 창밖을 내다보지. 나무가 어떻게 변하는지, 바람이 얼마나 강해졌는지도 알아차린다네. 그것은 시간이 창틀을 지나치는 것을 아는 것과 비슷하지. 내 시간이 거의 끝났음을 알기에, 처음으로 자연을 보는 것처럼 그렇게 자연에 마음이 끌린다네."

—미치 앨봄, 『모리와 함께한 화요일』 중에서

3. 논술의 길잡이

(1) 주제 설명

생명이 있는 것은 다 죽습니다. 그러나 자신이 죽는다는 것을 의식하는 동물은 사람뿐이라고 합니다. 이러한 의식은 곧 불안으로 이어져 사람들은 죽음에 대한 두려움을 갖고 있습니다. 두려움은 누구나 죽는다는 객관적인 사실에 반응한 결과 나타나는 주관적인 감정입니다. 이러한 주관적인 감정을 극복하는 방법은 죽음에 대한 이해 방식에 따라 달리 나타납니다.

소크라테스, 플라톤과 같은 형이상학자들과 대부분의 종교는 영혼과 육체를 분리하고 죽음을 몸의 일로 한정하여 인간의 유한성을 부정함으로써 죽음에 대한 두려움을 극복하고자 합니다. 소크라테스는 죽음이란 영혼이 육체로부터 분리되고 해방되는 것이라고 생각하여 영혼은 불멸이며, 죽음은 모든 불순함에서 벗어난 영혼이 순수한 본질의 세계로 되돌아가는 것이라고 말합니다. 사후 세계에서 자신이 그토록 바라던 지혜를 얻게 될 희망과 확신으로 인해 소크라테스는 두려워하지 않고 기쁘게 죽음을 맞이합니다. 불교나 그리스도교 같은 종교에서는 윤회나 영생, 부활 등을 내세워 육체가 사라진 후에도 영혼은 살아남아 새로운 삶을 지속한다고 설명합니다. 이 경우 죽음은 끝이 아니라 거쳐 가야 하는 하나의 관문에 불과하므로 죽음에 대한 두려움은 현격히 줄어듭니다. 그러나 이러한 관점은 마르크스가 지적했듯이 내세에 대한 희망으로 현실의 행복을 포기하게 하고 비현실적인 삶을 살도록 할 염려가 있습니다.

죽음에 대한 두려움을 극복하는 두 번째 방식은 생명은 처음부터 죽음을 잉태하고 있으며 삶과 죽음은 그 존재하는 모습이 다를 뿐 하나이므로 슬퍼할 이유가 없다고 보는 것입니다. 이는 장자와 같은 동양 사상에서 흔히 찾을 수 있는 방식으로 죽음을 기쁘게 받아들이는 첫 번째 경우보다는 소극적이지만 죽음을 자연의 섭리로서 자연스럽게 받아들입니다. 이러한 관점에서는 죽고 사는 일에 동요하지 않는 달관의 경지를 추구하며 죽을 때의 완성된 모습에 치중합니다. 장자는 아내가 죽었을 때, 죽음을 자연의 순리로 보아 당연한 일일 뿐 인간이 슬퍼할 필요가 없다며 곡을 하지 않고 노래를 불렀습니다. 그는 인간이 태어나기 이전의 근원을 살펴보면 삶이 없었을 뿐만 아니라 형체도 기(氣)도 없었는데, 흐릿하고 어두운 속에 섞여 있다가 변해서 기가 생기고, 기가 변해서 형체가 생기며, 형체가 변해서 삶을 갖추었다가 다시 그것이 변해서 죽어 가는 것이기 때문에, 죽음은 계절의 변화처럼 하늘의 운명에 따르는 것일 뿐 슬퍼할 필요가 없다고 보았습니다. 또 죽음은 조화의 힘이 발휘되는 자연의 변화일 뿐이므로 자연이 형체를 주고 삶으로 수고롭게 하며, 늙음으로 편하게 하고, 죽음으로 쉬게 한다며 삶과 죽음은 하나로 이어진 것이니 삶을 좋다 하듯 죽음도 좋다고 해야 한다고 말합니다. 그러나 죽음을 자연스럽게 받아들이는 달관의 경지는 자칫하면 삶에 무기력해지고 침잠할 수 있다는 점을 경계해야 할 것입니다.

앞의 두 가지 방식이 죽음이 삶에 미치는 영향을 축소함으로써 죽음에 대한 두려움을 극복하려는 것과 달리, 하이데거와 같은 실존주의

철학자들은 죽음에 대해 정공법을 선택합니다. 이들은 죽음의 절대성을 인정하고, 엄연히 존재하는 죽음을 직시하며 죽음에 대해 사색할 것을 권유합니다. 그리하여 죽음을 삶의 영역으로 적극적으로 끌어들임으로써 두려움을 극복하고자 합니다. 니체는 죽음을 삶의 완성으로 보았고, 하이데거는 죽음은 인간 개개인의 가장 고유한 가능성으로 보아 죽음을 향해 미리 달려감으로써 삶을 반성하고 삶의 의미를 깨닫고 존재의 진정한 소리에 귀 기울일 수 있다고 하였습니다. 죽음을 통해 인간의 유한성과 삶의 무상함을 깨닫고 삶의 진정한 가치를 창조할 수 있으며 '진정한 자기' '본래적 자기'로 실존할 수 있으므로 언제 어디서 찾아올지 모르는 죽음을 두려워하지 않을 용기를 가지라고 호소합니다. 그러나 이러한 관점은 삶에 대한 집착이 강할 경우 죽음에 대한 불안이 증가할 수 있다는 문제가 있습니다.

이 밖에도 죽음을 알 수 없기 때문에 두려워할 필요가 없다든지 죽음보다 삶에 가치를 부여함으로써 삶에 대한 긍정적인 에너지로 죽음에 대한 공포를 이겨 낼 수 있다는 스피노자의 주장까지 실로 많은 철학자들이 죽음에 대해 천착해 왔습니다. 이들의 주장은 얼핏 보면 상반된 듯하지만 서로 겹치는 부분도 많습니다. 무엇보다 이들은 죽음의 문제를 통해 바람직한 삶의 태도를 문제 삼고 있다는 점에서는 공통점을 지닙니다. 중요한 것은 우리가 죽음에 대한 두려움을 극복하고 좀 더 성숙한 삶에 이르기 위해서는 죽음을 이해하고 배워 미리 준비할 필요가 있다는 점일 것입니다.

(2) 작품과 연결 짓기

(가)에서 여자는 죽음에 대해 감정적인 태도를 보입니다. 그녀는 언제 죽을지 모른다는 불안감으로 평온한 마음을 잃고 두려움 속에서 괴로워합니다. 처음 발병했을 때 그녀는 병에 대해 감사하고 여러 가지 희망을 갖습니다. 그러나 죽음이 시시각각 다가오자 예정된 죽음 앞에서 삶의 허무함, 근원적인 고독에 빠져 남은 생을 헛되이 소모합니다. 자신을 사랑해 주는 사람이 있지만 그러한 사실에 대해 고마움을 느끼고 기뻐하기보다는 그가 자신과는 다른 길을 걸어간다는 사실에 집착하여 외로움과 단절감만을 느낍니다. 그 결과, 그녀에게는 어떠한 것도 위로가 되지 못하고, 죽기도 전에 이미 죽은 사람이나 다름없이 살아갑니다. 그녀의 머릿속에 삶이 차지할 공간은 온통 죽음으로만 가득 차 있습니다. 까마귀의 울음소리도 자신의 죽음을 환기시키는 불길한 소리로만 듣고 삶의 소중함을 일깨워 주는 소리로는 듣지 못합니다.

(가)의 여자는 애인에게 사랑을 주기보다는 사랑을 받고, 다른 사람의 문병을 기뻐할 뿐, 자신이 죽은 후에 슬퍼할 애인을 배려하는 모습이나 자신이 살고 싶은 삶의 모습이 드러나지 않는 소극적이고 의존적인 여성입니다. 그녀에게서 얼마 남지 않은 시간을 어떻게 살아갈까에 대해 고민하는 모습은 찾아볼 수 없습니다. 삶에 대해 소극적인 여자의 태도는 죽음에 있어서도 그대로 나타납니다. 그래서 죽음을 삶을 관조하고 성찰하는 계기로 삼지 못하고 죽음에 짓눌려 전전긍긍하며 불안에 시달리다 불쌍히 죽어 갑니다.

이에 비해 (나)의 앤은 얼마 남지 않은 시한부 인생을 선고받고 한

없는 슬픔과 두려움을 느끼지만 곧 자신의 죽음을 받아들입니다. 그녀는 자신이 죽을 것이라는 사실을 냉정히 받아들이고 남은 시간에 자신이 해야 할 일을 생각합니다. 그녀가 생각해 낸 일들은 자신이 하고 싶었지만 평소에 하지 못했던 일과 자신이 죽은 뒤에 살아남을 사람들을 위해 해야 할 일로 나누어져 있습니다. 그렇게 앤은 남은 시간에 자신의 삶을 정리하며 충실히 살아갑니다. 삶에 대한 적극성으로 죽음에 대한 두려움을 극복한 것입니다. 앤이 주체적이고 의지적으로 죽음을 맞이하는 모습은 힘든 상황에서도 밝게 생활했던 앤의 삶의 모습과 닮아 있습니다. 앤은 남편에게 사랑받고 부양받는 수동적인 여성이 아니라 실직자인 남편을 사랑해 주고 생계를 책임지는 적극적인 여성이었기에 죽음도 주체적이고 의지적으로 맞이할 수 있는 것입니다.

(다)의 모리는 앤과 마찬가지로 시한부 인생을 선고받았지만 충실한 삶을 살아가며 죽음에 대한 두려움을 극복합니다. 그러나 앤과 달리 육체와 영혼을 분리시켜 영혼을 개발하는 일을 중시합니다. 그렇다고 모리가 사후 세계에만 몰입하는 것은 아닙니다. 오히려 유한한 삶이기에 더 가치 있게 살기 위해 노력하는 모습은 실존주의자의 모습을 연상케 합니다. 그는 근육이 점점 위축되고 마비되는 루게릭 병에 걸린 노교수로, 죽음이 거의 온몸에 침범해 들어와 산소호흡기를 써야 하고 안경조차 다른 사람이 씌워 줘야 할 정도로 허약해지지만, 건강한 마음을 잃지 않으며 삶의 진정한 의미와 죽음을 맞는 과정을 사람들에게 들려줍니다. 모리는 죽음에 대해 긍정적으로 접근하면, 언제든 죽음이 찾아오더라도 준비를 해둘 수 있고, 사는 동안 자기 삶에 더 적극적으로 참여할 수 있다고 말합니다. 그는 매일 죽음을 생각하며 해

야 할 일을 제대로 하고 있는지, 자신이 원하는 삶을 살고 있는지 반성합니다. 또한 언제든 죽을 수 있다는 사실을 인정하면 물질적인 것에 지나치게 치우치지 않고 영혼과 관계된 것을 중시하게 된다며 죽음을 목전에 둔 자신이 자연을 더 제대로 감상한다고 말합니다. 모리는 죽음을 두려워하거나 회피하지 않고 자신에게 주어진 사랑하는 사람들, 자연, 우주를 감사히 여기며 삶을 더 충실히 살아가는 계기로 삼고 있습니다.

4. 예시 답안

유전자 복제, 장기 이식, 인공 장기의 개발 등 과학 기술의 발달로 인간의 수명은 연장되었지만, 여전히 죽음은 피할 수 없는 운명으로 존재한다. 인간은 누구나 죽는다는 사실은 확실하지만 인간 개개인에 대해서는 언제 어떻게 죽을지 확실치 않으며 죽음 이후에는 어떻게 되는지도 알 수가 없다. 그래서 인간은 죽음이라는 미지의 사건에 대해 막연한 불안과 두려움을 느끼고 죽음을 애써 외면하거나 무시하며 살아간다. 그러나 죽음이 피할 수 없는 운명이라면 어떻게 죽음을 맞이할 것인가가 중요한 문제가 될 것이다.

대부분의 사람들은 죽음을 감정적으로 대한다. 그러나 죽음을 감정적으로만 대할 경우 삶에 대한 집착으로 죽음에 대한 공포가 극심해지거나 삶의 허무함으로 인해 무기력하게 죽어 갈 것이다. (가)에서 여자는 죽음에 대해 감성적으로만 접근하고 있다. 그녀는 죽음 앞에서 언제 죽을지 모른다는 두려움에 떨며 누구도 자신의 죽음을 대신하거나 함께할 수 없다는 사실에 한없는 외로움과 단절감을 느끼면서 삶을 더 외롭게 만들고 있다. 또한 얼마 남지 않은 생을 죽음에 대한 생각으로 헛되이 소모하다 죽어 간다.

그러나 인간은 누구나 죽을 수밖에 없고, 또한 죽음은 개인적인 사건이므로 자신의 죽음을 기다릴 때 인간은 근본적으로 고립될 수밖에 없다. 따라서 이를 괴로워하기보다는 (나)의 앤이나 (다)의 모리처럼 죽음을 객관적으로 이해하고 받아들일 필요가 있다. 앤이나 모리가 죽음에 대한 두려움을 느끼지 않는 것은 아니다. 다만 이들은 죽음을 부정하거나 회피하려 하지 않고 인정한다. 그리고 죽음에 대해 괴로워하기보다는 얼마 남지 않은 시간을 자신이 기대한 인생의 의미에 맞게 살아가려 한다. 이들은 모두, 삶의 주체가 '나'이듯 죽음의 주체 역시 '나'임을 기억하고 죽음에 적극적으로 대처함으로써 (가)의 여자보다 훨씬 더 편안히 생을 마감한다.

특히 (다)의 모리는 죽음에 대해 가장 긍정적이고 적극적인 모습을 보여 주는데 그는 매일 죽음을 생각하며 자신의 삶을 돌아보는 거울로 삼고 있다. 그는 미치에게 언제든 죽을 수 있다는 사실을 인정하고 죽음을 준비하면 인생에서 더 중요한 것이 무엇인지 깨닫게 되고 삶에 더 적극적으로 참여할 수 있다고 충고한다. 모리의 충고는 우리가 어떻게 죽음을 맞이해야 하는지, 어떻게 살아야 하는지에 대한 훌륭한 지침을 제공하고 있다.

죽음에 대한 두려움을 극복하기 위해서는 일단 죽음을 회피하려고 하거나 죽음과 대결하려 하지 말고 그대로 받아들이는 것이 중요하다.

왜냐하면 죽음을 회피하는 것은 불가능하며 죽음과의 대결에서 인간은 패배하도록 결정되어 있기 때문이다. 죽음과 대결하거나 회피하고자 하는 사람은 죽음의 절대적인 힘에 짓눌려 무력감을 느끼게 될 뿐이다. 또 자신의 삶이 차지해야 할 공간이 온통 죽음으로 가득 차, 죽기도 전에 죽음을 느끼게 된다. 따라서 죽음을 외면하거나 죽음과 대결하는 것보다는 자신이 죽어야 한다는 사실을 인정하고 죽음을 냉정하게 받아들인 후 삶을 충실히 채워 가는 것이 필요하다. 삶이 충실해질수록 죽음이 차지할 공간은 줄어들게 되어 죽음의 공포를 조금이라도 덜 수 있을 것이다.

둘째, 항상 죽음을 의식하며 죽음을 삶을 반성하는 계기로 삼아야 한다. 학생은 누구나 시험을 싫어한다. 성적이 떨어지지 않을까 하는 걱정과 불안, 시험 공부 하는 과정의 힘겨움, 시험 결과에 대한 벌 등으로 시험 없는 세상을 꿈꾼다. 하지만 시험이 없으면 언제라도 나중에 공부할 수 있다는 생각에 열심히 공부하지 않는다. 그러다가도 막상 시험이 닥치면 같은 시간에 훨씬 더 많은 공부를 해낸다. 그와 마찬가지로 우리는 죽음을 생각할 때 자신이 소중히 여기는 것이 무엇인지 더 확실히 알게 되고 미뤄 두었던 중요한 일들을 지체 없이 행하게 된다. 언제라도 죽을 수 있다고 생각하면 후회와 미련을 남기지 않으려고 노력하게 되며 그 결과 사람들은 더 질 높은 삶을 영위하게 될 것이다.

보통 사람들이 소크라테스와 같이 죽음을 기뻐하며 맞이하기는 어려울 것이다. 그러나 자신의 죽음에 대해 주체적으로 대응할 필요가 있다. 두려움은 누구나 갖게 되는 감정이다. 두렵다는 감정이 자연스러운 것임을 인정하고 자신이 가질 수 있는 또 다른 감정, 예컨대 사랑, 삶을 후회 없이 마무리하겠다는 소망 등을 통해 두려움을 극복하는 의지적이고 용기 있는 태도를 가져야 한다.

중세 서양에는 죽음의 기술이라는 것이 있었다고 한다. 이는 미리 죽음을 연습하고 준비함으로써 인생을 잘 마무리하려는 것이다. 우리도 죽음이 두렵다고 피할 것이 아니라 죽음을 가까이하고 기억함으로써 준비를 해야 한다. 죽음을 자연의 섭리로 받아들이고 자신의 삶의 일부분으로 받아들여야 한다. 그리고 삶에서 진정 중요한 것이 무엇인지 돌아보고 자신의 소중한 삶을 주체적이고 의지적으로 살아가는 계기로 삼아야 한다. 자신의 삶을 적극적으로 살아감으로써 인간은 죽음에 대한 두려움을 최소화하고 충실한 삶을 살 수 있을 것이다.

열림원 논술한국문학 12

돌다리

초판 1쇄 발행 2007년 8월 7일
초판 6쇄 발행 2023년 12월 1일

지은이 이태준
책임편집 · 논술집필 박형라
펴낸이 정중모
펴낸곳 도서출판 열림원
출판등록 1980년 5월 19일(제406-2000-000204호)
주소 경기도 파주시 회동길 152
전화 031-955-0700
팩스 031-955-0661
홈페이지 www.yolimwon.com
이메일 editor@yolimwon.com
인스타그램 @yolimwon

* 책값은 뒤표지에 있습니다.

ISBN 978-89-7063-561-3 04810
ISBN 978-89-7063-510-1 (세트)